Rom, im Jahr des Ersten Vatikanischen Konzils (1870): Eine Mappe mit Dokumenten, die neben einem bischöflichen Wappen zahlreiche Unterschriften tragen, wird gestohlen. Sie gelangt in die Hände des Geistlichen Don Francesco, der erkennt, dass es sich um höchst brisante Papiere handelt.

Die amerikanische Journalistin Susan O'Casey, als Korrespondentin beim Konzil akkreditiert und aufgrund ihrer Hintergrundrecherchen bereits mit einer Morddrohung konfrontiert, nimmt mit Don Francesco Verbindung auf. Gemeinsam werden sie Zeugen einer geheimen Bruderschaftsversammlung, in der die geistliche und politische Weltherrschaft der katholischen Kirche gefordert wird und der Aufruf erfolgt, den regierenden Papst seines Pontifikats zu entheben. Die Vorbereitungen zu Putsch im Vatikan laufen an.

Norbert Göttler, Dr. phil., Jahrgang 1958, studierte in München Theologie, Philosophie und Geschichte. Seither freier Schriftsteller und Regisseur, Mitarbeiter der Süddeutschen Zeitung und des Bayerischen Rundfunks (Hörfunk und Fernsehen). Mitglied der Europäischen Akademie der Wissenschaften und Künste, des PEN-Zentrums der Bundesrepublik Deutschland und des Verbandes der Schriftsteller (VS). Neben Büchern zu kulturhistorischen Themen schrieb er »Die Pfuscherin. Das Abenteuerleben der Doktorbäuerin Amalie Hohenester« (Roman), »Drachenfreiheit« (Gedichte) und »Das Schweigen der Greisin« (Erzählungen).

Norbert Göttler

Putsch im Vatikan

Kriminalroman

allitera verlag

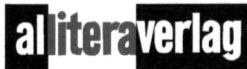

Weitere Informationen über den Verlag und sein Programm unter:
www.allitera.de

Bibliografische Information der Deutschen Nationalbibliothek
Die Deutsche Nationalbibliothek verzeichnet diese Publikation in der Deutschen Nationalbibliografie; detaillierte bibliografische Daten sind im Internet über
http://dnb.d-nb.de abrufbar.

August 2009
Allitera Verlag
Ein Verlag der Buch&media GmbH, München
© 2009 Buch&media GmbH, München
Umschlaggestaltung: Kay Fretwurst, Freienbrink
Herstellung: Books on Demand GmbH, Norderstedt
Printed in Germany · 978-3-86906-039-2

I.

Rom. Dienstag, 12. Juli 1870, Festtag des heiligen Johannes Gualbertus, der, aus altem Florentiner Adelsgeschlecht stammend, den Orden der »Grauen Väter« gründete und dem wegen seiner asketischen Strenge seine Mönche mehrfach nach dem Leben trachteten, ehe er im Jahre 1075 auf natürliche Weise in die Ewigkeit abberufen wurde.

Lautlos sackt die schmächtige Gestalt in die Knie, versucht sich einen Augenblick lang mühsam im Gleichgewicht zu halten, ehe sie sich zögernd vorne überneigt und, von einem leisen, katzenartigen Wimmern geschüttelt, auf die schmierigen Marmorfliesen sinkt. Zwei, drei Kapuziner in groben Habiten springen auf Geheiß herbei, lautlos auch sie. Schweigend öffnen sie dem am Boden Liegenden die obersten Knöpfe der Soutane, mit einem Fächer suchen sie den grässlichen Brodem aus Moder und Verwesung zu vertreiben, der die Gewölbe erfüllt. Die Mienen unter den Kapuzen bleiben ungerührt. Man ist derlei gewöhnt. Schale und Schwamm mit Essig liegen stets bereit, wenn Fremde an die Klosterpforte klopfen, um die Katakomben zu besuchen.

Es dauert lange, ehe die Kapuziner den jungen Geistlichen mit dem strohblonden Haar wieder zur Besinnung bringen. Erst ein Riechflakon mit stechenden Ingredienzien, dem Reglosen unter die Nase gehalten, lässt ihn erbeben. Ein Zittern und Schütteln erfasst seinen Körper und treibt Farbe in das fahle, schweißnasse Gesicht. Mühsam und verständnislos schlägt er die Augen auf, einen Moment ohne Erinnerung. Dann dämmert ihm das Geschehene, mit einem Seufzer sinkt der Kopf wieder in den Nacken zurück.

Nicht wahr, Veit Kammerloher, dummer Junge und frischgeweihter Kleriker der heiligen Mutter Kirche, solches hast du freilich nicht erlebt in deinem braven Bauernland nördlich der Alpen! Nicht zu Hause, wo die Totenweiber ihre Schützlinge auf ungehobelte Bretter legen, von wo aus sie in Grab und Ewigkeit rutschen dürfen und dabei ein gurgelndes Geräusch erzeugen, das dir heute noch in den Ohren hängt. Und auch nicht bei den Benediktinern von Scheyern, die ihre Toten schon in schwarzlackierte Särge betten und unter dem Gemurmel der Mönche und Priesterzöglinge in die Nischen der Klostergruft schieben.

Grün bist halt nicht nur im Gesicht, Veit Kammerloher, ehemaliger Studiosus theologiae, nein, auch hinter den Ohren bist immer noch ein halbes Kind, dem das Heimweh salziges Wasser in die Augen treibt. Was in der Welt vorgeht, davon haben sie dir nichts gesagt, deine gelehrten Herren Professores auf dem Freisinger Domberg, wo man dir noch vor wenigen Wochen griechische und lateinische Vokabeln beigebracht und dir – mühsam genug – den Ablauf der tridentinischen Messe eingetrichtert hat.

Aber manch einer lernt in wenigen Tagen mehr als vorher in Jahren. Wenigstens ein kleines Stück Lebenserfahrung ist dir schon zugewachsen, seit du aufgebrochen bist aus deiner Freisinger Kinderstube und beklommenen Herzens und staunenden Auges durch südliche Landschaften reistest, immer im Gefolge deines sonderbaren Herrn Prälaten, der jetzt die Stirn in Falten zieht und ob der schwächlichen Natur seines Sekretarius unwillig den Kopf schüttelt.

Schon beim Eintritt in die Katakomben hat es dich ordentlich gewürgt. Die süßlich-stickige Luft, ein Gemisch aus Räucherwerk und üblem Verwesungsgeruch, der dich an die Ausdünstungen des Freisinger Gerberviertels erinnert, verschlägt den Atem und macht elend benommen. Vom Redeschwall des kleinen Kapuziners, der sich für wenige Lire als Cicerone gebärdet, verstehst du kein Wort, und aus den paar Brocken, die dir dein Prälat hinwirft, kannst du dir keinen Reim machen. Endlos ziehen sich die Gänge hin, ehe ihr durch eine enge Tür in einen Raum gelangt, aus dem euch brütende Hitze entgegenschlägt. An mehreren Ecken stehen Schalen mit glühenden Kohlen. Der Cicerone kramt eine Hand voll Weihrauchkörner aus seiner Kutte und wirft sie in die eisernen Gefäße. Der gelbliche Rauch, der daraufhin wütend hervorquillt, macht jeden Atemzug noch unerträglicher. Schwatzend und kichernd redet der Kapuziner auf den Prälaten ein und deutet dabei auf eine finstere Ecke des Raumes. Zunächst kannst du nichts erkennen in der modrigen Finsternis. Doch dann prallst du entsetzt zurück! Ein eiserner Rost wird sichtbar, darauf festgebunden zwei Gestalten, nackte, dürre Klappergestelle, an deren Knochen schwarzglänzend die Haut klebt. Trotz der Hitze steht dir kalter Schweiß auf der Stirn. Heilige Jungfrau Maria, ist das der Vorhof der Hölle? Mit geweiteten Augen starrst du auf das grausige Bild. Das Würgen in deiner Kehle nimmt zu. Die knappe Erklärung des Prälaten, dass mit dieser Vorrichtung verstorbene Kapuziner oder reiche römische Adlige auf die Ewigkeit vorbereitet werden, indem man sie wie Birnen oder Korinthen eintrocknet, erreicht dein Gehirn nicht. Weiter drunten, in Kalabrien und Sizilien, sei diese Prozedur weit verbreitet, schwätzt der Kapuziner sorglos dahin, aber hier in Rom sei sein Kloster noch das einzige, das sich auf dieses alte Handwerk verstehe.

Wie in Trance stolperst du deinen beiden Begleitern nach, die längst durch eine Seitentür verschwunden sind. Und du findest dich in einem saalartigen Raum wieder. Was dich dort erwartet, Studiosus theologiae et philosophiae, wird dir in wenigen Augenblicken die Besinnung aus deinem Vokabelgehirn fegen. Nur vier, fünf Sekunden der ungläubigen Wahrnehmung wirst du ertragen müssen, ehe eine barmherzige Nacht sich über dich senken und dich diesem Spuk entreißen wird.

Hunderte von eingetrockneten und balsamierten Leichen wirst du vor dir baumeln sehen, an langen Holzgerüsten festgezurrt, dicht an dicht, in drei, vier Lagen übereinander gestapelt. Alle Bewohner dieser Nekropole sind sorgsam bekleidet, zumeist in braune Kapuzinerhabite, einige sind aber auch in kostbare Gewänder und Trachten gehüllt. Die weiblichen Mumien tragen Schmuck und Geschmeide, manche von ihnen gar Perücken. An den schwarzen Knochenhänden baumeln Zettel. Name, Geburtsjahr und Todestag des Leichnams sind sorgfältig darauf vermerkt. Die Totenschädel grinsen, zahnlückig, leicht seitwärts geneigt, herunter. Sie grinsen dir zu, Veit Kammerloher, junger, ungebetener Nordländer von jenseits der Alpen, sie grinsen dir zu, und ihre Grimassen werden dir noch in mancher Nacht den Schlaf rauben, verlass dich darauf ...

Susan O'Casey knallte ihren roten Notizblock auf die Tischplatte.

»Damned!«, rief sie verärgert. »Das darf doch nicht wahr sein! Was habt ihr hier für eine elende Organisation!« Roux grinste breit über sein sonnenverbranntes Gesicht. In dieser langweiligen Gesellschaft aus Presseleuten, Klerikern und Diplomaten war es eine Wohltat, die Stimme einer jungen Frau zu hören; noch dazu, wenn sie solch resolute Töne von sich gab.

»Kann ich Ihnen behilflich sein, Mademoiselle O'Casey? Will die Kiste wieder einmal nicht?«

Die Kollegin warf einen wütenden Blick auf Roux. Warum können sich diese Männer nicht um ihre eigenen Angelegenheiten kümmern, dachte sie. »Thanks, aber ich komme sehr gut allein zurecht!«

»Aber natürlich! Ich hatte nicht daran gezweifelt.«

Der in einem der vatikanischen Seitenflügel eigens eingerichtete Telegrafensaal war bis auf den letzten Platz besetzt.

Hinter jedem der kleinen Tischchen, auf dem eine dieser chromglitzernden Apparaturen installiert war, saß jemand. Presseleute aller Herren Länder waren hier akkreditiert, Journalisten, Kommentatoren und Reporter. Leises Gemurmel erfüllte den Saal. Tintenfedern kratzten, die Tastaturen der Telegrafenapparate klapperten, und mittendrin ertönte bisweilen ein seltsam blechernes Bimmeln. Dann fing irgendwo ein Telegraf zu rattern an und spuckte einen dichtbedruckten Papierstreifen aus. Irgendwo auf der Welt – na ja, irgendwo in Europa, denn die Überseeverbindungen klappten eher selten –, irgendwo also hatte jemand eine Depesche abgeschickt, die nun hier ihren Adressaten suchte.

In einigen Ecken des Saales steckten Journalisten ihre Köpfe zusammen. Je mehr es, wie heute, an handfesten Ereignissen mangelte, umso begieriger wurden vermeintliche Neuigkeiten, Gerüchte und Halbwahrheiten kolportiert. Alles tummelte sich jetzt, die wenigen, dürren Meldungen des Tages abzuschicken. Die Heimatredaktionen warteten auf den neuesten Klatsch. Außerdem kletterte die Quecksilbersäule unerbittlich über die Fünfunddreißig-Grad-Marke. Spätestens ab halb zwölf konnte man keinen vernünftigen Gedanken mehr fassen! Der Schweiß rann einem in kleinen Bächen den Nacken herab und sickerte durch den Stehkragen, der seit einiger Zeit zur modischen Pflicht der Männerwelt gehörte.

Zum Teufel damit! Zum Teufel mit diesen Pfaffengeschichten! Claude Roux zerrte an seinem aufgeweichten Kragen, wischte sich mit einem Taschentuch über die Stirn und versuchte sich zu konzentrieren. Der agile Mittfünfziger arbeitete für den Pariser Figaro, seit sich dieser von einem satirischen Journal zur international beachteten Tageszeitung gemausert hatte. Ein Mann der ersten Stunde sozusagen. Er war Vollblutjournalist und versah seinen Dienst dort, wo ihn seine Redaktion hinschickte. Einmal an der türkisch-russischen Grenze, einmal in einer der französischen Kolonien, ein andermal wieder in der unruhigen Hauptstadt Paris selber. Nun also in Rom. Dass ihn diese Kirchengeschichten besonders interessierten, konnte er nicht gerade behaupten. Eine Ansammlung von katholischen Würdenträgern in schwarzen und roten Ornaten, die Beratungen hinter verschlossenen Türen führten. Umwerfend spannend! Zu Gesicht bekam man kaum einen der Herren. Mal hier einen bleichgesichtigen Prälaten, mal dort einen aufgeregten Sekretär, der eine dürre Pressemeldung ablas.

Eine Zeit lang hatte es so ausgesehen, als würde die ganze Sache ohnehin im Sande versickern. Mehrere Delegationen waren abgereist, wochenlang war das päpstliche Pressebüro verschlossen geblieben und die ersten Journalisten waren von ihren Redaktionen bereits in andere Teile der Welt beordert worden. Roux seufzte. Ihn schien man leider hier vergessen zu haben! Hier in diesem römischen Brutkasten, wo schon bald kein Einheimischer mehr zu sehen war. Wo sich alles schon davongemacht hatte nach Ostia ans Meer, in die Albaner Berge oder weiß Gott sonst wohin.

Gelangweilt hämmerte Claude Roux einige nichts sagende Zeilen in die Maschine. Nach wenigen Minuten kam das Signal für eine erfolgreiche Übermittlung. »Na, immerhin«, murmelte der Franzose und wollte sich eben seine Pfeife anstecken, als ihm seine Kollegin zur Rechten wieder in den Sinn kam, die ihn erst gestern ziemlich energisch auf das Rauchverbot in kurialen Räumlichkeiten hingewiesen hatte. Vorsichtig lugte er zur Seite.

Die junge Dame war so angestrengt mit der Apparatur auf ihrem Tischchen beschäftigt, dass sie seine Blicke nicht bemerkte.

Sie hatte ihren Bericht an die Washington Post bereits zum dritten Mal eingetippt, doch der Apparat hatte jedes Mal postwendend ein Zettelchen mit der Aufschrift »Leitung blockiert. Versuch wiederholen« ausgespuckt. Susan O'Casey wiederholte ihren Übermittlungsversuch jetzt mit einer solchen Heftigkeit, dass die Tastatur klirrende, metallische Töne von sich gab. Als Ergebnis tauchte nur einmal mehr das obligatorische Zettelchen auf. »Leitung blockiert. Versuch wiederholen.«

»Shit!« Jetzt gab die junge Korrespondentin mit dem üppigen schwarzen Chignon endgültig auf. Vor Zorn hatten sich ihre Wangen ein wenig gerötet.

»Es ist nicht zu fassen!«, knurrte sie zu ihrem Kollegen hinüber. »Ihr Europäer seid nicht in der Lage, einen funktionierenden Telegrafen zu installieren. Bei uns in Washington wäre die Depesche längst...«

Roux lächelte ihr begütigend zu. »Es sind viele tausend Kilometer bis in Ihre Heimat, Mademoiselle. Und ein verdammt großer Teich liegt wohl auch dazwischen. Da sind die Leitungen eben schnell überlastet.«

»Ach, Unsinn! Das Kabel wurde doch schon vor vier Jahren durch den Atlantik gezogen. Da dürfen solche Kinderkrankheiten wirklich nicht mehr vorkommen!«

»Verlangen Sie nicht ein bisschen viel von diesem armen kleinen Kasten?«, feixte Roux.

»Werden Sie nicht albern. Entweder das System funktioniert oder es taugt nichts.«

»Ihr Amerikaner seid alle gleich! Immer mit dem Kopf durch die Wand. Ich mache Ihnen einen Vorschlag, Mademoiselle. Wir lassen das hier jetzt bleiben, gehen zusammen einen Kaffee trinken und in einer Stunde versuchen Sie es noch mal. Ich bin sicher, dass die Leitungen dann frei sind. Einverstanden?«

Die junge Amerikanerin seufzte, nickte aber zustimmend. So wie ich das hier sehe, dachte sie, wird mir nichts anderes übrig bleiben. Vielleicht hat dieser Roux auch ein paar Neuigkeiten parat, die noch nicht die ganze Stadt weiß.

»Okay«, sagte sie. »Warten Sie, ich packe eben meine Sachen zusammen.«

»Na, sehen Sie! Sie werden sich an das Arbeitsklima hier im Süden gewöhnen. Sagten Sie nicht, Sie hätten italienische Vorfahren?«

»Ja, mein Großvater...«

»Entschuldigen Sie einen Moment«, unterbrach sie der Korrespondent und hob den Kopf, »was ist denn da vorn los?« Beide schauten sie jetzt auf. Durch den Pressesaal ging ein Raunen. Einer der Kollegen drei Reihen vor ihnen, ebenfalls ein Franzose, hatte offenbar eine Depesche erhalten, einen Blick darauf geworfen und einen Überraschungsruf ausgestoßen. Jetzt schwang er den Papierstreifen triumphierend über seinem Kopf, wohl wissend, damit die Meldung des Tages in Händen zu halten.

»Was ist los, Tim?« Roux klopfte einem seiner Vordermänner, Tim Bradshaw von der Londoner Times, ungestüm auf die Schulter. »Was bringt denn unseren lieben Kollegen gar so aus dem Häuschen?« Auch Susan O'Casey beugte sich vor, um einige Wortfetzen des Gespräches zu erlauschen.

»Hast du es noch nicht gehört, Claude?«, erwiderte der Brite. »Die Unfehlbarkeit! Die Befürworter der päpstlichen Unfehlbarkeit scheinen die Mehrheit auf dem Konzil zu erlangen. Noch in dieser Woche soll die Unfehlbarkeit feierlich erklärt werden!«

»Noch in dieser Woche? Welch ein Unsinn! Wer behauptet denn so etwas?«

»Soeben kam ein Kabel, dass *Civiltà Cattolica* in seiner morgigen Ausgabe...«

»*Civiltà Cattolica?*«

»Ja, dieses französische Jesuitenblatt mit den legendären Drähten zur Kurie. Also, die werden morgen melden, dass die Frage der Unfehlbarkeit unter den Konzilsvätern gelöst sei. Gelöst im Sinn der Infallibilisten. Tja, mein Lieber, du wirst einen schlauen Kommentar schreiben müssen: nächste Woche werden wir ein unfehlbares Papsttum haben.«

Eine Woche war bereits vergangen, seit Susan O'Casey nach einer langen Überfahrt aus den Vereinigten Staaten mit dem 1600-PS-Dampfer Independent in Ostia angelegt hatte. Dass der Chefredakteur der Washington Post gerade sie damit beauftragt hatte, über die Endphase des großen Kirchenkonzils zu berichten, lag weniger an ihrer langjährigen Berufspraxis – mit ihren fünfundzwanzig Jahren war sie mit Abstand das jüngste Mitglied der Redaktion – als vielmehr an dem Umstand, dass sie Katholikin war und ein wenig Italienisch sprechen konnte.

Ihr Großvater mütterlicherseits, Alberto Giorni, hatte vor gut fünfzig Jahren seine letzten Ersparnisse in Kalabrien zusammengekratzt, um in der verheißungsvollen Neuen Welt sein Glück zu machen. Zum Millionär hatte er es dort zwar nicht gebracht, aber seine Familie hatte Alberto Giorni immer ernähren können, und so wurde er bald Stammvater eines weit verzweigten Clans mit unzähligen schwarzhaarigen Enkel- und Urenkelkindern. Hatten er und seine Kinder auch in der Neuen Welt noch eine Menge mediterraner Gewohnheiten beibehalten, so war den Enkelkindern nur mehr ein Grundstock an italienischer Grammatik geblieben, die der Großvater ihnen jeden Sonntag nach der Messe geduldig beigebracht hatte. Freilich hatte Susan damals nicht im Traum daran gedacht, dass ihr diese ermüdenden Lektionen einmal eine Dienstreise nach Europa bescheren sollten. Mehrere Wochen Italien! Rom, die Metropole der Antike! Das Zentrum der katholischen Welt! Es war ein Jammer, dass Großvater Alberto Giorni das nicht mehr erleben konnte. Vor ihrer Reise war Susan schrecklich aufgeregt gewesen. In großer Eile, denn der Transatlantikdampfer sollte in wenigen Tagen ablegen, hatte sie ihre alte italienische Grammatik von vorn bis hinten durchgepaukt und alle Bücher über Theologie und Kirchengeschichte gekauft, deren sie habhaft werden konnte. Sie hatte es sich in der entscheidenden Redaktionssitzung verkniffen zu sagen: Außer der Erinnerung an die Katechismusstunden ihrer Kindheit und einigen sporadischen Gottesdienstbesuchen bei den Franziskanern von San Clemente hatte sie seit dem College mit der Kirche nicht mehr viel zu schaffen gehabt. Sie war keine eifrige Katholikin. Was sie dagegen zur Genüge mit auf die Reise nahm, waren die Neugier ihrer südländischen Vorfahren und der Ehrgeiz, diese seltene journalistische Chance beim Schopf zu packen!

Das Gerücht von dem bevorstehenden Unfehlbarkeitsdogma führte zu erregten Diskussionen unter den akkreditierten Journalisten. Überall im vatikanischen Pressesaal standen Gruppen und Grüppchen zusammen, wisperten und gestikulierten wild mit den Armen. Doch außer der dürren Meldung des Jesuitenblattes *Civiltà Cattolica* gab es nichts, was das Jagdfieber der Zeitungsleute hätte befriedigen können. Keiner wusste mehr als der andere, und hätte er etwas gewusst, hätte er es keinem verraten. Also drehten sich die Gespräche bald im Kreis.

Claude Roux, Tim Bradshaw und Susan O'Casey waren sich rasch einig, dass man hier nichts mehr versäumen würde und den kollegialen Disput besser bei einer Tasse Espresso fortsetzen sollte.

»Also, mir kommt diese ganze Geschichte reichlich unwahrscheinlich vor«, brummte Claude Roux. »So etwas in unserem aufgeklärten Jahrhundert! Die Kirche würde sich doch lächerlich machen.«

Die drei Kollegen hatten den Vatikanspalast verlassen und saßen jetzt vor einer winzigen Trattoria bei ihren Mokkatassen. »Für denkbar halte ich es schon«, entgegnete Tim Bradshaw. »Rom ist in den letzten Jahren immer stärker in die Defensive geraten. Die haben einfach Angst, dass ihnen das Schiff aus dem Ruder läuft. Da ist man zu jedem Verzweiflungsakt fähig.«

»Auf jeden Fall bringt es Bewegung in den Laden. Ich wusste in den letzten Wochen wirklich nicht mehr, was ich noch nach Paris kabeln sollte.«

»Was mir bei der ganzen Angelegenheit nicht klar ist«, meldete sich Susan O'Casey jetzt zu Wort und stellte ihre Tasse auf den Tisch, »wer will denn eigentlich die Unfehlbarkeit? Ist man sich in der Kirchenspitze da so einig?«

Claude Roux lachte. »Einig sind sich die nie. Die vatikanischen Behörden demonstrieren nur nach außen ihre Geschlossenheit, im Inneren rumort es wie in einem Bienenhaus. Da gibt es Fraktionen, denen der Papst jetzt schon zu mächtig ist, andere, die sich mit der Situation arrangiert haben, und wieder andere, denen das alles nicht weit genug geht. Und jede Gruppierung versucht, der anderen eins auszuwischen. Alle wollen sie die Geschicke des Konzils auf ihre Weise beeinflussen.«

Susan O'Casey seufzte. »Oje!«, rief sie. »Mir wird immer bewusster, wie viel Nachholbedarf ich noch in diesen innerkatholischen Dingen habe! Von Washington aus sah das alles viel einfacher aus.«

»Innerkatholisch? Ich halte eine Unfehlbarkeitserklärung durchaus nicht nur für eine innerkatholische Angelegenheit. Was meinst du, Tim? So etwas hätte durchaus politische Folgen -«

»Natürlich!«, antwortete Bradshaw. »Ich kann mir nicht vorstellen, dass sich die europäischen Staaten einen solchen Akt gefallen ließen, selbst wenn er nur auf die Belange der Kirche gerichtet wäre. Das gäbe arge diplomatische Verwicklungen. Reichlich Futter für unsere Gazetten ... Aber, Teufel noch mal, wen haben wir denn da? Den kenn ich doch –«

Tim Bradshaw war aufgesprungen. Hastig schob er seinen Stuhl zurück und lief einige Schritte auf einen hoch gewachsenen Mann zu, der eben um die nächste Straßenecke entschwunden war. Triumphierend kehrte er zu den beiden anderen zurück. Den vornehm gekleideten Herrn hatte er am Ärmel gefasst und zog ihn mit sich.

»Darf ich einen Landsmann vorstellen?«, rief er. »Dieser Gentleman ist der beste Kenner der vatikanischen Geheimpolitik, den uns der Himmel im Moment schicken konnte. Lord Beardsley, Publizist, Historiker und was weiß ich sonst noch alles. Lord Beardsley, das sind meine beiden Kollegen, Claude Roux vom Figaro und die von weither angereiste Susan O'Casey von der Washington Post.«

Der fremde Herr nahm seinen Zylinder ab, verbeugte sich und gab den beiden Journalisten lässig die Hand. »Kommen Sie, setzen Sie sich zu uns.« Bradshaw deutete auf einen leeren Stuhl. »Was darf ich Ihnen bestellen? Einen Espresso oder etwas anderes?«

Lord Beardsley schüttelte den Kopf. »Nein, nein, mein Lieber, haben Sie vielen Dank«, sagte er, »ich bin sehr in Eile. Sie wissen ja selbst, was in diesen Tagen in Rom los ist.« Sein Italienisch war tadellos, auch wenn man eine Spur englischen Akzents nicht überhören konnte.

»Oh yes, die Gerüchteküche brodelt! Gerade deshalb hätten wir ja einige dringende Fragen an Sie!«

»Sie spielen auf diese Sache mit der Unfehlbarkeit an. Ich kann Ihnen da auch nicht viel mehr als Ungereimtheiten sagen. Ich bin auf dem Weg zu einem Treffen, das etwas mehr Klarheit in die allgemeine Konfusion bringen soll.«

»Darf man an diesen Informationen teilhaben?«

Beardsley überlegte einen Moment. »Nun, unter Umständen ließe sich das machen, Bradshaw. Aber ich muss morgen schon wieder für einige Tage verreisen. Warten Sie –« Er schloss die Augen. »Allenfalls zum Frühstück, da könnte es gehen.«

Claude Roux blickte Bradshaw an und verzog das Gesicht. »Zu dumm! Gerade morgen haben wir uns schon mit einigen Jesuitenprofessoren verabredet. Das können wir unmöglich verschieben.«

»Schade!« Beardsley machte eine bedauernde Handbewegung. »Dann wird es ein andermal klappen. Ich komme ja voraussichtlich in ein paar Tagen zurück.«

»Es ist wirklich schade«, murmelte Roux. »Aber Moment, was ist mit Ihnen, Mademoiselle O'Casey? Sie müssen ja nicht das karge Morgenbrot der Jesuiten teilen. Sie könnten das doch für uns erledigen? Später werden Sie uns dann von der Unterredung berichten. Was halten Sie davon, Lord Beardsley? Sind Sie damit einverstanden?«

Der etwa vierzigjährige Engländer blickte überrascht auf Susan O'Casey und musterte sie. Er antwortete nicht sofort, was Susan irritierte. Dann nickte er. »Gut, wenn Sie meinen«, sagte er und setzte seinen sorgfältig gebürsteten Zylinder auf. »Dann bis morgen acht Uhr, Miss O'Casey. Hotel Continental. Ich erwarte Sie in der Halle!«

Die Wahrheit schmeckt süß und bitter: Die süße schont, die bittere heilt (Augustinus, Ep.247,1)

Wer wüsste über die Bitterkeit und Härte so mancher Therapie nicht mehr Bescheid als ich, der ich so viele meiner jungen Jahre der medizinischen Wissenschaft gewidmet habe. Das Bittere, von dem Augustinus schreibt, es hilft uns Menschen, die Trägheit, Hinfälligkeit, Verdorbenheit unserer irdischen Existenz zu überwinden. Nur das Bittere regt die Kräfte des Körpers zur Anspannung und Disziplin an. Aber wie viele süße Wahrheiten umschmeicheln uns nicht heute, in diesem Zeitalter der vermeintlichen Aufklärung, der industriellen Revolution, des wissenschaftlichen Aufschwungs. Sie alle versprechen uns ein angenehmes Leben ohne die Zucht der Askese, ja der Selbstkasteiung. Der Körper ist der Kerker der Seele.

Gerade hier in Rom wird es mir immer deutlicher: der Kirche als Arzt dienen heißt mitzuhelfen, ihren makellosen Körper rein zu halten von allen irdischen Befleckungen. Heilen, das bedeutet Eindämmen, Begrenzen, Zurückdrängen, ja – es ist nicht übertrieben zu sagen – es bedeutet auch Ausreißen, Vernichten, Zerstören. Zugegeben, ich bin ein strenger Lehrmeister geworden, seit ich in der Bruderschaft Verantwortung zu tragen habe. Die Jungen stöhnen und so mancher hat vorzeitig unseren Weg verlassen. Ich sehe ihnen wehmütig nach, sie laufen dem Abgrund entgegen.

Wie wenig hat gefehlt, und ich selbst wäre geworden wie sie. Nur die harte Disziplin der Bruderschaft, der unbeugsame Wille meiner Vorgesetzten haben mich auf dem richtigen Weg gehalten. Heute, da ich mich um die Novizen zu kümmern habe, kommen mir diese Erfahrungen zugute. Die Elite der kommenden Welt und der zukünftigen Kirche muss härter gegen sich selbst vorgehen als je zuvor, um den Anfechtungen des Bösen und des Selbstzweifels trotzen zu können. Es bedarf einer Speerspitze, eines heiligen Rests, der das Gottesvolk dem Abgrund entreißt. Und wehe, wen diese Speerspitze trifft!

Seinen Willen nach dem Göttlichen richten! Ohne Widerspruch tun, was getan werden muss! In dieser Phase des Materialismus, in der sich alles gegen die Kräfte des Metaphysischen zu verbünden scheint, gilt es, der machtvollsten religiösen Institution, dem römischen Papsttum, den Rücken zu stärken. Durch unsere Aktion werden wir dem Heiligen Vater in einer nie da gewesenen Weise unsere Solidarität bekunden.

Heute war ein schlechter Tag für Emerentio Falcone. Auf der Piazza San Pietro war aus irgendeinem Grund der Teufel los. Facchetti, der sich blind stellende Zeitungsverkäufer faselte etwas davon, dass jetzt bald alle Pfaffen der Welt in Rom eingetroffen seien. An allen Ecken hatten sich Carabinieri postiert und beobachteten argwöhnisch jede auffällige Bewegung.

Mit der unschuldigen Miene eines Rompilgers tauchte Falcone in der brodelnden Menschenmasse unter, ließ sich dahintreiben und achtete lediglich darauf, den Blicken der Polizisten nicht allzu nahe zu kommen. Man muss oft lange Geduld aufbringen, um den rechten Zeitpunkt zu erspüren. Ungeduld ist eine Untugend der Anfänger, Emerentio Falcone aber gehörte zu den unbestrittenen Meistern seines Faches. Obwohl er langsam die Jahre spürte und an manchen Tagen daran dachte, sich zur Ruhe zu setzen, sprachen seine Berufskollegen immer noch voller Hochachtung von ihm. Jüngere suchten bei schwierigen Fällen seinen Rat, und so mancher, der ihn auf dem Weg zum Vatikan mit einem unmerklichen Kopfnicken grüßte, verdankte ihm seine wirtschaftliche Existenz.

Eine zweite Tugend, um in seinem Beruf bestehen zu können, war Disziplin. Mit der Regelmäßigkeit eines Buchhalters verließ Emerentio Falcone jeden Morgen Punkt acht Uhr sein karg möbliertes Zimmer in der Via Regnoli im Stadtteil Trastevere, schritt zielstrebig an der Porta San Pancratio vorüber und erreichte nach etwa zwanzig Minuten seinen Arbeitsplatz.

An den weiten wollenen Mantel, gewissermaßen seine Berufskleidung, hatte er sich im Laufe der Jahre so gewöhnt, dass dieser ihn auch bei Temperaturen über dreißig Grad nicht mehr störte. Erst nach mehreren Stunden, wenn die Sonne die Pflastersteine auf den Straßen Roms in glühende

Herdplatten verwandelte und die Weltenbummler stöhnend in ihren Hotels verschwanden, machte auch Falcone Rast und kehrte für eine kurze Siesta in sein Zimmerchen zurück.

Dies ging so tagaus, tagein, auch sonntags und an hohen Feiertagen. Natürlich, gerade da! Keiner hatte es bisher gewagt, Anspruch auf Emerentio Falcones Revier, die südliche Hälfte der Piazza San Pietro, anzumelden. Seit er vor – Santa Maria, wie die Zeit vergeht! – fünfunddreißig Jahren in einem zugegeben nicht ganz lupenreinen Handel dem alten Luciani, einem misstrauischen Eigenbrötler, das umsatzträchtige Areal abgeluchst hatte, wachte er wie ein eifersüchtiger Patron über seine Sinekure.

Heute war wirklich ein schlechter Tag! Trotz aller Geduld und Disziplin, trotz des dichten Gedränges vor den Kolonnaden des Gian Lorenzo Bernini wollte sich keine rechte Gelegenheit ergeben. Ein paar Mal war er knapp davor gewesen. Aber irgendwas war immer wieder dazwischengekommen. Ein dicker Amerikaner mit weißem Strohhut, der sein Portmonee aufreizend lässig in der Jacketttasche stecken hatte, stolperte eben in dem Moment, in dem Falcone zugreifen wollte, über einen vorstehenden Pflasterstein. Unversehens lag er, mit Armen und Beinen rudernd, auf dem Bauch. Im Nu eilten mehrere Passanten hinzu, um ihm aufzuhelfen, und selbst Falcone musste wohl oder übel Hand anlegen, um nicht aufzufallen. Diese tollpatschigen Ausländer sollten gefälligst aufpassen, wo sie hintraten!

Als sich die nächste günstige Gelegenheit für eine berufliche Aktion zu bieten schien, sah Falcone im letzten Moment einen Carabiniere heranschlendern und zog mit katzenartigem Reflex seine Hand aus der Einkaufstasche einer in lebhafte Gespräche verwickelten Dame zurück. Und so ging es in einem fort. Einmal kam dies dazwischen, einmal jenes. Zum Verrücktwerden! Es gab solche Tage, das war Falcone nicht neu. Sein Beruf war eben eine künstlerische Angelegenheit, dachte er bei sich, da musste man halt unbeirrt abwarten können.

Zu guter Letzt dann wenigstens die Sache mit der Ledermappe. Falcone war schon nahe daran, seine Bemühungen für heute einzustellen, als sein Blick auf eine noble Kutsche fiel, die am Rand der Piazza, dort, wo die Borgo Santo Spirito endete, angehalten hatte. Es war eine vornehme Herrschaft, die dem Wagen entstieg. Zwei jüngere Männer, einer davon in schwarzer Soutane, halfen einem dicken Würdenträger auszusteigen und sein Gepäck zu entladen. Schwere Lederkoffer kamen zum Vorschein, Taschen, Mappen und mehrfach umwickelte Pakete. Der feiste Kleriker lehnte an der Karosse und fächelte mit einer Zeitung Luft in sein rotes Gesicht. Während einer seiner Begleiter immer noch damit beschäftigt war, die Gepäckstücke aufzustapeln, sah sich der zweite, ein blasser junger Mann in elegantem Geschäftsanzug, nach einem Träger um.

Falcone atmete tief durch und setzte sich in Bewegung. »Ein paar Lire, Signori, ich bin krank und arbeitslos – «

Die drei Passagiere wurden auf den unscheinbaren Alten erst aufmerksam, als er sich mit einer demütigen Verbeugung genähert und ihnen die offene rechte Hand entgegengestreckt hatte. Während der dicke Kleriker offenbar nichts verstand, fauchte ihn der andere mit einer derben Bemerkung an und schüttelte energisch den Kopf. Der blasse junge Mann sagte nichts.

»Nur zehn Lire für einen armen Alten …«

»Hast du nicht kapiert?«, raunte der Kleriker jetzt in holprigem Italienisch. »Du sollst dich zum Teufel scheren. Siehst du nicht, dass wir zu tun haben?«

Falcone seufzte, machte eine Miene zum Gotterbarmen und ließ sich ächzend auf die Knie fallen. Dabei drohte er die Balance zu verlieren und stützte sich an einigen der Gepäckstücke ab, um nicht vor die Füße der Männer zu fallen.

»Geh von den Sachen da weg, du Strolch!«, fuhr ihn der ausländische Priester an und machte drohend einen Schritt auf ihn zu, »sonst lasse ich dich von den Carabinieri abführen!« Jetzt mischte sich der junge Mann ein, dem die Situation sichtlich peinlich war. »Bitte, Father Hughes«, brummte er ungeduldig, »geben Sie ihm schon eine Münze, damit er endlich verschwindet.« Der so Angesprochene murmelte ein paar unverständliche Worte, warf Falcone einen bösen Blick zu, kramte zwei Kupfermünzen aus den Taschen seiner Soutane und warf sie dem Bettler vor die Füße.

»Grazie, mille grazie!«, wimmerte Falcone unterwürfig, schnappte sich die Münzen und erhob sich umständlich. Dann schlug er seinen Mantel zusammen und humpelte davon. Die Männer beachteten ihn nicht weiter, sondern fuhren fort, den Wagen zu entladen.

Das Schwierigste ist geschafft! Auf die nächsten beiden Minuten wird es ankommen, dachte sich Falcone grimmig, während er mit großer Konzentration seinen hinkenden Gang beibehielt. Trotz seiner jahrzehntelangen Berufserfahrung fühlte er Schweißperlen seine Schläfen herabrinnen. Mit eiserner Energie zwang er sich, seine Schritte um keinen Deut zu beschleunigen, ja, einen Moment stehen zu bleiben und sich mit dem Taschentuch über die Stirn zu wischen. Als wollte er das Schicksal herausfordern, steuerte er sogar das südliche Ende des Platzes an, wo drei Carabinieri im Schatten lehnten und auf ihre Ablösung warteten. Sie achteten nicht auf ihn. Niemand hatte ihn beobachtet. Es war wieder einmal alles glatt gelaufen! Bei nächster Gelegenheit würde er in Santa Maria in Trastevere eine Kerze anzünden und einige Lire in die Armenkasse werfen!

Schlurfend verließ Falcone die Piazza, überquerte die Viale delle Mura

Aurelie und bog dann in eine der finsteren Gassen des angrenzenden Armenviertels ein. Mehrfach wechselte er die Straßenseite und trat schließlich in einen Innenhof, in dem eine Menge Holzkisten, Weinfässer und Bretter vor sich hin moderten. Prüfend blickte sich Falcone um. Erst als er sicher war, dass sich kein Mensch in der Nähe befand, öffnete er seinen Mantel ein wenig und zog jene braune Ledermappe hervor, die das eigentliche Ziel seines spektakulären Kniefalls vor den beiden Pfaffen gewesen war. Diese Tölpel! Falcone konnte eine gewisse Genugtuung nicht verbergen. Trotz seines Alters – solch einen kunstvollen Kniff brachten viele Jüngere nicht zustande! König der Taschendiebe hatte man ihn einmal genannt, ja, das war nicht übertrieben. So etwas sollte ihm erst einmal einer nachmachen!

Aber jetzt kein Ausruhen auf den Lorbeeren, die Sache musste zügig und konzentriert zu Ende gebracht werden. Vielleicht endete dieser mühselige Arbeitstag doch noch mit einem Erfolg. Falcone versuchte die Metallschnalle der Tasche zu öffnen, bemerkte aber, dass sie verschlossen war. Ein abschätziges Grinsen überzog das Gesicht des Alten; er zog ein Stück gebogenen Draht aus seiner Manteltasche und ohne große Mühe gab das Schloss nach. Doch als er den Inhalt der Tasche auf eine der Holzkisten legte, verfinsterte sich seine Miene zusehends. Blätter! Nichts als ein paar zusammengeheftete, dicht beschriebene Papierblätter! Maledetto! Diavolo! Falcones behaarte Hand fuhr noch einmal durch die Mappe. Keine Geldbörse, keine Brieftasche, keine Dokumente! Nichts! Wütend warf er die Tasche in eine Ecke. Das passte wieder zu diesem verfluchten Tag! Stundenlang in der Hitze ausharren, sich die Augen aus dem Kopf drehen, vor irgendwelchen Ausländern im Dreck herumkriechen! Und was ist der Lohn all dieser harten Arbeit? Falcones Sinn für Gerechtigkeit war empfindlich getroffen. Die Kerze zu Ehren der Muttergottes würde er nicht anzünden, basta!

In seinem Ärger hatte er das Papierbündel, das vor ihm in der Mittagssonne leuchtete, gar nicht näher begutachtet. Drei oder vier Blätter mochten es sein, mit zierlicher Handschrift beschrieben. Falcone glotzte einige Sekunden böse darauf, unfähig, etwas zu entziffern. Er verstand sich genauso wenig aufs Lesen und Schreiben wie der Hehler, dem er es anzubieten gedachte. Außerdem vermutete er zu Recht, dass das Geschreibsel, wenn es von den Pfaffen stammte, in diesem Kirchenkauderwelsch, diesem Latein, geschrieben war. Nein, die Schriftzüge waren es nicht, die ihn davon zurückhielten, das Schriftstück unverzüglich unter einem Kanaldeckel verschwinden zu lassen. Es war vielmehr das buntgedruckte, goldunterlegte Wappen, das die erste Seite zierte. Es zeigte mehrere Schafe, über denen sich ein sonnendurchleuchteter Himmel wölbte, eine Bischofsmitra, die sowohl von einem Krummstab als auch von einem Schwert durchkreuzt

17

wurde. Das Ganze war nicht nur gedruckt, sondern auch geprägt worden, so dass man noch mit geschlossenen Augen die Fingerkuppen über die einzelnen Symbole gleiten lassen konnte. Ein edles Machwerk, das musste Falcone wohl oder übel anerkennen! Und erst die vielen schwungvollen Unterschriften auf der letzten Seite!

Vielleicht doch etwas Bedeutsames, Teufel noch mal, aus dem sich noch ein paar Lire herausschlagen ließen, damit der ganze Aufwand nicht völlig umsonst war? Aber wie sollte man das Giulio, diesem ungebildeten Esel, begreiflich machen? Für den zählten nur goldene Taschenuhren, Fingerringe, allenfalls noch ausländische Münzen und Banknoten. Ach was, es war die einzige Möglichkeit, aus diesem verkorksten Tag wenigstens etwas herauszuholen. Falcone steckte die Papiere in seine Manteltasche und machte sich auf den Weg.

Der Trödelladen von Signore Giulio Lauro lag nur wenige Straßenzüge weiter, so dass Falcone schon kurze Zeit später in das winzige, mit wertlosem Plunder voll gestopfte Geschäft eintreten konnte. Der muffige Geruch schlecht gelüfteter Räume stieg ihm in die Nase. Auf einem der Tische häufte sich ein Berg abgetragener alter Kleider, die Giulio Lauro offenbar kürzlich aus dem Nachlass Verstorbener erworben hatte. Anderswo lagen Perücken, Schuhe, Unterröcke, Kinderspielzeug, Flaschen, zersprungenes Geschirr, Zinnsoldaten, Bettflaschen und vieles andere in wüster Unordnung umher. Falcone war sich nie ganz klar darüber, ob Giulio mit all dem Krempel tatsächlich Handel trieb oder ob das Ganze nur ein Feigenblatt für dunklere Machenschaften war. Kundschaft jedenfalls hatte er im Laden noch nie bemerkt.

Auch heute war der Raum menschenleer. Nur ein fetter Kater erhob sich gähnend von seinem Platz und strich um die Beine des Alten, bis ihn dieser mit einem unfreundlichen Tritt verscheuchte. Erst nachdem Falcone mehrfach den Namen des Trödlers gerufen hatte, waren aus dem Hinterzimmer Schritte zu vernehmen. Giulio Lauro war ein Mann undefinierbaren Alters, der in einem kanariengelben, viel zu großen Anzug steckte und Zigarre rauchte.

»Heute hab ich was ganz Besonderes für dich, Giulio«, raunte ihm Falcone grußlos zu und brachte aus seiner Manteltasche das Papierbündel zum Vorschein. »Du wirst Augen machen.«

Ohne den Zigarrenstummel aus dem Mund zu nehmen, nahm Giulio die Papiere in seine fettigen Hände, drehte und wendete sie mehrmals, blätterte sie durch und warf sie schließlich mit einem abschätzigen Grunzen auf den Tresen. »Niente, kein Interesse. Räum den Dreck wieder beiseite. Komm wieder, wenn du was Anständiges hast.«

»He, Giulio, bist du verrückt? Seit wann lässt du dir ein gutes Geschäft entgehen? Hat dich dein Riecher verlassen, Mann? Das Zeug ist gut und gern zehntausend Lire wert.«

Statt einer Antwort spuckte der Hehler in hohem Bogen in den Blechnapf, der auf dem Boden stand und einen süßlichen Gestank verbreitete.

»Ich weiß zwar nicht, um was es in dem Schriftkram geht«, fuhr Falcone in geschäftsmäßigem Ton fort, »aber es war ein verdammt wichtig aussehender Pfaffe, dem ich ihn abgenommen habe. Sicher ein Bischof oder so was. Und schau dir bloß das Wappen an, wie das glänzt! Das ist bestimmt ein wichtiger Kirchenvertrag oder ein Brief an den Papst. Oder gar eine richtige Heiligsprechung! Mensch, überleg doch! Dafür geben Sammler Unsummen aus.«

Giulio Lauro sagte immer noch nichts. Er war des Lesens tatsächlich nur sehr lückenhaft kundig, und Papiere, egal welcher Art, interessierten ihn nicht im Geringsten. Freilich, das goldunterlegte Wappen auf der Vorderseite des Schriftstücks sowie die vielen Stempel und Unterschriften verfehlten ihre Wirkung auch bei ihm nicht.

»Im Grunde sollte man den Wisch auf der Stelle verbrennen«, flüsterte er jetzt mit einer dünnen Fistelstimme. »Das einzige, wofür es taugt. Aber dir zuliebe, weil wir schon so lange Geschäftspartner sind – dreitausend.«

»Hör mal, Giulio«, jammerte Falcone, »du kannst dir nicht vorstellen, welche Mühe es gekostet hat – fünftausend.« »Das ist deine Sache, wenn du dich mit unnützen Geschäften abgibst. Wäre dir früher nicht passiert. Du wirst eben alt.«

Falcones Augen blitzten. »Ich habe den Eindruck«, murmelte er tonlos, »dass eher dein Alter sich ungünstig auf deinen Geschäftssinn auswirkt. Dann werde ich es eben Giglione geben. Er hat mir bereits zehntausend für das Papier geboten.«

Mit einer raschen Handbewegung wischte er das Manuskript vom Tresen, ließ es in seiner Manteltasche verschwinden und drehte sich grußlos um.

Nicht das Desinteresse Lauros oder seine ungehobelten Manieren trieben ihm die Zornesröte ins Gesicht, sondern die unerhörte Anspielung auf sein Alter und seine nachlassende Schaffenskraft. Das hatte bisher niemand gewagt! Er hätte nicht übel Lust, die miese Klitsche des Hehlers in der nächsten Nacht in Brand zu stecken und diesen Banditen mitsamt seinem Plunder kräftig auszuräuchern! Porco Dio! Heftig mit sich und der Welt hadernd, verschwand die Gestalt in dem weiten Wollmantel hinter der nächsten Ecke. Wie zu erwarten war, zeigte Roberto Giglione kaum mehr Interesse an dem verdammten Pfaffenpapier als Giulio Lauro. Und auch die zwei, drei anderen Hehler, die Emerentio Falcone in der Hoffnung auf eine glückliche Wendung seines Geschickes aufsuchte, zuckten nur gelangweilt mit den Schultern. Mit dergleichen Zeug war kein Geschäft zu machen!

Falcone wunderte sich selber, dass er die Mappe nicht längst in den Tiber geworfen hatte, der träge und braun unter den zahlreichen Brücken Roms dahinfloss. Weg damit und in der nächsten Kneipe einen Anisschnaps trinken, damit dieser erfolglose Tag endlich zu Ende ging! Aber irgendein unbestimmtes Gefühl hielt ihn davon ab. Nicht, dass er Skrupel hatte, ein wichtiges Dokument zu zerstören, hatte er doch im Lauf seiner Karriere wohl Hunderte von unverkäuflichen Urkunden, Pässen und Verträgen den schmutzigen Fluten des Flusses übergeben. Nein, es war die kleinlaute Hoffnung, dass die ganze Mühe des heutigen Vormittags nicht völlig vergebens gewesen sein durfte.

Wie er so missmutig über den Ponte Mazzini schlenderte, kam ihm tatsächlich ein Gedanke. Sollte vielleicht Don Francesco –? Falcone hielt inne. Er hatte den Pfaffen seit Monaten nicht mehr gesehen. Ob er überhaupt noch in Rom war? Vielleicht hatten sie ihn längst in ein Kloster auf Sizilien verbannt oder sogar hinter Gitter gebracht! Falcone schmunzelte. Ja, Don Francesco, das war einer! Der hatte es faustdick hinter seinen großen rosaroten Ohren! Zumindest könnte er sagen, was mit dem Papierzeugs anzufangen wäre. Schließlich konnte er lesen und schreiben. Vielleicht kramte er aus den schnapsdurchtränkten Windungen seines Pfaffenhirns sogar ein paar Brocken Kirchenlatein hervor. Es konnte jedenfalls nicht schaden, sich ein wenig nach ihm umzuhören.

Das Unterfangen geriet beschwerlicher als vermutet. Wen auch immer Falcone nach dem sonderbaren Geistlichen fragte, der zuckte nur mit den Schultern. Weiß Gott, so bekam er zu hören, vielleicht hatte ihm irgendein Geschäftspartner einen Knüppel auf den Kopf geschlagen, so dass er nun in der Hölle schmorte, dieser Satansbraten! Oder er hatte sich in den Hurenvierteln Roms die längst verdiente Syphilis geholt.

Viele von denen, die Don Francesco kannten, waren nicht besonders gut auf ihn zu sprechen. Falcone selbst hatte indes keine schlechten Erfahrungen mit ihm gemacht. Vor Jahren hatten sie Geschäfte zusammen betrieben. Don Francesco hatte ihm mehrfach Diebesgut abgekauft und so manchen Hinweis auf einen dicken Fisch gegeben. Eines Tages war Don Francesco dann verschwunden. Die Polizei, so munkelte man, habe ihn abgeholt. Gut möglich, vielleicht war er auch einfach nur untergetaucht. Jedenfalls blieb er verschwunden. Ein sonderbarer Heiliger!

Emerentio wollte, so vor sich hin grübelnd, die Suche schon abbrechen, als er sich eines Gemüsehändlers entsann, der früher regelmäßig mit Don Francesco um hohe Geldbeträge gewürfelt hatte. Und in der Tat, der Mann konnte ihm, nach anfänglichem Zögern, den Namen einer Kneipe nennen, wo er sich mit dem alten Kumpan manchmal auf ein Spielchen traf. Falcone machte sich auf den Weg.

Aus der Kaschemme drangen Gelächter und heisere Männerstimmen. Als Falcone eintrat, konnte er in dem engen, dunklen, verrauchten Raum kaum etwas erkennen. Um die Theke stand eine Gruppe von Männern jeden Alters. Er musterte die groben roten Gesichter. Keines von ihnen gehörte Don Francesco.

Das Viertel hier zählte nicht zu den vornehmsten der Stadt. Lohnarbeiter aus dem nahe gelegenen Schlachthof, Straßenkehrer, Möbelpacker, Gelegenheitsdiebe und Arbeitslose wohnten hier. Viele kamen aus dem Süden Italiens, ehemalige Tagelöhner und Maultiertreiber, auf der Flucht vor dem Elend. Dicht gedrängt standen sie nebeneinander, grölten sich Zoten und obszöne Witze zu. Man musste schreien, um den Lärm zu übertönen. Auf der Theke standen Gläser mit Absinth und Wermut, die, sobald sie leer waren, sofort wieder gefüllt wurden.

Mühsam kämpfte sich Falcone, mürrische Blicke und Ellbogenstöße ignorierend, durch die Menge bis zur Theke vor. Der Wirt, ein stämmiger Kerl, der mit verschlossener Miene die Gläser füllte, hingeworfene Münzen einstrich und hin und wieder die Espressomaschine bediente, ließ ihn gehörige Zeit warten, ehe er mit einem Grunzen fragte, was er trinken wolle.

»Nichts«, entgegnete Falcone ungerührt, »ich will Don Francesco sprechen. Man hat mir gesagt, dass er regelmäßig hier verkehrt.«

»Francesco?« Abweisend runzelte der Wirt die Stirn. »Ich kenne keinen Francesco.«

»Don Francesco. Den Pfaffen. Überleg mal scharf. Du wirst dich sicher erinnern können. Ich bin ein Freund von ihm, Emerentio Falcone.« Bei diesen Worten schob er unauffällig einen Geldschein über den Tresen.

Der Wirt blickte ihn immer noch argwöhnisch an, langte nach einigem Zögern aber nach dem Schein und murmelte etwas Unverständliches. Dann stapfte er hinter seinem Tresen hervor und verschwand durch eine kleine Seitentür, die Falcone bis dahin nicht wahrgenommen hatte. Kurz darauf erschien er wieder im Türrahmen und bedeutete Falcone durch ein Nicken, dass er näher treten solle.

Dieser schob unsanft einen jungen Burschen beiseite, ging an zwei schäbigen Metalltischchen vorüber und streckte schließlich seinen Kopf durch die Nebentür. Er blickte in einen winzigen Raum, den ein runder Tisch, auf dem in wüster Unordnung Spielkarten, Zigarrenkippen, Geldscheine und Münzen herumlagen, fast völlig ausfüllte. Um den Tisch saßen vier Männer und musterten den Ankömmling feindselig. Stirnrunzelnd betrachtete Falcone die Runde. Plötzlich erkannte er den Gesuchten.

»Don Francesco! Endlich habe ich Sie gefunden!«

Der so Angesprochene starrte Falcone an. Don Francesco war ein großer, breitschultriger Enddreißiger mit einem aufgedunsenen Boxergesicht und auffallend großen Ohren. Seine dunklen Haare hingen ihm wirr in die hohe Stirn. Als einziges Erkennungszeichen seiner priesterlichen Würde baumelte ein schmutziger Stehkragen, ein römischer Collar, lose um den Hals. Aus trüben Augen blickte er Falcone zunächst verständnislos an. Nach einigem Überlegen schien sein Erinnerungsvermögen zurückzukehren und ein breites Grinsen überzog sein Gesicht.

»Falcone, alter Junge! Setz dich und trink einen Schluck mit uns.«

»Ich muss mit Ihnen sprechen, Padre. Dringend.« »Na, dann los, es hindert dich nichts.«

»Ich … äh … ich muss Sie allein sprechen. Unter vier Augen.«

Die drei Spielkumpane Don Francescos begannen zu feixen. »He, merkst du es nicht, Francesco, der Alte will eine Beichte ablegen! Keine Angst, Freundchen, du bekommst deine Absolution. Ab in den Beichtstuhl. Aber mache es kurz!«

Falcone warf einen giftigen Blick auf die Kartenspieler. »Don Francesco!«, rief er flehend. »Es ist wirklich eine wichtige Sache. Nur drei Minuten –«

Der Priester, dem die Angelegenheit lästig zu werden begann, schnaufte einmal tief und erhob sich ächzend. Sofort musste er nach der Stuhllehne greifen, da sein massiger Körper bedrohlich wankte.

»Nun gut, wenn es unaufschiebbar ist! Gehen wir hinaus.« Und zu den anderen gewandt: »Glaubt nicht, dass ihr zwischenzeitlich ein krummes Ding drehen könnt! In spätestens drei Minuten bin ich wieder da und dann werde ich euch das Fell über die Ohren ziehen!«

Unter den boshaften Bemerkungen der drei Zocker, die über die Spielunterbrechung keineswegs erbaut waren, verließen Falcone und der Geistliche den Raum. Sie drängten sich durch den Schankraum und traten ins Freie. Die frische Luft schien Don Francesco etwas zu beleben, denn er fragte leutselig: »Also, du hast ein Problem, Falcone? In welche dumme Sache hast du dich wieder hineingeritten, dass du gleich einen Pfarrer brauchst?«

»Kein krummes Ding, Don Francesco, ich schwör's Ihnen. Lediglich einen Ratschlag. Mir ist da etwas untergekommen. Vielleicht können Sie es brauchen.« Falcone zog aus seiner Manteltasche das Bündel zusammengehefteter Blätter, das ihm diese Scherereien bereitete.

Don Francesco blickte ihn misstrauisch an. »He, Falcone. Bevor ich das Zeug in die Hand nehme, möchte ich eines klarstellen: Ich bin kein Hehler mehr. Die Zeiten sind vorbei. Habe mir genügend Ärger eingehandelt damit. Wenn du was verkaufen willst, bist du an der falschen Adresse.«

»Nicht kaufen, Don Francesco, Sie sollen mir nur sagen, was das für eine Sache ist. Ist irgend so ein Kirchenkram.«

»Ist das auch keine Falle? Hat dich jemand geschickt, dass ich dir auf den Leim gehe?«

Emerentio Falcone stieß einen derben Fluch aus. »Für wen halten Sie mich, Padre? Bin ich vielleicht ein verdammter Spitzel? Habe ich mich nicht zeitlebens mit ehrlicher Arbeit über Wasser gehalten? Kennen wir uns nicht seit …«

»Schon gut, schon gut, alter Junge. Du hast ja Recht. Aber man wird vorsichtig im Lauf der Jahre. Ich habe keine Lust, wieder in den Knast zu wandern.«

»Kann ich verstehen.«

»Also, jetzt zeig mal deinen Wisch her.« Don Francesco nahm die Papiere in die Hand und kniff angestrengt die Augen zusammen. Das Lesen des lateinischen Textes bereitete ihm sichtlich Mühe. Man merkte, dass ihm der Umgang mit Spielkarten und Würfelbecher näher lag als das Entziffern kirchenamtlicher Dokumente. Mehrfach schüttelte er verständnislos den Kopf, kratzte sich hinter dem Ohr und fuhr mit einem Finger die Zeilen entlang. Nach und nach aber wich der gelangweilte Zug aus seinem Gesicht und machte einem Ausdruck der Überraschung Platz.

»Was ist los? Was haben Sie? Es ist was Besonderes, nicht wahr?«, zischelte Falcone, der den Lesenden nicht aus den Augen ließ, ungeduldig.

Don Francesco mahnte ihn mit einer Kopfbewegung zur Ruhe. Nach einer schier endlosen Zeit ließ der Priester das Papier sinken und starrte ins Leere. Falcone trippelte aufgeregt von einem Fuß auf den anderen. »Jetzt spannen Sie mich doch nicht so auf die Folter, Padre. Sagen Sie schon, was das Ding wert sein könnte.«

Mühsam gegen die Benommenheit kämpfend, die übermäßiger Absinthgenuss hervorruft, sagte Don Francesco mit gesenkter Stimme: »Jetzt hör mir mal gut zu, Falcone. Dass du diese Blätter irgendeinem Hehler dieser gottlosen Welt verkaufen wirst, kannst du vergessen. Äußerlich gesehen sind sie vollkommen wertlos und du könntest sie ebenso gut in den Tiber werfen, statt sie spazierenzutragen. Aber für einen Christenmenschen, der ich, zum Teufel, immer noch bin, ist das, was da drinnen steht, höchst interessant. Nun, du weißt, wie es um mich steht.

Der Schnaps, das Spielen und der Knast haben mich reichlich mitgenommen. Aus einem respektablen Denker ist mittlerweile ein ziemlich herabgewirtschafteter Fettsack geworden, dessen sich die werten Mitbrüder zu Recht schämen. Ich verstehe die Zusammenhänge im Ganzen nur verworren und unklar. Manchmal immerhin noch klar genug, verflucht noch mal.

Ich mache dir also einen Vorschlag: Du wirst morgen um diese Zeit mit deinem Papier in meine Wohnung kommen. Viale Benedetto Numero tre. Hinterhof. Ich werde versuchen, einen ehemaligen Studienfreund, der gerade in Rom weilt, ausfindig zu machen, und ihn dazubitten. Du wirst uns erzählen, wie du zu dem Zeug gekommen bist, ein paar Lire werden schon herausspringen dafür. Und sag keiner Menschenseele was davon, sonst bringe ich dich eigenhändig hinter Gitter, verstanden!«

Emerentio Falcone, kurzfristig von aufkeimender Hoffnung befallen, war über diese Wendung der Dinge alles andere als entzückt. Erstens gab er nur ungern Berufserfahrungen preis und zweitens schien sich die Sache kaum zu lohnen. Aber was sollte es? Wenn er in dieser Angelegenheit wenigstens ein paar Lire verdienen wollte, musste er Don Francescos Angebot annehmen. Missmutig murmelnd verabschiedete er sich von dem Geistlichen und trottete davon. Es war fürwahr kein guter Tag für Emerentio Falcone gewesen.

II.

ROM. Mittwoch, 13 Juli 1870, Festtag des heiligen Kamillus von Lellis, der 1550 in Neapel geboren, unter Landsknechten, Falschmünzern und Huren aufwuchs, als Söldner gegen die Türken kämpfte und dem Würfelspiel verfiel, ehe er sich bekehrte, den Orden der »Väter vom guten Tode« stiftete und seine restlichen Tage mit der Pflege der römischen Pestkranken zubrachte.

Kein Mensch ist so verrückt, die Ewige Stadt ausgerechnet in der heißesten Zeit des Jahres als Konferenzort zu wählen. Die zuständigen Herren im Vatikan hatten nicht im Entferntesten daran gedacht, dass sich das Konzil bis in den Juli des Jahres 1870 hineinziehen würde. Doch waren die Beratungen der Kommissionen und Unterkommissionen so schleppend vorangegangen, die Dispute so verfahren, die Positionen der verschiedenen Parteien so gegensätzlich, die Zahl der Eingaben und Protestnoten, der Gutachten und Gegengutachten so ins Maßlose gestiegen, dass die Monate zäh und ohne greifbare Ergebnisse verrannen. Jetzt, da alle Beobachter schon die lange Sommerpause ersehnten, schien endlich Bewegung in das verwickelte Tauziehen geraten zu sein. Ja, eingeweihte Beobachter sprachen sogar von dramatischen Entscheidungen, die angeblich in den nächsten Tagen bevorstünden.

Die Meldung von *Civiltà Cattolica* war wie ein Lauffeuer um die Welt gegangen, hatte gleichermaßen Bischöfe und einfache Landpfarrer, Theologieprofessoren und geschorene Klosterbrüder, Staatsmänner und Gelehrte, Kirchenhasser und Ultramontanisten in Erregung versetzt. In allen Ecken der Erde führte man hitzige Diskussionen um die Frage, ob das geistliche Oberhaupt der Katholiken mit der Würde der Unfehlbarkeit ausgestattet werden solle oder nicht. In vielen Städten rief man zu öffentlichen Disputationen, die nicht selten in gegenseitige Beschimpfungen und Handgreiflichkeiten ausarteten. Gegner wie Befürworter der Unfehlbarkeit gründeten Verbände und Trutzbünde, Bischöfe mussten ihre Diözesanen öffentlich zur Raison rufen und in einem Tiroler Kloster hatte sich der Konvent dermaßen entzweit, dass der Abt unter dem Schutz schwer bewaffneter Gendarmen und unter den Hohnrufen der frommen Gottesmänner in Sicherheit gebracht werden musste.

Auch am Ort des Geschehens selbst, rings um die ehrwürdigen Mauern des Vatikans, begann es zu brodeln. Tagtäglich kamen neue Eminenzen und Prälaten, Professoren, Sekretäre, Diplomaten und Journalisten auf dem römischen Hauptbahnhof angereist und ließen sich mit Kutschen und Stellwagen vor die Tore der Kurialbehörden fahren. Kardinäle in purpurnen Gewändern schritten da die marmornen Stufen hinauf, beleibte Erzbischöfe, ihre Weihbischöfe wie Ministranten vor sich herscheuchend, durchtriebene Nuntii und Legati, Titularbischöfe, die ihre Diözese ihr Leben lang noch nicht zu Gesicht bekommen hatten, Äbte und Priores, Exzellenzen, Prälaten und Monsignori, Kirchenrechtler und Offiziale, Dekane und Generalvikare, Pönentiare und Beichtiger, Präfekten und Archivare. Das Treiben auf dem Petersplatz wurde von Tag zu Tag farbenprächtiger.

Mitglieder verschiedener Orden mischten sich unter das Volk, kurzsichtige Jesuiten, barfüßige Kapuziner, Dominikaner, Benediktiner und Augustiner Chorherren, Prämonstratenser aus fernen Ländern, Zisterzienser und dunkelhäutige Karmeliten. Es wimmelte geradezu von verschiedenen Kutten, Soutanen, Baretten und Talaren.

Aber nicht nur Kleriker aller Ränge, auch jede Menge Laien war von Berufs wegen in den Dunstkreis dieser Kirchenversammlung gereist: Journalisten und Stenografen, Übersetzer und Sekretäre, Sicherheitsleute und Kriminalbeamte, Ärzte und Sanitäter, Kutscher und Rossknechte, Köche, Wäscherinnen und Hausierer, ganz zu schweigen von den Scharen der Devotionalienhändler, Heiligenbildchenstecher, Gebetbuchverkäufer, Lebzelter, Kerzenzieher, Weihrauchmischer, Wahrsager, Berufsbettler und, wie schon gesehen, Taschendiebe. (Sogar die Damen vom Parco di … , aber lassen wir das!) Alle waren sie sich bewusst, dass in Bälde etwas ganz Großes geschehen würde, dass ein jeder von ihnen – an dem ihm zugewiesenen Platz – Zaungast sein könnte an einem Brennpunkt der Weltgeschichte.

Lord John Edward Beardsley befand sich seit einer Woche in der italienischen Hauptstadt. Er hatte sich im Hotel Continental eingemietet, von wo aus er seine verschiedenen Aufgaben bequem zu Fuß oder mit der Droschke erledigen konnte. Seit seiner Studienzeit kannte er Rom wie seine Westentasche, so dass ihm weder Orientierung noch Sprache Schwierigkeiten bereitete. Trotz seines jugendlichen Alters, er zählte gerade achtunddreißig Jahre, konnte er schon auf ein bewegtes Leben zurückblicken. In Neapel geboren, hatten ihn die Studienjahre an die berühmtesten Universitäten Europas geführt, wo er mit brillanten Ergebnissen abschloss. Gemäß seiner aristokratischen Herkunft – er konnte auf eine lange Adelslinie in England und Deutschland verweisen – hatte er vor wenigen Jahren seinen Sitz im englischen Oberhaus eingenommen. Eingeweihten galt er als enger Vertrauter des britischen Premiers Gladstone.

Entgegen allen Erwartungen aber machte Beardsley nach Beendigung seiner Studienzeit keine Anstalten, eine wissenschaftliche oder diplomatische Karriere anzustreben, deren Tore ihm weit offen gestanden hätten. Auch den geistlichen Dienst in der katholischen Kirche verschmähte er trotz seiner jahrelangen theologischen Studien. Vielmehr begann er als Journalist und Schriftsteller die Welt zu bereisen, veröffentlichte Kommentare in allen führenden Zeitungen Europas und hatte bereits eine Reihe von Büchern geschrieben. Diese Tätigkeit war es auch, die ihn in dieser heißen Jahreszeit nach Rom geführt hatte. Es galt, die offensichtlich herangekommene Endphase des Konzils zu beobachten und — nicht unwesentlich Einfluss auf ihren Verlauf zu nehmen.

Als ihm der Hoteldiener einen Brief mit der Handschrift Don Francescos überreichte, stutzte Lord Beardsley zunächst und stieß dann einen leisen Seufzer aus. Es war wirklich ein Jammer mit dem alten Francesco! Sie kannten einander seit vielen Jahren, seit sie beide an der Päpstlichen Universität Gregoriana Philosophie und Theologie studiert hatten. Francesco war damals ein heller Kopf, lebensfroh steckte er voller Fantasie und verrückter Ideen. Seine Predigten waren Meisterstücke der Fabulierkunst, vor das geistige Auge seiner Zuhörer konnte er wie einst Abraham a Santa Clara wahre Feuerwerke barocker Sprachbilder und Gleichnisse zaubern. In seiner Freizeit ersann er geistliche Stücke und Oratorien, in denen er mit exotischen Szenerien und deftigen Anzüglichkeiten nicht sparte und die er persönlich auf der Fidel begleitete. Besonders die Damenwelt war hingerissen von dem neuen Kaplan, der vor Witz und Charme geradezu sprühte.

Aber leider waren das alles Tugenden, die seine kirchlichen Oberen weder schätzten noch tolerierten. Bald hagelte es Beschwerden und Diffamierungen, böse Briefe erreichten den Bischof, und Don Francesco wurde in sich beschleunigender Folge von seinen diversen Posten wieder abgezogen. Immer demütigender waren die Aufgaben geworden, die man diesem sonderbaren Diener Gottes auferlegte. Ertrug Don Francesco sein Schicksal anfänglich mit Humor, wurden seine Späße allmählich bitterer, das ehedem so herzhafte Lachen sarkastischer.

Und während das Ansehen Lord Beardsleys schier unaufhaltsam stieg, geriet Francesco stetig tiefer in einen Strudel aus Trotz und Selbstverachtung, Weltschmerz und Aufsässigkeit. Dennoch waren sie Freunde geblieben, wenngleich sie sich durch die rastlose Reisetätigkeit Beardsleys und Don Francescos gelegentliche Gefängnisaufenthalte nur mehr selten sahen. Doch immer wenn Don Francesco das Wasser wieder bis zum Halse stand, wusste er einen zuverlässigen und mittlerweile einflussreichen Freund an seiner Seite. Mehr als einmal hatte Lord Beardsley alle seine diplomatischen Beziehungen bemühen müssen, um dem schwärzesten Schaf unter den Klerikern Roms aus der Bredouille zu helfen. Zuletzt in dieser üblen Hehlereigeschichte. Nur durch ein persönliches Telegramm an den Weihbischof von Rom hatte er erreichen können, dass Don Francesco nach Verbüßen seiner Zuchthausstrafe nicht lebenslänglich in ein Kloster gesperrt wurde, sondern nochmals eine Chance bekam.

Ihm wurde die Seelsorge in einem der verrufensten Viertel Roms übertragen. Eine Pfarrei, die jahrelang verwaist war, nachdem mehrere Vorgänger Don Francescos mit Messerstichen im Rücken tot ans Tiberufer angeschwemmt worden waren. Die Ratten hatten sich in der Kirche eingenistet, als der gestrauchelte Seelenhirte sie erstmals aufsuchte, und das Führen einer Totenmatrikel hatte der greise Mesner schon vor Jahren aufgegeben, als die Malaria hier grausige Orgien feierte.

Nachdem Beardsley längere Zeit nichts mehr über Don Francesco zu Ohren gekommen war, nahm er an, er komme mit seiner neuen Aufgabe wohl zurecht. Wie man eben mit einer solchen Situation zurechtkommen konnte. Aber jetzt dieser Brief! Ohne Zweifel steckte der Padre wieder in Kalamitäten. Umso überraschter war Beardsley, als er die wenigen Zeilen überflog, mit denen Don Francesco den Freund bat, wegen einer höchst dringlichen »kirchenpolitischen Angelegenheit« ihn heute Morgen um acht Uhr aufzusuchen.

Man konnte sich keinen größeren Gegensatz vorstellen, als jenen zwischen den vier Personen, die sich wenig später in dem Kämmerchen von Don Francesco zusammenfanden. Auf der einen Seite, mit dem bewussten Papierbündel ruhig auf und ab gehend, Lord John Beardsley, ein englischer Gentleman mit sorgfältig pomadisiertem Haar und im eleganten Gehrock. In einem duftigen Sommerkleid, einen runden Strohhut auf dem Kopf, lehnte Susan O'Casey am Fenster.

(Beardsley hatte kurzerhand beschlossen, die amerikanische Journalistin zu dem Treffen mitzunehmen. Ihre Verabredung hatte ihn in ein Dilemma gebracht. Seiner aristokratischen Erziehung wäre es absolut zuwidergelaufen, das Treffen mit ihr einfach platzen zu lassen. Indes schien der Hilferuf Francescos wirklich dringend zu sein. Also dünkte es ihn das vernünftigste, die junge Dame mitzunehmen und zu hoffen, dass nach dem Treffen mit Francesco noch eine Stunde für ihr Anliegen übrig bleiben würde.)

Auf der anderen Seite des Raumes saß Don Francesco, unrasiert, schmuddelig, die Nachwehen der letzten durchzechten Nacht kaum verhehlend, auf einem Bettgestell aus Eisen. Und neben diesem Emerentio Falcone, der aus seinem alten Mantel, den abzulegen er sich beharrlich geweigert hatte, argwöhnisch hervorlugte. Mit dürren Worten hatte er auf Anweisung des Padre Bericht erstattet.

Beardsley hatte alles schweigend angehört. An seiner Miene war nicht zu erkennen, ob er die Angelegenheit ernst nahm oder nicht. Erst als er das Dokument in Händen hielt, verdüsterte sich sein Blick. Nachdenklich schritt er, den Text sorgfältig studierend, in dem schmalen Raum auf und ab.

Falcone und der Padre blickten sich mitunter schulterzuckend an und verharrten dann wieder regungslos auf ihren Plätzen.

Auch Susan O'Casey bemühte sich, die gespannte Stille im Raum nicht zu unterbrechen. Sie wusste nicht recht, wie sie sich verhalten sollte. Eine verrückte Situation, dachte sie. Eigentlich bin ich hier völlig fehl am Platze. Ein wenig unhöflich von diesem Beardsley, unsere Verabredung einfach zu ignorieren und mich stattdessen zu diesen beiden Sonderlingen zu schleppen! Hoffentlich kommen die bald zu Ende mit ihrem Kram.

»Jetzt schieß schon los«, drängelte endlich Don Francesco. »Was bedeutet der Wisch?«

Beardsley ließ die Blätter sinken. Er wirkte ernst. »Wenn ich das wüsste, Francesco, dann würde ich es dir sagen. Irgendetwas hat das Papier mit dem derzeit tagenden Konzil zu tun...«

»Soweit habe ich das auch verstanden. Darum habe ich dich hergebeten. Aber die Details?«

Beardsley zuckte mit den Schultern. »Das ist alles sehr verworren. Der Brief scheint nur ein Teil einer Reihe von Schriftstücken zu sein. Eine Art Rundbrief. Von der Sprache her dürfte er an hohe Geistlichkeit gerichtet sein.«

»Ein offizielles Rundschreiben?«

»Tja, das glaube ich gerade nicht. Ich kann es noch nicht beweisen, aber ich vermute, dass der Brief nur an einige ausgewählte Würdenträger gerichtet ist.«

»Wie kommst du darauf?«

»Ich glaube nicht, dass die Mehrheit der Bischöfe mit dem Inhalt des Briefes einverstanden wäre. Zum Beispiel mit dem immer wiederkehrenden Begriff ›Universale Weltherrschaft des Papstes‹.«

Weder Francesco noch Beardsley achteten auf Susan O'Casey, die im Gegensatz zu Falcone dem Gespräch der beiden immer interessierter folgte. Das klang ja alles sehr sonderbar. Vielleicht ließe sich daraus eine kleine Meldung fabrizieren. Einmal eine Geschichte, die nicht schon von hundert anderen Kollegen aufgewärmt worden war. Sobald ich mit ihm allein bin, dachte Susan, die die Hoffnung auf ein nobles Hotelfrühstück noch nicht ganz aufgegeben hatte, werde ich Beardsley um Erlaubnis fragen.

»Universale Weltherrschaft?«, brummelte Francesco kopfschüttelnd. »Was soll das denn bedeuten?«

»Das soll bedeuten, dass das Hirtenamt Petri nicht nur den geistlichen, sondern auch den weltlichen Bereich umfassen müsse und über die Belange der ganzen Menschheit entscheidet, nicht nur für die Katholiken Glaubensinhalte vorgibt«, erläuterte Beardsley.

»Das ist ja absurd!«

»Für manche offensichtlich nicht. Hier, sie schreiben von der Notwendigkeit eines Putsches, der die Heiligkeit des Stuhles Petri wiederherstellen soll...«

»Ein Putsch? Wie soll das geschehen?«

»Wenn ich das wüsste.«

»Der Plan kommt von Fanatikern. Wer steckt dahinter?«

»Nun, ich kenne solche Ideen seit langem...«

»Aber warum taucht gerade jetzt dieser Brief auf? Und was sollen die Stempel und Unterschriften?«

»Tja, mein lieber Francesco, das sind Fragen, die ich nicht beantworten kann. Mir gefällt die Sache nicht. Irgendetwas führen diese Leute im Schilde. Sie sind aber schlau genug, sich in dem Brief nur verschlüsselt zu äußern. Hör dir solche Formulierungen an: ›... bis zu unserem nächsten Treffen bei den toten Brüdern von La Trappe!‹ Oder: ›... auf dass der Stuhl Petri sich in einer Woche erneuert habe...‹ Oder da, zum Schluss: ›Nun bleibt uns nur noch das Gebet um die Gunst der heiligen Märtyrerin Symphorosa und ihrer sieben Söhne.‹ Also, wenn du mich fragst, sind das alles verschlüsselte Botschaften. Ich kann sie jedoch nicht entziffern. Noch nicht –«

»Was bedeutet der Name Symphorosa?«

»Nun, vordergründig betrachtet, handelt es sich bei der Dame um eine christliche Märtyrerin des zweiten Jahrhunderts. Aber welche Bedeutung der Name in diesem Papier hat, kann ich nicht sagen. Vielleicht ist er so etwas wie ein Erkennungszeichen, eine geheime Parole. Hier zum Beispiel steht: ›Die beteiligten Brüder erkennen sich allein am Namen jener Heiligen, unter deren Schutz wir unseren Kampf stellen. Er gehört damit dem innersten Arkanum an.‹ Ich tue vielleicht gut daran, mir diesen Namen zu merken.«

»Ich verstehe«, nickte Don Francesco, »dieser Code muss geheim gehalten werden. Was hast du vor, John?«

»Ich weiß nicht Recht. Ich werde mir die Sache erst durch den Kopf gehen lassen müssen.«

»Und was soll jetzt mit dem Dokument geschehen?«

»Am besten, du behältst es einstweilen hier, Francesco. Es wäre dumm, wenn es in meinem Hotel gestohlen würde. Du kennst ja die römischen Verhältnisse.«

Der Padre kratzte sich verlegen am Kopf. »Du weißt, dass ich das gern für dich täte, aber...«

»Aber?«

Don Francesco fühlte sich nicht recht wohl in seiner Haut. Er blickte auf Susan O'Casey.

»Äh, es ist mir unangenehm, darüber zu reden – ich bekomme manchmal Besuch hier. Ungebetenen Besuch. Carabinieri. Seit dieser Hehlereigeschichte wollen sie mir partout wieder was anhängen. Und deshalb –«

Lord Beardsley nickte verständnisvoll. »Da hast du völlig Recht, Francesco. Es wäre außerordentlich peinlich, wenn man das Papier bei einem von uns finden würde. Wo könnte man es sonst deponieren? Es darf auf keinen Fall in unrechte Hände fallen.«

Der Priester grinste hinterlistig. »Ich glaube, ich habe da eine Lösung! Bei wem von uns vieren hier im Raum würde man das Ding am wenigsten suchen? Na?«

Beardsley blickte ihn fragend an und dann in Richtung Emerentio Falcone, der finster auf den Boden starrte. »Eine großartige Idee, Francesco!«, rief er. »Dass ich da nicht selbst daraufgekommen bin!«

»Auf keinen Fall, ich …« Falcone versuchte sich vergeblich zur Wehr zu setzen.

»Nirgends ist das Papier so sicher wie in Emerentios Bleibe«, versicherte Francesco. »Freilich werden wir uns diese freundliche Mühe und die Verschwiegenheit unseres Freundes etwas kosten lassen müssen, was meinst du, John?« Beardsley zückte, sein Einverständnis signalisierend, seine Brieftasche, entnahm ihr mehrere große Scheine und hielt sie Falcone unter die Nase. »Meinen Sie, dass das genügt, Signor Falcone?«

Emerentio Falcone verzog sein Gesicht zu einem so breiten Grinsen, dass mehrere Zahnlücken sichtbar wurden. Der Betrag war höher, als er je von einem Hehler zu verlangen gewagt hätte. So hat sich dieser verdammte Fang also doch noch rentiert, dachte er, und meine knorrige alte Spürnase hat mich nicht betrogen. Porco Dio! Unter lauten Dankesbezeugungen langte er nach den Scheinen, versenkte das Bündel sorgfältig in seine Manteltasche und eilte wieselflink zur Tür.

»Falcone!«

Der bucklige Taschendieb blickte sich überrascht um.

»Ich muss Ihre Zeit noch einen Moment in Anspruch nehmen.« Beardsley ging zwei Schritte auf Falcone zu. »Können Sie mir eine exakte Personenbeschreibung der Männer geben, denen Sie die Aktenmappe abgenommen haben?«

Falcone stutzte, grübelte eine Weile und schilderte dann in kurzen, aber präzisen Worten das Äußere der drei Männer. In solchen Angelegenheiten besaß er ein fotografisches Gedächtnis. Er erzählte von dem feisten Würdenträger im Hintergrund, von dem missmutigen Kleriker und dem schwarz gekleideten Mann, dem Jüngsten der drei. Niemand im Raum bemerkte, dass Lord Beardsley bei der Schilderung Falcones blasser geworden war. Er presste die Lippen aufeinander.

»Dieser junge Mann«, fragte er leise, mit seltsam veränderter Stimme, »er war kein Priester, sagten Sie?«

»Nein, nein. Zumindest trug er keine Soutane«, beteuerte Falcone.

»Und er hatte ein blasses Gesicht?«

»Sehr blass, Signore. Pechschwarze Haare, aber bleich wie eine Kerze unserer lieben Frau!«

»Er trug eine Brille?«

»Ja, ein rundes goldenes Gestell.«

»Gab es da sonst irgendetwas, was an dem jungen Mann auffällig war?«, wollte Beardsley wissen. Der Alte schwieg. »Falcone, versuchen Sie sich zu erinnern!«

»Nun, ich kann mich täuschen…«

»Sagen Sie es! Heraus damit!«

»Als die beiden Männer – Sie verstehen –, also nicht der feiste Pfaffe…«

»Ich verstehe, weiter!«

»Nun, als die beiden Männer auf mich zukamen, hatte ich den Eindruck, dass der jüngere ein wenig – hinke. Jetzt, wo Sie mich danach fragen, bin ich mir fast sicher. Sein Gang war etwas sonderbar.«

»Dachte ich es mir doch!« Beardsley war aufgesprungen. Die Blässe seines Gesichtes war einer rötlichen Färbung gewichen. Er schien sehr erregt zu sein.

»Was ist los?«, fragte Francesco erstaunt. »Kennst du dieses hinkende Bleichgesicht etwa?«

»Gut möglich«, murmelte Beardsley tonlos. »Ja, es ist gut möglich –«

»Lord Beardsley, so warten Sie doch!« Susan O'Casey lief hinter dem englischen Aristokraten her, so schnell es ihr langer Rock und ihre zierlichen Stiefeletten erlaubten. Beardsley hatte das Treffen bei seinem Freund ziemlich abrupt abgebrochen und war aus dem Haus gelaufen. Seiner Begleiterin schien er sich kaum zu entsinnen.

»Lord Beardsley, Sie wollten mir doch noch einige Dinge über die Unfehlbarkeit erzählen«, rief sie sich ihm in Erinnerung.

»Das geht jetzt nicht, Miss. Entschuldigen Sie, das müssen wir ein andermal nachholen. Melden Sie sich bei mir in einigen Tagen, Sie kennen ja mein Hotel.«

»Aber diese Briefgeschichte eben, das könnte eine interessante Story geben. Wollen Sie mir nicht wenigstens darüber … ?«

Beardsley blieb stehen. »Miss O'Casey, ich verstehe, dass es Ihr Beruf ist, neugierig zu sein. Dennoch muss ich Sie dringend bitten, die Finger von dieser Sache zu lassen.« Er ging einige Schritte weiter. »Im Übrigen halte ich die Angelegenheit für vollkommen belanglos. Jemand erlaubt sich einen Scherz. Aus den paar Zeilen kann man überhaupt nichts herauslesen. Sie verschwenden nur Ihre Zeit.«

»Eine Frage, Lord Beardsley, zu den drei Männern, von denen Falcone sprach«, unternahm Susan einen neuerlichen Vorstoß. »Sie deuteten an, einen von ihnen zu kennen?«

»Ich versichere Ihnen, dass ich mir aus der umständlichen Schilderung Falcones nicht den geringsten Reim machen kann. Sie passt auf Hunderte von Konzilsgästen, die sich derzeit in Rom befinden. Und jetzt müssen Sie mich entschuldigen, ich habe wirklich zu tun. Leben Sie wohl!« Mit diesen Worten drehte er sich um und ließ die Journalistin auf der Straße stehen.

Susan O'Casey starrte ihm verdutzt nach. Was war nur in ihn gefahren? Ein Gefühl der Enttäuschung und Verärgerung stieg in ihr hoch. Nicht nur, dass sie über die Frage der Unfehlbarkeit nun genauso wenig wusste wie zuvor, nicht nur, dass dieser Morgen ganz anders abgelaufen war, als sie sich das vorgestellt hatte – nein, es war die Art und Weise, wie dieser hochmütige Engländer sie behandelt hatte! Wie er sie abgekanzelt hatte, als wäre sie ein Schulmädchen! Eine Frau als Journalistin, das war es doch! Das will nicht in den Kopf dieser borniertern Europäer! Was will denn eine Frau hier auf dem Konzil? Auch für Beardsley war sie offensichtlich bloß eine neugierige amerikanische Göre. Wie er sie schon bei ihrem ersten Zusammentreffen taxiert hatte! Von oben bis unten.

Missmutig ging Susan weiter. Dieser Lord hatte ihr überhaupt keine Belehrungen zu erteilen! Sie sollte ihre Nase nicht in solche Sachen stecken! War es nicht ihr Recht als Journalistin, neugierig zu sein? Und ihre Pflicht! Beardsley wusste über die Angelegenheit mehr, als er zugeben wollte, das war offensichtlich! Und er nahm sie ernst, außerordentlich ernst sogar! War er nicht auch Publizist? Wahrscheinlich wollte er die Story für sich allein ausschlachten, um sie in irgendeinem Blatt groß herauszubringen.

Susan überlegte trotzig: Diese Tour wollte sie ihm vermiesen! Sie wollte diese Angelegenheit mit dem gestohlenen Brief nicht auf sich beruhen lassen. Jetzt erst recht nicht! Was aber tun? Mit Roux und Bradshaw über die Sache reden? Das konnte sie immer noch tun. Noch mal bei Don Francesco vorbeigehen? Es machte nicht den Anschein, als ob dieser Sonderling viel zur Lösung ihrer Fragen beitragen könnte.

Nein, sie sollte diesen Tag nutzen, um auf eigene Faust Recherchen einzuleiten. War ja schließlich ihr Beruf! Vielleicht taten sich einige Spuren auf, die sie nach Washington melden konnte. Freilich, viele Anhaltspunkte hatte sie nicht. Sie konnte sich kaum noch an die Details erinnern, die Beardsley halblaut aus dem Papier vorgelesen hatte. Dass sie sich wieder keine Notizen gemacht hatte! Ja, dieses Codewort, wenn sie sich an das wenigstens entsinnen könnte. Symphrisia? Symphoria? Nein! Sympho ... Symphorosa! Ja, so könnte es gelautet haben. Also, an die Arbeit.

Es ist unschwer vorstellbar, dass das Verschwinden des Geheimpapiers in einigen Kreisen der in Rom anwesenden Kirchenleute beträchtliche Aufregung verursachte. Oberflächlich betrachtet, schienen das emsige Treiben rund um die vatikanischen Gebäudekomplexe, das Hin und Her in den endlosen Fluren der Kurialbehörden und das ständige Kommen und Gehen neuer Würdenträger und Delegationen unverändert. Umso hektischere Aktivitäten entfalteten sich im Hintergrund. Verschlüsselte Botschaften verließen die Telegrafenämter in alle Himmelsrichtungen. Sekretäre eilten mit versiegelten Briefen zu den Privatquartieren hoch gestellter Kirchenpersonen und -führer, verschwanden, misstrauisch um sich blickend, darin und kehrten nach mehreren Stunden, mit neuen Direktiven ausgestattet, zu ihren Auftraggebern zurück. Wären da nicht die zahllosen gepolsterten Doppeltüren gewesen, die auch tagsüber geschlossenen Fensterläden und Holzmarkisen, ein zufälliger Beobachter hätte aus so manchem Besprechungszimmer erregtes Gewisper, zornige Dispute und sogar den einen oder anderen gotteslästerlichen Kutscherfluch vernehmen können. Immer zahlreicher wurden auch jene Grüppchen, die sich in den marmorglänzenden Atrien und Aulen des Vatikans, unter den strengen Blicken überlebensgroßer Heiligenfiguren, scheinbar zufällig zusammenfanden, aufgeregt miteinander tuschelten und beim Vorübergehen eines Uneingeweihten verlegen das Gespräch einstellten.

Schließlich, nachdem mehrere Tage seit dem Diebstahl Emerentio Falcones vergangen waren, hätte unser zufälliger Beobachter auch eine ungewöhnlich große Zahl von Schwarzröcken in dieser an Soutanen wahrlich nicht armen Stadt bemerkt, die sich um den Nebeneingang einer unscheinbaren Pension in der Viale Santa Laura konzentrierten. Mehrere dieser Männer waren mit den Insignien der Kardinals- oder Erzbischofswürde ausgestattet, aber auch einige Laien, in Frack und Zylinder, waren darunter. Urplötzlich waren sie aufgetaucht, keiner von ihnen hatte sich in einer Kutsche vorfahren lassen. Ihre Gesichter waren ernst. Man hatte es eilig, in das Hinterzimmer der Pension zu gelangen. Solange sie auf der Straße und im Flur waren, sprachen sie kaum ein Wort miteinander, und auch als sich die Salontür hinter ihnen geschlossen hatte, vermochten selbst die empfindsamen Ohren der Pensionswirtin nur undeutliches Geflüster zu vernehmen.

Undeutlich waren auch die Wahrnehmungen und Gefühle des schmächtigen jungen Mannes im Priesterrock, der zwar noch in das Sitzungszimmer gelangt war, jetzt aber auf einem harten Stuhl neben der Tür saß. Von Zeit zu Zeit zog er umständlich ein Taschentuch aus dem Ärmel seiner Soutane und fuhr sich damit über die Stirn. In dem farblosen Flaum seiner Oberlippe hingen Schweißperlen. Eine drückende Schwüle erfüllte den fensterlosen Raum. Sein Prälat hatte Veit Kammerloher strengstens angewiesen, die Tür nicht aus dem Auge zu lassen und jedem Unbefugten den Zutritt zu verwehren. Doch seit einer Stunde wollte niemand mehr in den Salon gelangen.

Veit Kammerloher langweilte sich entsetzlich. Die illustre Runde der Konferenzteilnehmer hatte sich im rückwärtigen Teil des Raumes versammelt, und wie sehr der junge Kleriker auch die Ohren spitzte, er konnte nichts erlauschen als geflüsterte Konversation in lateinischer Sprache. Ja, Veit Kammerloher, jetzt rächt es sich, dass man die diesbezüglichen Übungen droben auf dem Freisinger Schulberg gar zu sehr auf die leichte Schulter genommen hatte, dass einem die lateinischen Exercitationes gar zu lästig waren. Entsprechend schlecht waren die Ergebnisse ausgefallen und zu guter Letzt hatten einen die Herren Professoren nur mit ärgerlichem Kopfschütteln und nach inständigen Bitten des Heimatpfarrers durchs Examen schlüpfen lassen.

Den angehenden Kaplan hatte es damals nicht verdrossen –für das Herunterhaspeln einer stillen Messe werde es allemal genügen, so dachte er zuversichtlich –, doch jetzt drückte ihn die Neugier, und zu gern hätte er gewusst, worüber da die ganze Zeit so aufgeregt getuschelt wurde. Aus den Satzfetzen, die an sein Ohr gelangten, konnte er sich keinen Reim machen und jegliche Fragen hatte sich sein Prälat strikt verbeten. Veit Kammerloher fuhr sich mit dem Taschentuch über die Stirn. Seit Tagen ging das so!

Er hatte sich das alles ganz anders vorgestellt, hier in Rom, im Mittelpunkt der Kirche Christi! Irgendwie feierlicher, erhabener, ergreifender. Stattdessen eilige Droschkenfahrten von Konferenz zu Konferenz, Botengänge, Depeschen hierhin, Briefe dorthin, stundenlanges Herumsitzen und Nichtstun inmitten ernster, bleicher Männergesichter! Was hatte das alles mit der Religion zu tun, wie sie ihm seit Kindheit vertraut und ans Herz gewachsen war? Überhaupt dieses ständige Reden, Reden, Reden!

Zu Hause ist nie über derlei Dinge gesprochen worden. Religion war das, was von alters her der Brauch war. Das, was sich wie von selbst ereignete im ständig wiederkehrenden Rhythmus von Taufmessen und Sterberosenkränzen, Fronleichnamsprozessionen und Bittgängen, hingemurmelten Tischgebeten und beschwörenden Wettersegen. Die hölzernen Predigten des Pfarrers wurden vom Volk ebenso wortlos entgegengenommen wie die Ermahnungen des Bischofs, der alle paar Jahre auf einer Firmreise ins Dorf kam. Veit Kammerloher war in dieser Atmosphäre naiver Volksfrömmigkeit aufgewachsen, die sich nicht selten mit okkulten Glaubensvorstellungen verstrickte. Und auch später im Seminar wurde kein unnötiges Wort verloren. Da hieß es parieren und lateinische Messtexte auswendig lernen. Und kam einem der Seminaristen einmal eine kirchenväterliche Sequenz allzu spanisch vor, so wusste der alte Regens so lange begütigend auf ihn einzureden, bis niemand mehr wusste, um was es überhaupt gegangen war.

Veit Kammerloher, der verloren auf seinem Stuhl saß, kam das alles gar nicht mehr so unvernünftig vor.

Der Mensch kann nicht über Untergeordnete herrschen, wenn er nicht sich selbst einem Übergeordneten unterwirft. (Augustinus, De serm. Dom. in monte, 1,4) Der Gehorsam ist bei allen vernünftigen Geschöpfen Mutter und Hüterin der Tugend. Denn so sind sie erschaffen, dass es ihnen nützlich ist zu gehorchen, verderblich aber, den eigenen Willen zu tun. (Augustinus, De civ. Dei 14,12)

Auflehnung, Widerstand, Ungehorsam. Wie sehr lehnte ich mich früher gegen Dinge auf, die ich nicht verstand! Tagelang sprach ich kein Wort, wenn mich mein Vater, der streng und aufbrausend sein konnte, zu etwas gezwungen hatte. Als er mir einmal verbot, zur Schule zu gehen, weil zu Hause die jungen Rüben geerntet werden mussten, lief ich auf und davon. Zwei Tage und drei Nächte war ich verschwunden. Ich verbarg mich in einer alten Scheune am Fluss, bis mich die Jungen aus dem Dorf aufstöberten und johlend nach Hause zurückzerrten. Mutter musste eingreifen, sonst hätte Vater mich totgeschlagen. Eine ausgerenkte Hüfte habe ich als Andenken davongetragen. Alle in unserem kleinen katalanischen Dorf, wo mein Vater Ortsvorsteher war, hielten mich für verrückt. Früher oder später, sagten sie, würde der Sohn des Bürgermeisters bei den Rebellen in den Bergen landen oder bei den gemeinen Strauchdieben, was für sie auf das Gleiche hinauskam. Dabei war ich kein trotziger, aggressiver Junge, sondern hegte einen zähen, stummen, hinterhältigen Widerstand. Wie ein Hund, der zu oft getreten wurde, duckte ich mich bei jeder Bewegung, stets bereit, den Angreifer aus dieser Position scheinbarer Demut heraus anzufallen.

Die Wandlung geschah, als jener neue Priester ins Doll kam, ein spindeldürrer Asket mit funkelnden Augen. Man munkelte, er sei strafversetzt worden. Er kam oft in unser Haus, um mit meinem Vater Dorfangelegenheiten zu besprechen. Ich beobachtete ihn immer scheu und wagte nicht, mit ihm zu sprechen. Aber offenbar hatte er mich bemerkt, denn eines Tages knurrte mein Vater mich an, dass der Padre mich ins Internat mitnehmen wolle und dass ich seinetwegen dorthin gehen könne, wo der Pfeffer wachse.

Die Schulen und Seminare, die ich seither besuchte, haben mir viel von mei-

ner krankhaften Auflehnungssucht genommen. Schritt für Schritt wurde ich in das wunderbare Wechselspiel des Organischen eingeführt, das nur aufgrund eines komplexen Systems der Über- und Unterordnung funktioniert. Dass diese kompromisslosen Gesetze der Natur auch für das gesellschaftliche Zusammenleben der Menschen gelten sollten, konnte ich lange nicht begreifen. Ich verhehle nicht die inneren Kämpfe, die nächtlichen Tränen, die dieser Lernprozess von mir forderte. Aber ich gewann die Oberhand gegen meine innere Zerrissenheit. Harte Bußübungen und Selbstkasteiungen leisteten mir wertvolle Hilfe, dazu die strenge Zucht der Vorgesetzten.

Schließlich schlug man mir vor, auf Kosten der Bruderschaft zu studieren. Ich war dazu ausersehen, in die höheren Führungsränge der Organisation aufsteigen zu dürfen. Wie viele Jahre dachte ich, meine Selbstzweifel endgültig abgelegt zu haben. Und doch – seit einigen Wochen sind sie wieder da, diese bohrenden Gedanken, diese nächtlichen Quälgeister!

Ich fühle mich elend und zerrissen. Ist der radikale Weg, den die Bruderschaft eingeschlagen hat, wirklich richtig? Warum ist man nicht dabei geblieben, in aller Öffentlichkeit dem Herrn den Weg zu bereiten? Warum all diese Geheimnistuerei, diese Treueide, diese konspirativen Treffen? Aber – kann man den Zug, der immer mehr an Fahrt gewinnt, überhaupt noch aufhalten? Ich glaube es nicht. Freilich, irgendetwas muss geschehen sein, das unseren Plan gefährden könnte. P flüsterte etwas von einer verloren gegangenen Instruktion. Alle waren sehr erregt.

Im vatikanischen Pressebüro herrschte drangvolle Enge. Mindestens fünfzig Reporter standen um einen ziemlich korpulenten Kleriker geschart. Das bevorstehende Ende des Konzils und die Gerüchte um die geplante Unfehlbarkeitserklärung hatten die wochenlange Lethargie der Journalisten schlagartig verscheucht. Der geistliche Pressesprecher war sichtlich ungehalten über den Rummel und formulierte seine Antworten ausweichend und mürrisch.

Susan O'Casey nickte einigen Kollegen, mit denen sie mittlerweile Bekanntschaft geschlossen hatte, zu und reihte sich in ihren Kreis ein. Doch je länger sie dem trägen Spiel aus drängenden Fragen und schwammigen Antworten folgte, desto unsicherer wurde sie in ihrem Vorhaben. Sollte sie wirklich an dieser Stelle ihre Recherchen über die geheimen Machenschaften irgendwelcher Leute beginnen? Sicherlich würde sie der rotgesichtige Priester mit einigen flapsigen Bemerkungen abfertigen, ja, womöglich dem Spott der Kollegen preisgeben! Und wenn nicht – hatte sie ihre Story dann nicht der gesamten Weltpresse verraten, routinierten, mit allen Wassern des Metiers gewaschenen Kollegen, die auf nichts begieriger waren, als ihr diese Geschichte zu entreißen?

Nein, diesen Informationsvorsprung, den sie einem glücklichen Zufall verdankte, durfte sie jetzt nicht fahrlässig preisgeben. Sie würde das Ende dieser offiziellen Fragestunde abwarten und den beleibten Pressesprecher irgendwie unter vier Augen zu befragen versuchen. Um keine Aufmerksamkeit zu erregen, verblieb sie in der Schar der Journalisten, ohne ihren aufgeregten Fragen weiter Beachtung zu schenken.

Sonderbar, dachte sie, noch vor vierundzwanzig Stunden war sie ebenso wie diese Männer an jeder Kleinigkeit interessiert gewesen, die die vatikanische Pressestelle verlauten ließ, war gleich nach jedem Termin an den Telegrafenapparat geeilt, um ihrer Heimatredaktion eine Meldung zu übermitteln. Und jetzt? All das, was da von den Kollegen begierig aufgesaugt, auf Notizblöcken festgehalten und erregt diskutiert wurde, kam ihr heute so unwichtig vor.

Ihre Gedanken kreisten um die Begegnung mit Lord Beardsley, mit diesen seltsamen Gestalten Don Francesco und Emerentio Falcone. Unendlich zäh verging die Zeit, ehe der Pressesprecher durch ein kaum unterdrücktes Gähnen das Ende der offiziellen Fragestunde signalisierte. Einigen übereifrigen Fragestellern, die sich noch nicht genügend informiert fühlten, schnitt er brüsk das Wort ab. Daraufhin holte er eine Zigarre aus einem Etui, biss die Spitze ab und entzündete sie umständlich mit dem befriedigenden Gefühl, sein Tagwerk für heute beendet zu haben.

Umso ärgerlicher wurde er, als er durch die weißen Rauchschwaden seiner Havanna das Gesicht von Susan O'Casey auf sich zukommen sah.

»Die Fragestunde ist für heute beendet, Signorina«, knurrte er, ohne die Zigarre aus dem Mund zu nehmen. »Kommen Sie morgen wieder, wenn Sie es für notwendig erachten.« Die junge Frau ließ sich nicht einschüchtern. »Entschuldigen Sie, Hochwürden, aber ich möchte Ihnen ein paar Fragen unter vier Augen stellen.«

»Das ist leider nicht möglich.« Die Augen des Klerikers blitzten grimmig. »Sie sehen ja, welchen Andrang ich hier habe. Wenn ich das einem Einzigen zubillige, habe ich morgen die ganze Meute auf dem Hals.«

»Aber die Sache scheint mir von großer Bedeutung zu sein.«

»Der Allmächtige allein weiß, was von großer Bedeutung ist. Warum haben Sie mich nicht vorhin gefragt? Sie waren doch die ganze Zeit anwesend.«

Susan O'Casey biss sich auf die Lippen. Der Mann vor ihr erweckte nicht den Anschein, als würde er ihr Anliegen nach einer eigenen Story verstehen. Sie musste versuchen, ihn aus der Reserve zu locken.

»Es handelt sich um eine geheime Angelegenheit, die nicht für jedermanns Ohren bestimmt ist.«

Beißender Zigarrenrauch quoll ihr aus Richtung des Pressesprechers entgegen. »Eine geheime Angelegenheit, Signorina?«, hörte sie die höhnische Stimme. »Wir haben hier keine geheimen Angelegenheiten. Alles frei und offen. Wir haben nichts zu verbergen.«

»Sie vielleicht nicht. Aber gilt das für alle Konzilsteilnehmer?«

»Was meinen Sie damit?«

»Ich meine, könnte es vielleicht Gruppierungen geben, die in irgendeiner Weise Druck auf das Konzil ausüben möchten?«

»Ich habe keine Ahnung, wovon Sie reden. Werden Sie deutlicher.«

»Ich weiß nichts Genaues. Es soll Leute geben, die sich im Geheimen treffen, um den Konzilsverlauf zu beeinflussen –«

»Ach, meine gute Dame aus Amerika!«, rief der Pressesprecher und lachte blechern. »Während eines solchen Konzils gibt es Hunderte von Gruppen und Grüppchen. Alle wollen sie natürlich den Verlauf beeinflussen, und alle treffen sie sich im Geheimen. Da müssten Sie sich schon ein wenig präziser äußern.«

Susan O'Casey nickte beschämt. »Ich dachte, vielleicht könnten Sie mir…?«

»Also, jetzt müssen Sie mich wirklich entschuldigen. Wenn Sie partout meinen, mehr zu wissen, können Sie ja bei Kardinal Geraldi Ihr Glück versuchen. Er leitet das Tagungsbüro und hat den besten Überblick. Aber, glauben Sie mir, er wird Ihnen nichts anderes sagen als ich.« Ohne sich weiter um die Fragestellerin zu kümmern, wandte sich der Pressesprecher zum Gehen.

»Kardinal Geraldi?«, rief ihm Susan nach. »Wo finde ich ihn?«

»Westtrakt, Pforte sechs. Dritter Stock.« Und damit war er verschwunden.

Die Suche nach Kardinal Geraldi erwies sich als mühsam. Schon um zum Westtrakt des vatikanischen Gebäudekomplexes zu gelangen, benötigte Susan O'Casey mehr als eine halbe Stunde. Mehrfach verlief sie sich in dem Labyrinth von Fluren, Treppen und Gängen, stand vor verschlossenen Portalen und musste zu ihrem Ausgangspunkt zurückkehren, um die Orientierung nicht vollständig zu verlieren. Die meisten Geistlichen, die ihr über den Weg liefen, waren selber ortsfremde Konzilsbesucher und gaben ihr widersprüchliche Auskünfte.

Endlich stand die Journalistin vor dem Hauptportal des riesigen grauen Westflügels. Nachdem sie mehrmals die Glocke gezogen hatte, öffnete eine vollständig in Schwarz gekleidete Ordensschwester. Sie musterte die junge Frau eingehend und belehrte sie mit einer meckernden Stimme, dass der Eintritt in diesen Teil des Vatikans nur für Mitarbeiter und persönlich geladene Gäste gestattet sei. Ob die Signorina eine solche Einladung vorweisen könne? Susan O'Casey schüttelte betrübt den Kopf. Daraufhin zuckte die Nonne gleichgültig mit den Schultern und wollte die schwere Eichentür wieder schließen.

»Halt!«, rief Susan schnell. »Bitte warten Sie. Der Pressesprecher hat mich hergeschickt. Ich soll hier nach Kardinal Geraldi fragen. Es handelt sich um eine dringende Angelegenheit. Ich komme von der Washington Post.«
Misstrauisch lugte die Nonne aus dem Türspalt. »Es tut mir Leid, Signorina, aber ich habe strenge Anweisungen, niemanden unbefugt einzulassen. Bitte verstehen Sie das.«
»Aber was soll ich denn machen? Wie kann ich Kardinal Geraldi sonst aufsuchen?«
»Wenn der Hochwürden vom Pressebüro Sie zu Seiner Eminenz schicken wollte, dann hätte er Ihnen das schriftlich bestätigen sollen. Ich kann Sie nur anmelden, wenn Sie ein solches Schreiben vorweisen können.«
Susan atmete tief durch. »Sie meinen … ?«
Die Schwester nickte unmerklich und schon schloss sich das Portal vor den Augen der enttäuschten ungebetenen Besucherin. Es blieb ihr nichts anderes übrig, als sich wieder zum Pressebüro durchzufragen, dort den dicken Kleriker ausfindig zu machen und sich von diesem, der jetzt noch ungehaltener war als vorhin, ein kurzes Begleitschreiben aushändigen zu lassen. Mit diesen Zeilen bewaffnet, kehrte sie zum Portal des Westtraktes zurück.
Die Nonne musterte die Zeilen eingehend und gebot Susan schließlich, ihr zu folgen. Der Weg führte über endlose marmorbelegte Flure und Treppen, vorbei an unzähligen Türen, Steinbüsten und bis zur Unkenntlichkeit gedunkelten Ölgemälden. Eine bleierne Stille beherrschte den ganzen Trakt, die nur das Klappern von Susans Stiefeletten auf dem Steinboden zerriss. Die Ordensschwester huschte nahezu lautlos voran. Susan hatte fast jegliche Orientierung verloren, als die Nonne abrupt stehen blieb, ihr mit einem Nicken zu warten bedeutete und hinter einer hohen Tür verschwand. Nach zwei Minuten öffnete sich die Tür quietschend wieder und die alte Nonne trat heraus. Susans Herz schlug etwas höher.
»Nun, wird er mich empfangen?«
Ohne eine Miene zu verziehen, schüttelte die Ordensschwester den Kopf. »Es tut mir Leid, Signorina, Seine Eminenz hat das Haus vor einer halben Stunde verlassen. Er wird für mehrere Tage nicht zu sprechen sein«, sagte sie und ließ die junge Korrespondentin stehen.
Susan O'Casey fühlte eine Woge der Empörung in sich aufwallen. Den halben Tag hatte sie nun im Vatikan zugebracht, ohne auch nur den Hauch einer Spur zu finden. Sie war müde, unglücklich und zerschlagen. Der ganze Elan vom Vortag war verflogen. Die riesigen marmornen Statuen, die die Gänge säumten, schienen höhnisch auf sie herabzublicken und ihr die Vergeblichkeit ihres Tuns vorzuwerfen.
Die Amerikanerin trottete ein paar Schritte vorwärts und setzte sich erschöpft auf ein Gesims. Ob es eine gute Idee war, diesen Auftrag anzu-

nehmen, obwohl sie so gut wie nichts von all diesen katholischen Dingen verstand? Sollte sie sich nicht lieber wie alle anderen lediglich um den alltäglichen Klatsch des Konzils kümmern? Sie seufzte. Entsetzlich einsam fühlte sie sich plötzlich, einsam und voller Heimweh.

»Ist Ihnen nicht wohl? Kann ich Ihnen behilflich sein, Signorina?«

Susan zuckte erschrocken zusammen, denn sie hatte niemanden kommen hören. Als sie aufschaute, blickte sie in die schwarzen, von einer goldenen Brille umrahmten Augen eines blassen jungen Mannes. Seinem eleganten Gehrock nach zu schließen, handelte es sich nicht um einen Kleriker. In einer Hand trug er ein großes Kuvert. Er hatte sie italienisch angesprochen, doch ein fremder Akzent verriet eine französische oder spanische Muttersprache. Susan tastete nach ihrer Tasche und erhob sich.

»Nein, danke, es geht schon wieder. Ich wollte mich nur ein wenig ausruhen.«

Der Fremde sah sie immer noch neugierig an. »Warten Sie auf jemand?«

»Ich ... , ich suche jemand, der mir eine Auskunft geben kann.«

»Auskunft worüber?«

»Über Fragen zum Konzil. Ich bin Journalistin und schreibe für die Washington Post.«

Das Gesicht des jungen Mannes nahm einen erstaunten Ausdruck an. »Sie sind Journalistin? Warum haben Sie das nicht gleich gesagt? Entschuldigen Sie, eine Frau in diesem Metier ist mir bisher nicht begegnet.«

Susan lächelte mühsam. »Kann ich mir denken, hier in Europa.«

»Also, wenn Sie für die Zeitung arbeiten, dann müssen Sie sich an das Pressebüro wenden, Signorina. Dort werden die Verlautbarungen für die Journalisten ausgegeben. Warten Sie, ich werde Ihnen den Weg zeigen –«

Susan schüttelte den Kopf. »Vielen Dank, ich kenne den Weg. Ich komme von dort.«

»Und hat man Ihnen nicht gesagt, was Sie wissen wollten?«

»Leider nein.«

»Mit wem haben Sie dort gesprochen?«

»Ich weiß den Namen nicht mehr. Ein älterer Herr...«

»Mit gut zwei Zentnern und einer roten Nase?«

Susan nickte belustigt und auch der junge Mann schmunzelte.

»Da sind Sie an Prälat Luigi Riva geraten. Ich kann mir vorstellen, dass er noch wenig Erfahrung im Umgang mit jungen und hübschen Korrespondentinnen hat.«

Irritiert stellte Susan fest, dass sie ein wenig errötete. Mit solcherlei Komplimenten innerhalb der vatikanischen Mauern hatte sie vor kurzem noch nicht gerechnet. »Sie dürfen mich nicht falsch verstehen. Er war nicht unhöflich –«

»Das habe ich auch nicht unterstellt. Welche Staatsgeheimnisse wollten Sie ihm denn entlocken, wenn man fragen darf?«

Susan stutzte einen Augenblick. Sollte sie über die Angelegenheit sprechen? Schließlich wusste sie nicht, mit wem sie es überhaupt zu tun hatte. Andererseits – vielleicht konnte ihr dieser charmante junge Mann weiterhelfen. Offen gestanden wusste sie ohnehin nicht mehr, wohin sie sich wenden sollte.

»Es geht um bestimmte Gerüchte, die das Konzil betreffen. Man sagt, es gebe irgendwelche Geheimaktivitäten im Hintergrund.«

»Geheimaktivitäten?«

»Ja, irgendwelche Kreise scheinen sich zu treffen, um das Konzil für ihre speziellen Ziele zu benutzen.«

»Was sind das für Kreise?«

»Das wüsste ich ja gern. Sagt Ihnen vielleicht das Stichwort ›Symphorosa‹ etwas?«

»Symphorosa?« Einen Moment stutzte der junge Mann. Er blickte Susan aus seiner goldumrandeten Brille scharf an. »Man sollte dem Gerede der Leute hier keine allzu hohe Bedeutung beimessen«, sagte er dann. »Sie sind neu hier und kennen die Fantasie der Italiener nicht. Ich bin mir sicher, dass das Konzil seinen planmäßigen Verlauf nehmen wird.«

Susan O'Casey war verwirrt. »Sie können also mit dem Namen Symphorosa nichts anfangen?«

»Ehrlich gesagt – nein.«

»Kennen Sie sich mit den Dingen, die das Konzil betreffen, aus?«

»Nun ja. Einigermaßen.«

»Wissen Sie, ich suche jemanden, der mir ein wenig die Zusammenhänge innerhalb des Vatikans erklären könnte. Darf ich Ihnen dazu einige Fragen stellen?«

Abermals zögerte der junge Mann. »Selbstverständlich«, sagte er dann gedehnt und setzte hinzu: »In ein paar Minuten. Ich muss nur eben diesen Brief abgeben.« Er deutete auf sein Kuvert. »Wenn Sie sich einen Moment gedulden wollen? Ich bin gleich zurück.«

Noch ehe Susan O'Casey etwas erwidern konnte, machte der Mann auf dem Absatz kehrt, ging eiligen Schrittes den Flur entlang und bog um eine Ecke. So überraschend, wie er aufgetaucht war, war er wieder verschwunden. Susan ließ sich erwartungsvoll auf ihrem Gesims nieder.

Nun sitze ich also hier im Zentrum der katholischen Macht, dachte sie und grinste innerlich. Wenn ihr Großvater Alberto Giorni sie jetzt so sehen könnte! Für ihn war Rom immer die größte, schönste und bedeutendste Stadt der Welt geblieben. In welchen Farben hatte er ihr die römischen Sehenswürdigkeiten beschrieben! Nein, nicht die alten Ruinenstätten der

Antike. Für solcherlei Schutt, wie er es nannte, hatte er keinen Sinn. Er liebte das goldene, das pompöse Rom: die zahllosen Kirchen und Basiliken, die prächtigen Villen und Schlösser. Und als Krönung all dessen – die unermessliche Peterskirche und die vatikanischen Paläste!

Jetzt befand sie sich in einem solchen Gebäude und musste feststellen, dass es eher dem muffigen Verwaltungsgebäude eines Ministeriums glich. Oder eines Versicherungsunternehmens. Susan musste lachen über diese albernen Vergleiche. Nun, vielleicht blickte Alberto Giorni ja von oben herab auf sie. Ob er stolz auf sie wäre, da sie auf Kosten der Washington Post in seine alte Heimat zurückgekehrt war?

Susan wartete. Hin und wieder stand sie von dem Gesims auf, um sich die Füße zu vertreten. Nichts rührte sich. Seit der junge Mann sie verlassen hatte, musste mindestens eine halbe Stunde vergangen sein!

Schließlich hielt Susan es nicht länger aus. Sie ging den Flur entlang, bog in den Seitengang, den der junge Mann genommen hatte, und sah sich verwirrt um. Am Ende des Ganges befanden sich drei raumhohe Türen. In welche war er eingetreten? Sie klopfte an der linken Tür, zaghaft zunächst, dann energischer. Nichts. Auch ein vorsichtiges Herunterdrücken der Klinke blieb erfolglos – die Tür öffnete sich nicht. Sie versuchte ihr Glück bei der mittleren Tür. Umsonst. Und auch an der rechten Tür scheiterte sie. Es half nichts. Alle drei Türen blieben verriegelt. Auf ihr heftiges Klopfen hin erfolgte ebenso wenig eine Reaktion wie auf ihre zaghaften Rufe. Entweder öffnete man ihr absichtlich nicht oder die drei Türen führten nur wieder zu neuen Fluren und Gebäudeteilen.

Sie musste die Suche abbrechen. Der junge Mann blieb verschwunden. Warum war er nicht zurückgekehrt? War es möglich, dass er sie vergessen hatte? Vielleicht war er der Sekretär eines ranghohen Klerikers, der ihm eine dringende Arbeit aufgetragen hatte? Fragen über Fragen! Mit hängendem Kopf, voll wirrer Gedanken trat Susan den Rückzug an.

III.

Rom. Donnerstag, 14. Juli 1870, Festtag des heiligen Bonaventura, der als seraphischer Lehrer und Doktor der Universität von Paris von Papst Gregor X. zum Ordensgeneral der Franziskaner und zum Kardinal von Albano erhoben wurde, ehe er 1274 während des Konzils von Lyon verstarb und es dreihundert Jahre später hinnehmen musste, dass die Calvinisten sein Grab schändeten, seine Gebeine verbrannten und seinen Schädel in die Fluten der Saône warfen.

Gegen elf Uhr dreißig verließ Claude Roux an diesem heißen Tag den vatikanischen Telegrafensaal und wischte sich den Schweiß von der Stirn. Eben hatte er seiner Pariser Heimatredaktion folgenden Bericht übermittelt:

EKLAT IM VATIKAN! FÜNFUNDZWANZIG BISCHÖFE VERLASSEN UNTER PROTEST ROM! DROHT EIN SCHEITERN DES KONZILS?

Wie aus gut unterrichteter Quelle verlautete, soll eine Deputation der Unfehlbarkeitsgegner, darunter so namhafte Kirchenführer wie Erzbischof Georges Darboy von Paris, Erzbischof Gregor Scherr von München, Erzbischof Jacques Marie Ginoulhiac von Lyon und Bischof Wilhelm Emanuel von Ketteler, in einer Privataudienz versucht haben, die Geschicke des römischen Konzils zu wenden. Offenbar ist es dem Papst entgegen anders lautenden Meldungen bisher nicht gelungen, alle Konzilsväter auf die Linie der Unfehlbarkeit, von der seit Tagen in Rom gesprochen wird (wir berichteten), einzuschwören. Dies überrascht umso mehr, als die zuständige Kommission unter den Kardinälen Bilio und Caterini seit Konzilsbeginn bereits 144 Änderungswünschen entsprochen hat. Eine Probeabstimmung am heutigen Vormittag ergab zwar eine Mehrheit für die Vorlage, dennoch verweigerten 150 Konzilsväter dem Papier ihre Zustimmung. Die Fronten schienen sich unversöhnlich gegenüberzustehen.

Während der anschließenden Privataudienz soll es dem Vernehmen nach zu dramatischen Szenen gekommen sein, namentlich als sich der deutsche Bischof Ketteler dem Papst vor die Füße warf und ihn beschwor, die Tradition der Kirche zu achten und von einer Unfehlbarkeitserklärung Abstand zu nehmen. Ein Ansinnen, das der Heilige Vater mit den Worten ›Ich selbst bin die Tradition‹ brüsk abgelehnt haben soll. Daraufhin sollen fünfundzwanzig Bischöfe unter Protest das Konzil verlassen haben.

Die derzeitige Lage ist vollkommen unüberschaubar, ein Scheitern der Kirchenversammlung durchaus im Bereich des Möglichen! Wir halten Sie weiterhin aktuell auf dem Laufenden. Claude Roux, Rom.

Susan O'Casey hatte entgegen ihrem bisherigen Pflichteifer all diese Aufregungen verpasst. Nachdem sie bis in die frühen Morgenstunden kaum Schlaf gefunden hatte, war sie gegen fünf Uhr doch noch in einen unruhigen, mit wirren Träumen durchsetzten Schlummer gefallen, aus dem sie zu ihrem Schrecken erst gegen neun Uhr morgens aufwachte. Sie fühlte sich wie gerädert. Jetzt noch in die obligate Pressekonferenz zu hetzen hatte keinen Sinn. Sie entschied sich für einen Spaziergang durch die Straßen ihres Viertels, wo das Leben längst seinen lärmenden Gang genommen hatte. Die farbenprächtigen Straßenszenen, die fröhlichen Balgereien der Kinder und der Duft nach gerösteten Mandeln und Kastanien beruhigten ihre Nerven.

Dieser junge Mann von gestern Nachmittag ging ihr nicht aus dem Kopf. Er war so hilfsbereit, dachte Susan und seufzte. Eine seltene Erfahrung im Journalismus! Die meisten Menschen werden einsilbig, misstrauisch oder verstummen, wenn man seinen Notizblock hervorholt. Eigentlich schade. Man will ihnen doch nichts Böses …

Warum nur ist der junge Mann nicht zurückgekommen? Immer wieder ging Susan diese Frage durch den Kopf. Vielleicht ist er tatsächlich aufgehalten worden, dachte sie. Vielleicht hat er heute Zeit für mich? Und wenn nicht, könnte ich einen Treffpunkt mit ihm ausmachen. Einen Versuch zumindest ist es wert. Wenn er auch über diese Symphorosa-Geschichte nichts weiß, kann er mir doch vielleicht Neues über die Unfehlbarkeit berichten. Susan atmete tief die kühle Morgenluft ein. Langsam ordneten sich ihre Gedanken und ihr journalistischer Spürsinn erwachte zu neuem Leben. Wie an den jungen Mann mit den schönen Augen herankommen? Susan wusste weder seinen Namen noch seine Adresse, nicht einmal seinen Beruf. Sie überlegte. Sie würde dort die Spur wieder aufnehmen, wo sie sie gestern verloren hatte. Gesagt, getan. Schnellen Schrittes machte sie sich auf den Weg und eine halbe Stunde später war sie wieder an Ort und Stelle. Trotz der hochsommerlichen Temperaturen wirkte das vatikanische Gebäude kalt und bedrohlich. Nach den gestrigen Erfahrungen war ihr klar, die größte Barriere, den jungen Mann zu finden, war die Eingangspforte. Niemals würde die alte Nonne ihr erlauben, ohne Referenzen das Gebäude zu betreten. Es musste einen anderen Weg geben, in das Haus zu gelangen. Aber welchen?

Susans Blicke wanderten über die graue Fassade mit ihren Fenstern, Gesimsen und Nischen. Ein zweiter Eingang war nirgends zu sehen. Die untersten Fenster waren allesamt verschlossen und vergittert, nur in der dritten oder vierten Etage hatte jemand, wohl um ein Zimmer zu lüften, die Fenster geöffnet. Ein geübter Kletterer wäre leicht in der Lage gewesen, über Regenrinnen und Mauervorsprünge dort hinaufzugelangen. Aber sie? Susan musste kichern. Obwohl sie sich für europäische Verhältnisse schon außergewöhnlich sportlich kleidete, so waren ihre langen Röcke, ihre Stiefeletten und ihr kesses Hütchen für eine solche Kletterpartie doch denkbar ungeeignet.

Einen Moment lang stellte sie sich amüsiert vor, wie sie in diesem Aufzug zwischen Himmel und Erde an den Voluten eines vatikanischen Palastes baumelte, um die Gespräche alter Erzbischöfe zu belauschen. So weit ist es mit mir gekommen, kam es ihr in den Sinn. Hast du nicht immer lautstark den Standpunkt vertreten, dass sich solcher Praktiken des Erschleichens oder Erlauschens von Informationen ausschließlich miese kleine Provinzjournalisten zu bedienen pflegen? Derlei hattest du nie nötig gehabt, denn der honorige Name der Washington Post öffnete dir stets die Türen der Ministerien und Parteizentralen. Hier aber öffnete sich nichts! Susan trat von einem Bein auf das andere. Irgendeine geschickte Lösung musste doch zu finden sein! Bei ihrem ersten internationalen Auftrag wollte sie nicht gleich mit dem Gesetz in Konflikt kommen.

In diesem Moment kam ihr der Zufall zu Hilfe. Überraschend tauchte eine Gruppe älterer Priester auf. Die Kleriker waren ganz in ihr Gespräch vertieft, so dass sich Susan noch hinter einen Mauervorsprung drücken konnte, ohne gesehen zu werden. Die Gruppe ging auf das Eingangsportal zu und verschwand dahinter, nachdem auf ein Klingelzeichen hin die Nonne geöffnet hatte. Die entscheidende Beobachtung Susans war, dass die zentnerschwere Eichentür durch einen Mechanismus von selber ins Schloss fiel. Dies geschah so langsam, dass einige Sekunden vergingen, ehe ein deutliches, metallenes Knacken die Verriegelung bestätigte. War das ihre Chance?

Jetzt hatte Susan das Jagdfieber gepackt. Betont langsam, um bei einem möglichen Beobachter kein Misstrauen zu erregen, ging sie die zwanzig, dreißig Schritte auf das Portal zu. Glücklicherweise flankierten zwei mächtige Granitsäulen, auf denen das baldachinartige Vordach des Portals ruhte, den Eingang. Sie waren breit genug, dass sie sich dahinter verstecken konnte. Wieselflink huschte Susan hinter die rechte der beiden Säulen und verbarg sich in ihrem Schatten. Der erste Schritt war geschafft! Nun war ihre Geduld gefordert.

Es dauerte eine gute halbe Stunde, ehe etwas geschah. Wegen der unbequemen Stellung spürte Susan schon jeden Knochen im Leib, als auf dem gekiesten Weg Schritte vernehmbar wurden. Sie spannte jeden Muskel an und drückte sich hinter ihre Säule. Die Schritte kamen näher, sie hörte den schweren Atem eines Mannes, der nun innehielt, um offenbar die Klingel neben dem Portal zu betätigen. Nach wenigen Augenblicken vernahm Susan auf der anderen Seite der Säule das vertraute quietschende Geräusch, dem einige unverständliche Worte folgten. Die alte Nonne hatte also die Tür geöffnet, den Besucher akzeptiert und ihn eingelassen. Susan spürte den Pulsschlag in ihrem Hals. Jetzt hieß es handeln, ehe es zu spät war!

Mit einer Hand ihren langen Rock zusammenraffend, drückte sie sich blitzschnell um die Granitsäule. Der schwarze Spalt zwischen Tür und Türrahmen verringerte sich zusehends. Im letzten Moment, ehe die wuchtige Tür ins Schloss fiel, schob Susan ihre Stiefelspitze dazwischen. Zitternd schmiegte sie sich jetzt gegen das eisenbeschlagene Holz und lauschte. Im Inneren hatte man nichts bemerkt! Sie hörte, wie das Geräusch, das die Lederschuhe des fremden Besuchers auf dem Marmorboden verursachten, leiser wurde und in der Ferne verklang. Sachte drückte Susan die Tür weiter auf und streckte ihren Kopf in die Dunkelheit.

Keine Menschenseele war mehr zu sehen. Die Nonne schien den Besucher an sein Ziel zu führen. Mit einer raschen Bewegung schlüpfte Susan O'Casey durch das Portal und versuchte sich in der schummrigen Atmosphäre zu orientieren. Die ersten beiden Flure waren ihr noch gut in Erinnerung. Rechts abbiegen, dann das breite Treppenhaus hinauf in den zweiten Stock. Danach wurde es komplizierter. Von einer Vorhalle gingen drei Flure ab, die sich kaum voneinander unterschieden. War es der rechte? Oder vielleicht doch der mittlere? Mehrfach musste Susan innehalten, umkehren und die Suche von neuem beginnen. Glücklicherweise schien das ganze Stockwerk menschenleer. Niemand begegnete Susan, niemand fragte sie nach ihrem Ziel.

Plötzlich hatte sie das sichere Gefühl, an einer bestimmten Stelle schon einmal gewesen zu sein. Ja, das war das Gesims, auf dem ich gestern saß, als mich der junge Mann ansprach, erinnerte sie sich. Wohin war er von hier enteilt? Richtig, er lief rechts den Flur entlang und verschwand hinter der Ecke dort. Susan sah sich vorsichtig um; im ganzen Trakt herrschte Totenstille. Sie schlich weiter, bog nach rechts ab und stand wie am Vortag vor den drei Türen, die das Ende des Ganges markierten. Auch heute reagierte niemand auf ihr Klopfen, doch – bei dieser Erkenntnis stockte Susan der Herzschlag – der rechte Einlass stellte sich diesmal als unverschlossen heraus.

Zu ihrer Überraschung tat sich vor ihren Augen ein weiterer ellenlanger Flur auf. Auch er lag verlassen da. Die Türen, die ihn links und rechts säumten, waren geschlossen. Nirgends waren Türschilder angebracht. Susan begann wahllos an der einen oder anderen Tür zu klopfen. Nichts rührte sich. Ihr Klopfen verhallte, ohne dass sich eine Reaktion einstellen wollte. Es war zum Verzweifeln! Susan war nahe daran aufzugeben, als aus einer der letzten Türen ein Geräusch drang. Es hörte sich an wie das Verrücken von Möbelstücken oder Schrankkoffern. Auf gut Glück eilte sie auf eine Tür zu, lauschte einen Moment, fasste sich ein Herz und klopfte. Einen Augenblick lang blieb es still, dann murmelte eine tiefe weibliche Stimme etwas Unverständliches. Susan schob die Tür auf und erblickte eine Nonne in schwarzer Ordenstracht, die die junge Besucherin entgeistert anstarrte.

»Wer sind Sie? Was wollen Sie hier?«, flüsterte die Klosterfrau endlich.

Susan rang nach Worten. Jetzt, wo sie ihr Anliegen vorbringen konnte, wusste sie nicht, wie sie es anstellen sollte. Sie kannte, wie gesagt, weder Namen noch Position des jungen Mannes, den sie suchte, konnte sich nur mehr vage an sein Gesicht erinnern und wollte keinesfalls den Grund, aus dem sie ihn zu sprechen wünschte, preisgeben. Entsprechend mürrisch reagierte die Ordensfrau auf ihre Frage.

»Nein, Sie müssen sich getäuscht haben. Es gibt hier niemanden, auf den Ihre Beschreibung zutrifft«, sagte sie leise, ohne die junge Frau aus den Augen zu lassen. »Vielleicht war es ein anderes Stockwerk?«

Susan schüttelte erregt den Kopf. »Nein, auf keinen Fall. Ich bin mir absolut sicher. Ein junger Mann, vielleicht um die Dreißig, in einem eleganten schwarzen Anzug – «

»Kein Geistlicher? Das ist nahezu ausgeschlossen. In diesem Trakt werden so gut wie keine Besucher empfangen.«

»Es war kein Besucher. Er kannte sich aus hier und hatte offensichtlich den Schlüssel zu diesem Flur. Er wollte mit mir noch etwas besprechen, aber er wurde vermutlich aufgehalten. Als ich ihn suchen wollte, fand ich den Zugang hierher verschlossen vor.«

Die Nonne runzelte bei diesen Worten die Stirn und murmelte dann: »Warten Sie einen Augenblick. Ich will sehen, ob der Monsignore Sie empfangen kann.« Mit diesen Worten huschte sie lautlos zu einer rückwärtigen Tür, die Susan bis dahin nicht bemerkt hatte. Sie klopfte einmal leise, trat, ohne die Antwort abzuwarten, ein und zog die Tür hinter sich zu. Es dauerte einige Minuten, ehe sie wieder herauskam und Susan mit einem Kopfnicken bedeutete einzutreten.

»Es tut mir Leid, ich kann Ihnen auch keine andere Auskunft geben als Schwester Agnella. Es dürfte sich um einen Irrtum handeln.« Susan stand vor einem Geistlichen mittleren Alters, der sich von einem ausladenden, mit Schriftstücken übersäten Schreibtisch erhoben hatte. Auffallend an ihm war lediglich seine wächsern-gelbliche Gesichtsfarbe.

Susan O'Casey widersprach beharrlich. »Ich bin mir sicher, dass er hier jemandem bekannt sein muss. Vielleicht gibt es sonst jemanden hier, den man noch fragen könnte?«

Der Monsignore schüttelte energisch den Kopf. »Wegen der Konzilstätigkeit ist zurzeit kaum jemand hier anzutreffen. Aber Sie können sich darauf verlassen: der junge Mann, den Sie suchen, war niemals hier. Alle Besucher werden ausschließlich zu mir geführt.«

»Er war kein Besucher. Er arbeitete hier.«

»Ausgeschlossen. Hier arbeiten nur Kleriker.«

»Wohin führen eigentlich die zwei anderen Türen vorn am Beginn dieses Flures?«, erkundigte sie sich.

»Es befinden sich lediglich Archivräume dahinter. Sie sind immer verschlossen, die Schlüssel sind in meinem Besitz.« Susan überlegte krampfhaft. Sie spürte, dass der Mann mehr wusste, als er zu sagen bereit war. Es verwirrte sie, dass sie keine Mittel besaß, ihn aus der Reserve zu locken.

»Nun gut, vielleicht haben Sie Recht«, seufzte sie. »Darf ich Ihnen noch eine Frage stellen? Sagt ihnen das Stichwort ›heilige Symphorosa‹ etwas?«

Das maskenartige Antlitz des Klerikers zeigte auch jetzt keine Reaktion. »Eine Märtyrerin des zweiten Jahrhunderts. Warum fragen Sie?«

»Der junge Mann, den ich suche, wollte mir Näheres über die Bedeutung dieser Heiligen erzählen.«

»So, wollte er das? Sehr bedauerlich, dass Ihre Bekanntschaft von so kurzer Dauer war. Aber darf ich Sie meinerseits etwas fragen, Signorina?«

Susan nickte überrascht.

»Auf wessen Einladung sind Sie eigentlich heute in diesen Trakt gekommen? Wen wollten Sie besuchen?«

Susan O'Casey fühlte sich in die Enge getrieben. »Ich, äh, der Pressesprecher hat mich hergeschickt. Er hat mich zu Kardinal Geraldi geschickt.«

Die Augen des Monsignore schlossen sich zu zwei dünnen Schlitzen. »Ich bin der Privatsekretär von Kardinal Geraldi. An der Pforte weiß man, dass Seine Eminenz seit gestern verreist ist.«

»Die Pforte war unbesetzt, die Tür stand offen.«

»Mit anderen Worten, Signorina, Sie haben sich hier eingeschlichen.«

»Ich dachte, wenn die Tür offen steht…«

Der Sekretär erhob sich. Seine Stimme wurde eine Spur schneidender. »Und ich denke, dass es nun Zeit für Sie ist zu gehen. Ich werde Sie zur Pforte begleiten. Bitte machen Sie keine Umstände.«

Widerwillig musste Susan O'Casey es zulassen, dass sie der gelbgesichtige Sekretär am Arm packte und aus dem Zimmer schob. Dabei ließ er es aber nicht bewenden: ohne den Griff um ihren Arm zu lockern, begleitete er die Journalistin persönlich weiter zum Ausgang des Hauses. Wortlos gingen sie so die menschenleeren Flure entlang, stiegen die Treppe hinab und erreichten das Erdgeschoss. Wie peinlich, dachte sie, wie eine Schülerin, die man bei verbotenem Tun erwischt hat. Wenn nur jetzt nicht gerade der junge Mann irgendwo auftaucht! Oder vielleicht doch? Die Geräusche ihrer Schritte hallten gespenstisch von den hohen Wänden wider.

Schließlich erkannte sie den Flur, der zum Eingangsportal führte. Von fern drangen Stimmen an ihr Ohr. Sie kamen offenbar aus einem der links des Flures gelegenen Räume.

Im Weitergehen bemerkte Susan, dass eine der Türen zur Hälfte offen stand. Mechanisch drehte sie den Kopf und sah hinein. Mehrere Männer, die meisten von ihnen in schwarze Soutanen gekleidet, standen dicht beieinander über einen Schreibtisch gebeugt. Den Stimmen nach zu urteilen, diskutierten sie aufgeregt über einen Gegenstand auf dem Tisch. Susan war schon fast an der Tür vorbei, als ihr Blick auf einen der Männer fiel, der von einem anderen halb verdeckt wurde. Susan O'Casey erstarrte! Das war doch nicht möglich!

»Lord Beardsley!«, schrie sie intuitiv auf. »Sind Sie es? Bitte helfen Sie mir –«

Im selben Moment wurde die Tür von innen mit Wucht zugeworfen. Hinter der Tür war kein Laut mehr zu hören. »Das war Lord Beardsley!«, rief Susan und versuchte sich zu befreien. »Bringen Sie mich zu ihm, ich muss mit ihm sprechen«, wandte sie sich an den Sekretär. Beardsley im Vatikan! Was hatte das nun wieder zu bedeuten? Er sagte doch, dass er Rom für einige Zeit verlassen wolle!

»Ich weiß nicht, wovon Sie sprechen, Signorina«, antwortete ihr Begleiter kurz angebunden und schob die junge Frau weiter, »in diesem Haus gibt es niemanden mit Namen Beardsley.«

Als sie die Eingangspforte erreicht hatten, sah Susan O'Casey gerade noch, wie die Pfortenschwester mit offenem Mund aus ihrem Zimmer stürmte, dann schlug das Tor mit lautem Poltern zu und sie stand geblendet im Freien.

»Santa Maria, jetzt bin ich aber platt!« Don Francesco ließ die Gartenhacke sinken, mit der er seit einer Stunde den Disteln in dem verwilderten Friedhof seiner Pfarrkirche zu Leibe rückte. Über die schwarze Soutane hatte er eine grobe Leinenschürze gebunden. Schweißperlen glänzten auf seiner großen Nase, die er jetzt der jungen Frau entgegenreckte, die eben das verrostete Gatter des Gottesackers öffnete.

»Das ist doch unsere Journalistin aus dem gelobten Land jenseits des großen Teiches! Wie heißen Sie doch gleich?« Susan O'Casey trat näher, nannte ihren Namen und reichte dem seltsamen Priester die Hand.

»Ich bin froh, Sie hier zu finden, Don Francesco«, sagte sie und fächerte sich mit ihrem Hut ein wenig Luft zu. »Ich möchte mich ein wenig mit Ihnen unterhalten.« Vorsichtig blickte sie um sich. »Sind wir hier ungestört?«

»Ungestört?« Don Francesco verzog sein Gesicht zur Grimasse. »Meine liebe Signorina O'Casey, hier kann man sich überall ungestört unterhalten. Außer ein paar tauben alten Weibern habe ich in den letzten Jahren niemand auf diesem Kirchhof angetroffen. Aber wenn Sie wollen, können wir uns in die Sakristei setzen. Dort ist es jedenfalls kühler. Kommen Sie.«

Er wischte sich die Hände an seiner Schürze ab, lehnte die Hacke an die Friedhofsmauer und ging ächzend voran. Susan folgte. Nach wenigen Schritten erreichten sie einen kleinen Nebeneingang der Kirche, den der Geistliche mit einem klobigen handgeschmiedeten Schlüssel öffnete. Kühle, abgestandene Luft schlug ihnen entgegen. Das wenige Licht, das durch eine winzige blinde Fensterscheibe fiel, ließ ein kärgliches Mobiliar erkennen. In der Ecke hing ein löchriges Messgewand, zwei Hocker standen davor. Der Padre zog sie heran und bedeutete Susan, sich zu setzen. Dann brachte er aus dem Sakristeischränkchen eine Flasche Messwein zum Vorschein. »Sie wollen sicher auch einen Schluck?«

Susan zögerte, nickte aber dann. »Ich glaube, ich kann ein wenig davon vertragen, Don Francesco.« Sie nahm das Glas, das ihr der Geistliche reichte, und trank von dem bittersüßen Wein. »Ich möchte mit Ihnen über unser gestriges Treffen sprechen, wenn Sie erlauben. Im Grunde geht mich die Sache ja nichts an. Wie Sie wissen, bin ich nur durch reinen Zufall mitgekommen.«

»Aber ich bitte Sie! Was wollen Sie wissen?«

»Diese Geschichte mit den gestohlenen Papieren – was halten Sie davon?«

»Was ich davon halte? Sie waren doch gestern dabei. Mehr als Beardsley kann ich Ihnen auch nicht sagen. Ich konnte das Ding ja kaum entziffern.«

»Glauben Sie, dass sich da jemand einen Scherz erlaubt hat?«

»Einen Scherz?« Don Francesco trank sein Glas leer und schenkte sich nach. »Nein, das kann ich mir nicht vorstellen. Wenn das alles so stimmt, wie Falcone es berichtet hat – und in solchen Dingen ist er zuverlässig –, dann kann ich nicht an einen Scherz glauben. Diese Art von Klerikern haben nicht die Gottesgabe des Humors. Sie belieben nicht zu scherzen.«

»Beardsley scheint der Sache nicht allzu große Bedeutung beizumessen«, warf Susan ein.

»Das kann täuschen! Wissen Sie, er neigt nicht dazu, seine Gefühle offen zu zeigen. Er ist halt so, da dürfen Sie sich nicht daran stören. Ich habe mich daran gewöhnt. Die Engländer sind alle etwas seltsam, habe ich mir sagen lassen.«

»Aber finden Sie nicht, dass Lord Beardsley merkwürdig reagiert hat, als ihm Falcone die drei Männer schilderte?«

»So, meinen Sie?« Francesco legte seine Stirn in Falten. »Mag sein. Jetzt, wo Sie es sagen…«

»Übrigens, wissen Sie, wo er sich momentan befindet?«
»Wer? Beardsley?« Don Francesco schüttelte den Kopf. Beardsley hatte ihm weder seine Reisepläne anvertraut noch eine Kontaktadresse hinterlassen. »Das ist so seine Art«, sagte der bullige Kirchenmann und zuckte mit den Schultern. »Unverhofft taucht er auf und ebenso unverhofft ist er wieder verschwunden. So war er schon auf der Universität. Das ist das blaue Blut in seinen Adern. Es lässt ihn nicht zur Ruhe kommen, sondern treibt ihn unentwegt durch die Weltgeschichte.«
»Aber er sagte doch deutlich, dass er sich auf Reisen begeben wolle.«
»Ja, das sagte er. Warum fragen Sie?«
»Weil ich ihn heute gesehen habe!«
»Wen?«
»Beardsley natürlich!«, rief Susan O'Casey ungeduldig. »Er hat im Vatikan mit einigen Geistlichen diskutiert.« Don Francesco machte ein dummes Gesicht. »Ich denke, er ist auf Reisen.«
»Eben nicht! Das will ich Ihnen ja die ganze Zeit begreiflich machen.«
»So? Jetzt machen Sie mich aber neugierig. Erzählen Sie doch. Wollen Sie noch einen Schluck, Signorina?«
Auch wenn ihr dieser seltsame Diener Gottes wohl kaum hilfreich sein konnte und sie bisweilen Mühe hatte, sein nuschelndes Italienisch zu verstehen, so drängte es Susan doch nicht, ihn zu verlassen. Immerhin konnte sie sicher sein, dass er mit den Machenschaften der geheimen Verschwörer nichts zu tun hatte. War es die Einsamkeit, die seit Tagen an ihr nagte, oder auch das zweite Glas Wein, das ihre Zunge lockerte? Jedenfalls erzählte sie Don Francesco der Reihe nach die Geschehnisse, die sich seit ihrer letzten Begegnung ereignet hatten.
Der Priester hatte die Augen halb geschlossen, schien aber dennoch aufmerksam zuzuhören. Bisweilen schüttelte er den Kopf und murmelte Unverständliches.
»Sie haben Recht, eine merkwürdige Sache!«, sagte er schniefend, als sie geendet hatte. »Warum erzählt er von einer dringenden Reise, wenn er weiterhin in Rom ist? Haben Sie sich auch nicht getäuscht?«
»Ich bin mir sicher, ihn gesehen zu haben.«
»Sehr sonderbar! Auch die Art und Weise, wie sich Beardsley Ihnen gegenüber benommen hat. So kenne ich ihn gar nicht.«
»Ich muss gestehen, dass mich sein Verhalten etwas gekränkt hat. Trotzdem muss ich ihn bald wieder sehen. Er ist wohl der einzige, der in der Lage ist, Licht in dieses Dunkel zu bringen.«
»Vielleicht will er Sie nicht in diese Angelegenheit hineinziehen. Eine so junge Dame wie Sie –«
»Jetzt fangen Sie auch noch damit an!«, knurrte Susan ungehalten. »Ich

bin kein kleines Mädchen mehr. Auf mich muss niemand aufpassen. Mein Beruf ist es, den Dingen auf den Grund zu gehen.«

Francesco hob beschwichtigend seine schwieligen Hände. »Schon gut, Signorina, nichts für ungut! Aber ist das nicht ein zu großes Kaliber für Sie? Ich finde, Sie sollten sich diese Aufgabe mit jemandem teilen. Haben Sie denn keine Kollegen, denen Sie vertrauen können?«

Susan blickte ärgerlich auf. »Können Sie das nicht verstehen, dass ich diese Story für mich haben will? Das ist meine Chance!«

Don Francesco kicherte. »Ah, so ist das. Ehrgeizig ist die junge Dame auch noch. Vielleicht haben Sie ja Recht. Ich mache mir nur ein wenig Sorgen um Sie, da ich ja sozusagen schuld bin an diesen Verwicklungen.«

»Um mich müssen Sie sich keine Sorgen machen. Aber wenn Lord Beardsley zurückkommt, könnten Sie mich benachrichtigen.«

»Mach ich, Signorina O'Casey. Verlassen Sie sich darauf.«

Susan nickte, stand auf, stellte ihr Glas auf den Sakristeischrank und strebte dem Ausgang zu.

»Äh, Signorina O'Casey ...«

Susan drehte sich erstaunt um. »Ja, Don Francesco?«

Der Geistliche blickte mit etwas glasigen Augen zu Boden. »Ich weiß, dass ich Ihnen nicht viel nutzen kann«, murmelte er, »aber wenn Sie irgendeine Hilfe brauchen, wissen Sie, wo Sie mich finden –«

Susan war gerührt. Sie trat einen Schritt auf ihn zu und gab ihm die Hand. »Danke, Padre. Das ist sehr liebenswürdig von Ihnen. Vielleicht werde ich darauf zurückkommen.«

Susan O'Casey war auf dem Weg zu ihrem Hotel. Wie alle Fremden hier wollte auch sie die heißesten Stunden des Tages nicht unter freiem Himmel, sondern in ihrem Hotelzimmer verbringen. Der Fußmarsch bis zur Pfarrei Don Francescos hinaus war mühsam gewesen, und das kleine Cafe gleich gegenüber dem Eingang ihres Hotels kam ihr für eine Erfrischung gerade recht. Eine Tasse Mokka, danach eine Stunde Mittagsruhe und die Welt würde wieder anders aussehen!

Sie hatte bereits eine Weile in der Trattoria gesessen, hatte versonnen durch das große, mit altmodischen Goldbuchstaben dekorierte Auslagenfenster ins Freie gesehen, als ihr Blick auf zwei Männer fiel, die über den Vorplatz schlenderten, ohne Hast die Straße überquerten, auf das Cafe zugingen, kurz davor rechts abbogen und sich langsam wieder entfernten. Einer der beiden war offensichtlich ein junger Priester, dessen strohblonde Haare in der Sonne leuchteten. Sein Begleiter aber, war das nicht ...?

Susan starrte den beiden regungslos nach. Dann fasste sie sich, warf einige Münzen auf den Tisch, sprang auf und rannte, ohne auf die Leute zu achten, aus dem Café. Im Freien stockte sie, runzelte die Stirn und hielt verzweifelt Ausschau nach den beiden Personen, die sie für einen Moment aus den Augen verloren hatte. Doch sobald sich ihre Augen an die Sonne gewöhnt hatten, erkannte sie etwa hundert Meter entfernt jene Gestalt, die ihr für Sekunden den Atem nahm. War das nun der junge Mann aus dem Vatikan oder war er es nicht? Sie sah ihn nur von hinten, eine elegante, etwas schwankend gehende Gestalt. Er war in ein Gespräch mit seinem geistlichen Begleiter vertieft.

Susan wollte jetzt Gewissheit haben! Sie eilte den beiden Männern nach, bis sie auf etwa dreißig Meter an sie herangekommen war. Ihr Atem ging heftig. Mit einer Hand drückte sie gegen die Lende, um das aufkommende Seitenstechen zu beruhigen. Dabei ließ sie keinen Blick von den Männern, die da, ohne eine besondere Eile an den Tag zu legen, die Straße entlanggingen und plauderten. Einen Moment blieb die Journalistin stehen, um zu verschnaufen. Alles an dieser Gestalt kam ihr bekannt vor, obwohl sie nur die Rückenpartie zu sehen bekam. Der wiegende Gang, der Oberkörper, die gelegentliche Bewegung der rechten Hand, um die Haare aus der Stirn zu streichen. Auch die Kleidung, die eleganten Schuhe! Sie musste das Gesicht sehen, erst dann konnte sie sicher sein.

Sie beschleunigte ihre Schritte, so weit ihr knöchellanges Kleid dies zuließ, musste einer Horde lärmender Kinder aus dem Weg gehen, eine Kutsche aus einer Einfahrt passieren lassen, um schließlich wieder ins Laufen zu kommen. Der Abstand zwischen ihnen verringerte sich zunehmend. Fast hätte Susan ihn anrufen können, doch sie wusste ja seinen Namen nicht. Als wären sie ihrer heimlichen Verfolgerin gewahr geworden, schienen die beiden Männer schneller zu gehen. Susan setzte sich erneut in Trab. Nur noch wenige Meter, und sie würden sich gegenüberstehen, Gesicht zu Gesicht.

Die Journalistin keuchte, Schweiß rann ihr in die Augen und begann zu brennen. Als sie ihn mit der Hand abwischen wollte, geschah es. Sie nahm den Alten, der vor ihr seinen Obstkarren aus einem Torbogen schob, nur für den Bruchteil einer Sekunde wahr, und schon prallte sie mit voller Wucht gegen das Gefährt. Ihr wurde schwarz vor Augen, sie stürzte zu Boden. Als Erstes drang das keifende Geschimpfe des Mannes an ihr Ohr, der auf dem Gehweg seine Äpfel zusammenklaubte. In ihrer Schulter spürte sie einen heftigen Schmerz, umklammerte die Stelle und rappelte sich, noch leicht benommen, auf. Ohne auf das Gezeter des Händlers zu achten, suchte sie angestrengt mit den Augen die Straße ab. Von den beiden jungen Männern war weit und breit nichts mehr zu sehen.

Der Kardinal ging in seinem Arbeitszimmer auf und ab. Er machte ein ernstes Gesicht. Seit einer Stunde berichtete ihm Lord John Edward Beardsley, wie sehr die Gerüchte um die Unfehlbarkeitserklärung des Papstes die diplomatischen Drähte der europäischen Staaten bereits zum Glühen gebracht hatten. Eine Unfehlbarkeitserklärung konnte unmöglich als innerkirchliche Angelegenheit abgetan werden, die Staatsmänner aller Herren Länder mussten sie als politischen Affront auffassen! Die sorgfältig ausgeklügelte Balance zwischen den katholischen, protestantischen und säkularisierten Nationen Europas stand auf dem Spiel. Besonders die jungen demokratischen Bewegungen fürchteten eine massive Einflussnahme des Vatikans auf die Politik.

Wie würde Napoleon III. reagieren, dessen Truppen in Italien standen und den Bestand des Kirchenstaates garantierten? Wie würde sich das neue Dogma auf Deutschland auswirken, wo sich Katholiken und Protestanten in einem eisigen Kulturkampf gegenüberstanden? Was würde man in Österreich sagen, wo man seit fünf Jahren über die militärische Niederlage gegen das protestantische Preußen lamentierte? Fragen über Fragen, die sich nicht nur die Zeitungsleute aus aller Welt täglich neu stellten, sondern auch die Minister und Diplomaten, die Generäle und Obristen.

Beardsley, der welterfahrene Publizist und Historiker, hatte dem Kardinal wenig Beruhigendes zu berichten. Napoleon III., der französische Monarch, hatte sich bereits sehr ungehalten über die Pläne des Heiligen Stuhles geäußert und seinen Ministerpräsidenten angewiesen, die französischen Truppen in Italien in höchste Alarmbereitschaft zu versetzen. Gerüchte über eine unmittelbar bevorstehende Militärintervention der Franzosen wurden von der Presse begierig aufgegriffen und in alle Welt verbreitet. Nicht weniger aufgeregt hatte man in Deutschland und Österreich reagiert. Der bayerische Ministerpräsident Hohenlohe hatte den päpstlichen Nuntius einbestellt und ihn nachhaltig vor einer möglichen Unfehlbarkeitserklärung gewarnt. Bismarck hatte Krisenstäbe einrichten lassen und der österreichische Staatskanzler Beust gar eine Delegation zum Papst entsandt.

»Eminenz, die Art und Weise, wie diese Entscheidung vorbereitet wurde, wird unserer Kirche größten Schaden zufügen«, rief Beardsley heftig. »Kann man das dem Papst nicht klar machen?«

Ohne seinen Schritten Einhalt zu gebieten, erwiderte der Kardinal grimmig: »Ich fürchte, Beardsley, der Heilige Vater hat die Kontrolle über all das, was derzeit geschieht, längst verloren. Er ist ein ängstlicher, ich möchte sagen sehr ängstlicher Aristokrat. Die Bürde des Amtes als Stellvertreter Christi überfordert den vormaligen Graf Giovanni Maria Mastai-Ferretti. Es ist ein Jammer. Die Herde hat mit Pius dem Neunten einen schwachen Hirten.«

Der Engländer erhob sich und trat auf den Kardinal zu. Er blickte ihm in die Augen. »Vielleicht, Eminenz, vielleicht stehen stärkere Hirten bereits vor den Toren?«

Der Kardinal nickte nur unmerklich. Die beiden Männer reichten sich schweigend die Hand. Beardsley wandte sich zum Gehen.

»Noch etwas«, sagte der Kardinal leise. »Egal, was geschieht, mein Name darf auf keinen Fall mit dieser Angelegenheit in Verbindung gebracht werden. Hören Sie, auf keinen Fall!«

Beardsley verbeugte sich, ergriff die Hand des Kardinals, küsste den großen Rubin an seinem Ringfinger und verließ den Raum.

Missmutig stapfte Susan in ihrem Hotel die letzten Stufen der mit einem dicken Teppich belegten Treppe hinauf. Sie war vollständig verschwitzt, fühlte sich todmüde und sehnte sich nach einem kühlen Bad und einer Stunde Schlaf. Eben wollte sie ihre Zimmertür hinter sich schließen, als ihr Blick auf ein Kuvert zu ihren Füßen fiel. Susan stutzte. Offenbar hatte jemand in ihrer Abwesenheit den Brief unter der Tür durchgeschoben. Sie hob ihn auf und öffnete ihn. Rasch hatte sie die Zeilen überflogen, doch etwas in ihr sperrte sich dagegen, den Sinn der wenigen Worte zu verstehen. Sie starrte das Papier an, auf dem in großen Druckbuchstaben geschrieben stand:

BEENDEN SIE IHRE SUCHE NACH DER HEILIGEN SYMPHOROSA.
BRINGEN SIE SICH NICHT IN GEFAHR.
DER TIBER IST EIN TIEFER FLUSS.

Susan rieb sich die Augen und ließ sich auf das komfortable Hotelbett fallen. Sollte sie fluchen oder lachen? Die Situation kam ihr zu absurd vor, als dass sie sie ernst genommen hätte. Doch je öfter sie das anonyme Schreiben zur Hand nahm, desto unbehaglicher wurde ihr zumute. Wer war der Absender des Briefes? Wer wusste überhaupt von dieser Geschichte? Was hatte die Anspielung auf den Tiber zu bedeuten? War das eine wirkliche – Drohung?

Mit einemmal spürte Susan den kalten Schweiß, der ihr auf der Stirn stand. Auf welche verfluchte Geschichte hatte sie sich da eingelassen? Einen Moment lang fühlte sie Panik in sich aufsteigen. Sie war nahe daran, die Koffer zu packen, den Portier nach der nächsten Schiffspassage in die Staaten zu fragen und Rom fluchtartig zu verlassen. Die Minuten vergingen und Susan saß käsebleich auf ihrem Hotelbett, unfähig, einen vernünftigen Gedanken zu fassen. Schließlich gab sie sich einen Ruck. Wenn ich mich von meiner Angst lähmen lasse, fuhr es ihr durch den Kopf, bin ich verloren! Es waren die Worte von Großvater Alberto, der ihr als kleines Mädchen diese Weisheit beigebracht hatte. Was hätte er jetzt getan? Kein Zweifel, er hätte sich der Gefahr gestellt. Verfluchte Hurensöhne, hätte er in seiner derben Art geflucht, da müsst ihr früher aufstehen!

Immer noch ein wenig zittrig, erhob sich Susan und machte sich auf den Weg zur Rezeption. Aber ihre Nachforschungen ergaben keine brauchbaren Hinweise. Niemand hatte etwas bemerkt. Weder die Zimmermädchen noch der Portier konnten Susan darüber aufklären, welcher Unbekannte sich in ihre Etage geschlichen haben könnte. Was nun? Sie war ratlos. Die Polizei benachrichtigen? Die kann ich später immer noch einschalten. Nochmals zu Don Francesco laufen, der mit seiner Warnung offenbar nicht so Unrecht hatte?

Halt, wie wäre es mit diesem vatikanischen Pressesprecher? Ein unsympathischer Kerl, zugegeben, aber hat er mich nicht vor einer Woche mit den Worten begrüßt, dass er mir jederzeit mit Rat und Tat zur Seite stünde? Sind diese Leute nicht zuständig für das Wohl und Wehe der Korrespondenten? Jetzt kann er zeigen, was seine großen Worte wert sind.

»Schauen Sie sich das an! Unter solchen Bedingungen muss ich hier arbeiten. Eine Schweinerei ist das –«

Prälat Luigi Riva, der Pressesprecher der vatikanischen Öffentlichkeitsbehörde, blickte überrascht von seinem Schreibtisch auf. Vor ihm stand Susan O'Casey, die, ohne anzuklopfen, eingetreten war und dem schwergewichtigen Kleriker einen Brief unter die Nase hielt. Riva wollte polternd auf die Einhaltung seiner Sprechzeiten verweisen, als er die zornig funkelnden Augen der Journalistin sah. »Sie schon wieder? Was ist das für ein Brief, Signorina O'Casey?« Er nahm das Blatt und überflog es. Es war die an Susan O'Casey gerichtete anonyme Drohung.

Die Journalistin trat vor Erregung von einem Fuß auf den anderen. »Das möchte ich gern von Ihnen wissen! Sollen auf diese Weise unliebsame Journalisten mundtot gemacht werden?«

»Immer mit der Ruhe. Wann haben Sie den Schrieb bekommen?«

»Vor gut einer Stunde.«

»Und können Sie sich einen Reim darauf machen? Ich meine … was soll das, die Suche nach der heiligen Symphorosa und so weiter?«

»Das wollte ich Sie längst fragen. Aber Sie hören mir ja nie zu. Es hat mit dieser Geschichte zu tun, derentwegen Sie mich zu Kardinal Geraldi geschickt haben –«

»Ach ja. Ich erinnere mich. Diese albernen Gerüchte.«

»Ich halte sie überhaupt nicht für albern. Jetzt erst recht nicht mehr!«

Riva lehnte sich zurück und zündete sich eine Zigarre an. »Also, ehrlich gesagt, halte ich das Ganze für einen Scherz. Vielleicht will einer Ihrer Kollegen Sie zum Narren halten. Oder Sie pfuschen einem ins Handwerk mit Ihren Recherchen.«

»Niemand von der Presse hat eine Ahnung davon.«

»Ach, das glauben Sie?« Der Prälat zuckte mit den Schultern. »Wenn Sie

sich bedroht fühlen, müssen Sie zur Polizei gehen und den Vorfall melden.«
»Zur Polizei? Hat das einen Sinn?«
»Keine Ahnung. Ich kann Ihnen jedenfalls nicht weiterhelfen. Was erwarten Sie von mir? Dass ich mich auf die Suche nach Ihrem ominösen Briefeschreiber mache?«

Susan fühlte, dass sie ihre Nerven nicht mehr lange im Zaum halten konnte. »Ich denke«, sagte sie zögernd, »mir wird immer klarer, was ich von Ihnen zu erwarten habe. Nämlich nichts! Rein gar nichts!«

Der Prälat blies eine dicke Rauchwolke zwischen seinen fast geschlossenen Lippen hervor. »Ich würde mir wünschen, Signorina«, knurrte er drohend, »dass Sie die Würde dieses Ortes respektierten. Sie sollten sich etwas zügeln.«

Susan war jetzt nicht mehr zu bremsen. »Und ich würde mir wünschen, Herr Prälat, Ihr Gesicht zu sehen, wenn Sie meinen Leitartikel lesen werden, der dieses ganze Komplott aufdecken wird. Denn eines sage ich Ihnen: Wenn diese Leute meinen, dass sie mich mit ihrer albernen Drohung ins Bockshorn jagen können, dann haben sie sich getäuscht! Ich werde diese Spur weiterverfolgen. Jetzt erst recht und mit allen Mitteln, die mir zur Verfügung stehen! Sie und Ihresgleichen werden mich dabei nicht aufhalten!«

Liebet die irrenden Menschen, aber bekämpft mit tödlichem Hasse ihren Irrtum! (Augustinus, C. lit. Petil. 1,31)

Es ist weit nach Mitternacht, aber es drängt mich, nochmals einige Gedanken zu Papier zu bringen. Ich bin täglich bis zu zwanzig Stunden auf den Beinen. Bleierne Erschöpfung hält mich gefangen. Bisweilen zweifle ich, ob meine physischen und psychischen Kräfte reichen, meinen persönlichen Auftrag durchzuführen. Immer wieder die inneren Anfechtungen, der Zweifel an der Richtigkeit unseres Tuns! Doch die Predigten M.'s richten uns alle auf. Sie sind wie ein lebendiges Feuer, das vorantreibt, anstachelt, nicht zur Ruhe kommen lässt ... Nur jetzt nicht schwach werden, in dieser historischen Stunde!

Heute sprach M. über den Begriff des »Chaos«. Vom griechischen »chainein = gähnen, klaffen« kommend, als Gegenbegriff zum wohl geordneten Kosmos verstanden. Bei Hesiod noch formloser Urzustand der Materie, wird er schon bei Platon mit der Finsternis der Unterwelt gleich gesetzt. Augustinus fördert den unbedingten Kampf gegen das Chaos dieser Welt. Die Welt und die Kirche drohen im Chaos zu versinken, wenn nicht starke Kräfte ihm sich ständig entgegenstemmen.

Ich bin mir sicher, das große Konzil, zu dem Seine Heiligkeit schon vor zwei Jahren geladen hat, wird eine solche Kraft entfalten. Es ist das erste weltweit wirksame Konzil, seit man sich in Trient nach dem heftigen Erdbeben der lutherischen Revolution etwas zerschunden aufgerappelt und zur trotzig-barocken Gegenoffensive geblasen hat. Grund ist heute, Gott sei's geklagt, genug vorhanden! Zwar sind es keine lutherischen, zwinglianischen, calvinistischen oder sonst wie gearteten Häresien mehr, die es gilt, in den Staub zu treten, doch sind die Bedrängnisse des katholischen Glaubens durch die moderne Welt beileibe nicht harmloser geworden. Aufklärung, Liberalismus, Sozialismus – allein ein den gesamten Erdball umspannendes Konzil kann noch diesen Irrungen der Menschheitsgeschichte Einhalt gebieten, kann ein Fanal setzen gegen den Verfall von Moral und Glauben und der beschädigten Autorität des Papsttums wieder auf die Beine helfen. Unsere Bruderschaft wird diesem Konzil jene Durchschlagskraft verleihen, die es in dieser Zeit nötig hat.

Ich muss es mir immer wieder vor Augen halten. Es sind die Einflüsterungen Satans, so versicherte mir der Bruderschaftsmeister, die mich in Verwirrung stürzen und an meinem Tun zweifeln lassen! Er hat mir die Angelegenheit mit der Journalistin übertragen. Mein anfängliches Zögern machte ihn ärgerlich. Er hat Recht: ich darf nicht in alte Gewohnheiten zurückfallen. Der Gehorsam allein ist wahre Wegmarkierung, wenn die Finsternis über uns zusammenschlägt. Nur noch wenige Tage, und unsere Mission ist erfüllt. Sie darf nicht scheitern!

IV.

Rom/Padua. Freitag, 15. Juli 1870, Festtag des heiligen Heinrich II., bayerischer Herzog, Gründer des Bistums Bamberg und seit dem Jahr 1014 Kaiser des Heiligen Römischen Reiches, der seine Frömmigkeit dergestalt unter Beweis stellte, dass er mit seiner Gemahlin dreißig Jahre jungfräulich zusammenlebte und also von Papst Eugen III. heilig gesprochen wurde.

Der Morgen zieht schon herauf und Veit Kammerloher liegt immer noch schlaflos da, grau im Gesicht, und starrt auf die rissige Zimmerdecke des vatikanischen Gästehauses. Seit Tagen fühlt er sich hundeelend. Das Heimweh und die fremdländische Luft setzen ihm zu, das Olivenöl und der Schafskäse bringen sein altbayerisches Gedärm beständig durcheinander und jetzt erscheinen ihm auch noch die grinsenden Fratzen dieser eingeschmierten Gespenster, sobald ihm die Augen zufallen. Den Rosenkranz seiner Mutter hat er um die Hände gewunden und sein Brevier liegt auf der Bettdecke. Aber seine Gedanken bleiben nicht dort, wo er sie gern hätte.

Ach, warum hat er nicht auf seinen alten Freisinger Regens gehört, der so viel Gespür dafür besaß, welche die besten Wege für seine Schützlinge waren. Die Stirn hat er in Falten gelegt und unwillig geschnauft, als er erfuhr, dieser undurchsichtige Prälat habe ein Auge auf seinen braven, aber ein wenig einfältigen Jungpriester Veit Kammerloher geworfen und ihm angeboten, als sein Sekretär mit nach Rom zu reisen. Bub, hat der alte Regens dem Veit daraufhin ins Gewissen geredet, die Politisiererei und Hetzerei, das Spintisieren und geistliche Mauscheln, all das taugt nicht für dich. Kommst von den Bauern und bist dort auch am besten aufgehoben. Weißt mit ihnen umzugehen. Sitz halt in Gottes Namen deine Kooperatorjahre ab – Lehrjahre sind freilich keine Herrenjahre, das weißt ja eh –, und dann suchst dir eine gestandene Pfarrökonomie aus. Da kannst dich zwischen den Messen, Hochzeiten und Kindstaufen an duftenden Heufudern freuen, an rosigen Ferkeln und Kübeln voll sahniger Milch. Auch an neugeborenen Heißen, wo du doch die Rösser so gern magst. Und wenn dir deine bockbeinigen Christenschäflein gar zu sehr auf die Nerven gehn, dann haust beim abendlichen Tarock mit Bürgermeister und Lehrer halt ein bisserl lauter auf den

Wirtshaustisch und trinkst eine Maß mehr. Kein Mensch wird dir das da draußen übel nehmen, im Gegenteil.

So und anders hatte ihm der gütige Vorsteher des Erzbischöflichen Priesterseminars zugeredet, aber gefruchtet hatte es nichts. Beneidet von seinen viel gescheiteren geistlichen Mitbrüdern, die jetzt wohl alle ihre Primizräusche ausgeschlafen haben mochten und über ihren ersten holprigen Predigten schwitzten, hatte er seine zwei nagelneuen Soutanen in den Pappkoffer gepackt und war zusammen mit dem Prälaten in Richtung Bahnhof marschiert. Der Hafer hatte ihn halt gestochen, auch die Eitelkeit, dass die Wahl des hohen Herrn gerade auf ihn gefallen war. Und dann die Aussicht, Rom und seine vielen Kirchen zu sehen, von denen sie im Seminar so oft geschwärmt hatten, ohne dass einer von ihnen das Königreich Bayern auch nur einmal verlasen hatte. Vielleicht, so war seine verwegenste Hoffnung, würde er bei irgendeiner Gelegenheit ja auch den Heiligen Vater zu Gesicht bekommen, den leibhaftigen Nachfolger des Apostelfürsten Petrus und Stellvertreter Christi auf Erden. Das war eigentlich alles, was er sich von dem großen Konzil erwartete, von dem sie jetzt alle sprachen.

Bisher waren die Tage im welschen Land, über das sich in diesen Julitagen eine sengende Sommerhitze ergoss, ziemlich enttäuschend verlaufen. Der Prälat zeigte sich verschlossen und mürrisch, wich Erklärungen über den Grund der Reise aus und deckte Veit Kammerloher mit ermüdenden Schreibarbeiten ein. Die meiste Zeit sah man den jungen blonden Niederbayern über irgendwelchen lateinischen Briefen und Depeschen sitzen, die er sorgfältig zu kopieren hatte und deren verschlüsselten Inhalt er nicht verstand. Von Rom, der Ewigen Stadt, hat er so gut wie nichts gesehen, ungerechnet des ersten Ausflugs in das Gruselkabinett der hiesigen Kapuziner, zu dem ihn sein Prälat mitgenommen hatte und der prompt in großer Peinlichkeit und Missstimmung endete.

Veit Kammerloher stöhnt leise und wälzt sich auf seinem Lager hin und her. Er fühlt sich unendlich einsam und verloren. Dann stutzt er. Irgendwoher, vielleicht aus einer fernen Frühmesse, dringen würzige Weihrauchschwaden an seine Nase. Der junge Geistliche schnuppert begierig. Fast schießen ihm Tränen in die Augen, denn dieser Duft erinnert ihn an zu Hause, an die heimelige Dorfkirche, an den Freisinger Domberg, zuallererst aber an das gewaltige Fest seiner Primiz, seines ersten Gottesdienstes nach der Priesterweihe auf dem heimatlichen Rathausplatz. Wie weit ist dieses Ereignis schon wieder entfernt und wie nah ist es doch! Veit schließt die Augen; in ihm steigen vertraute Bilder auf. Das Menschengewühl am Morgen, der ganze Markt ist zusammengelaufen, Jung und Alt, überall auf den Straßen Birkenreiser, Girlanden und rote Tücher. Von der Kirchturmspitze weht das gelb-weiße Kirchenbanner.

Fahnenabordnungen, Burschen- und Jungfrauenvereine, Schützengesellschaften, Veteranenklubs aus dem ganzen Bezirksamt, getreu der Devise, dass es sich für einen Primizsegen allemal lohne, die Schuhsohlen durchzulaufen. Blasmusik, Hoch- und Vivatrufe, als er in der Ehrenkutsche, neben Bürgermeister und geistlichen Räten sitzend, auf dem Rathausplatz vorfährt. Seit zwanzig Minuten hängen die Ministranten schon an allen Glockenseilen, dass ihnen Hören und Sehen vergeht und sie hinauf- und hinunterschwingen wie die Perpendikel einer alten Standuhr. Unter den Chorälen des Kirchenchores schreitet er die Stufen hinauf zum Freialtar. Die Eltern und Geschwister, sie alle haben Tränen in den Augen, als sie ihn so zum ersten Mal im feierlichen Ornat stehen sehen, umringt von geistlichen Herren und ein wenig blass im Gesicht.

Veit Kammerloher, jüngster Sohn der Gütlersleute Nepomuk und Anastasia Kammerloher, jetzt hast du es geschafft, jetzt bist du wer, jetzt gehörst du zu den »besseren Leuten«. Der brave, immer ein wenig tollpatschige Veit, wer hätte das gedacht? Beim feierlichen Primizsegen fallen sie alle auf die Knie und stimmen lauthals in das Te Deum ein, dass es von den herausgeputzten Häuserwänden schallt. Danach der Weg durch die Menge, vorbei an Maronibratern und Kräuterweibern, Steckerlfischbuden und Kinderschaukeln, hin zum Sternbräu, wo sich eine illustre Gesellschaft zusammengefunden hat, um das seltene Ereignis gebührend zu begießen.

Viel Bier und Schweiß sind bereits geflossen, Berge kälberner Weißwürste und saftiger Schweinsbraten verzehrt, Reden und Trinksprüche gehalten, der Großteil der Ehrengäste hat sich bereits verabschiedet, da kommt es an einem der Nebentische noch zu einem hitzigen Disput. Der Streit nimmt seinen Ausgang von einer harmlosen Rempelei zwischen dem Oberlehrer der hiesigen Volksschule, einem dürren Menschen, der als erklärter Bismarckianer keinem Händel aus dem Weg zu gehen pflegt, und dem rotgesichtigen Koadjutor einer Nachbarpfarrei, der als Ultramontanist und Hitzkopf weit über seine Gemeinde hinaus bekannt ist. Einige bissige Bemerkungen des Pädagogen, das römische Papsttum und seine Unfehlbarkeitspläne betreffend, haben den wackeren Glaubensboten so in Rage gebracht, dass er wütend aufspringt. Der Tisch wackelt, Bierkrüge fallen scheppernd zu Boden.

Hin und her fliegen die Reizworte und machen andere im Saal auf den Konflikt aufmerksam. »Papist!«, »Volksverhetzer!«, »Ultramontanist!«, »Vaterlandsverräter!« In dem Maß, wie sich die Lautstärke der Auseinandersetzung steigert, vergrößert sich der Kreis der Kontrahenten. Von allen Seiten drängen Neugierige und Schaulustige heran. Mehrere Geistliche in schwarzen Festtagstalaren ergreifen Partei für ihren erregten Mitbruder. Ein junger Kooperator, der vorsichtig vermitteln will, wird rüde in die

Schranken gewiesen. Fast droht der verbale Streit in Handgreiflichkeiten auszuarten – der rotgesichtige Koadjutor hat den Schulmeister bereits am Kragen gepackt –, da wird der hochwürdige Herr Regens, der im Aufbruch begriffen war, auf den Eklat aufmerksam.

»Schämen Sie sich nicht, meine Herren?«, ruft er mit sonorer Stimme und tritt auf die Kontrahenten zu. »Einen solchen Festtag auf diese Weise zu beflecken! Welchen Eindruck muss unser lieber Primiziant von uns Gästen gewinnen? Ich sag es immer wieder, die Politisiererei in der Kirche hat keinen Segen in sich. Sie führt nur zu Streit und Missgunst. Und was das Konzil in Rom betrifft«, er nickt nachdenklich und ein wenig sorgenvoll zu Veit Kammerloher hinüber, »so wird unser Primiziant ja bald Näheres wissen und uns aus erster Quelle davon berichten können. Und jetzt adjes, meine Herren! Pax vobiscum.«

Damit dreht er den Streithähnen den Rücken zu, die ihm beschämt nachblicken und ein kaum verständliches »Et cum spiritu tuo« murmeln.

In aller Herrgottsfrühe durchquerte Susan O'Casey eben die weite Hotelhalle, als ein Page von der Seite auf sie zutrat und sie ansprach. Er händigte ihr einen verschlossenen Briefumschlag aus. Überrascht nahm sie das Kuvert entgegen und gab dem Jungen ein paar Lire. Ihre Hände zitterten ein wenig. Was war das nun wieder? Sollten ihre unbekannten Gegenspieler neuerlich aktiv geworden sein? Welche Art Einschüchterung hatten sie sich diesmal einfallen lassen?

Susan zwang sich zur Ruhe und musterte das Kuvert. Nein, es hatte keine Ähnlichkeit mit dem Papier von gestern Abend. Jetzt wurde sie gewahr, dass es einen Absender, nämlich die Aufschrift »Päpstliches Presseamt« trug. Neugierig öffnete sie den Umschlag.

»Sehr geehrte Signorina O'Casey!«, stand da in spitzigen Buchstaben geschrieben. »Aufgrund Ihres Verhaltens, das weder den Gepflogenheiten des internationalen Pressewesens noch den Vorstellungen des vatikanischen Öffentlichkeitsressorts entspricht, müssen wir Ihnen leider mitteilen, dass Ihnen die Akkreditierung als Berichterstatterin über das derzeit tagende Vatikanische Konzil entzogen wird. Wir bitten Sie höflich, noch heute die Akkreditierungskarte im Pressebüro zurückzugeben.«

Der Text war mit zwei eindrucksvollen Stempeln versehen und mit einem unleserlichen Signum unterzeichnet. Dem Schreiben beigelegt war ein Telegramm in englischer Sprache. Es lautete: »Haben vom Entzug der Akkreditierung Kenntnis genommen. Erwarten sofortige Rückkehr der Korrespondentin. Washington Post. Chefredaktion.«

Halb benommen starrte Susan O'Casey auf die beiden Papiere. Wie in Trance steckte sie Brief und Telegrammkopie zurück in den Umschlag, schritt durch die Hotelhalle und trat ins Freie. Das konnte doch nicht wahr sein! Am liebsten hätte sie laut losgeheult. War das das unrühmliche Ende ihres ersten wichtigen Auftrages? Eine Blamage bis auf die Knochen, möglicherweise sogar der Rauswurf aus der Redaktion!

Ohne wahrzunehmen, was rings um sie passierte, stolperte Susan ziellos die Straße entlang, bis sie sich mit tränenverschleierten Augen an eine schattige Mauer lehnen musste. Hätte sie doch nie diesen Auftrag angenommen! Es hätte tausend Argumente gegeben, dem Chefredakteur klar zu machen, dass sie die Falsche für diesen Job war!

In ihrem Hader hatte Susan nicht bemerkt, dass ihr, seit sie das Hotel verlassen hatte, in einiger Entfernung zwei Männer gefolgt waren. Jetzt, da sie im Schatten des efeubewachsenen Mauerwerks nach Fassung rang, traten sie näher.

»Entschuldigen Sie, sind Sie Signorina O'Casey?«

Die Journalistin zuckte zusammen und sah überrascht einen kleinen Herrn, der, in einem mausgrauen Straßenanzug, seinen Zylinder zog und sich vor ihr verbeugte. Ein wenig hinter ihm stand ein strohblonder junger Kleriker in schwarzer Soutane.

»Wundern Sie sich bitte nicht«, fuhr der ältere der Beiden mit leiser Stimme fort, »dass ich Ihren Namen weiß. Woher, tut jetzt nichts zur Sache. Mich schickt jener Mann, mit dem Sie gestern im Vatikan gesprochen haben. Stichwort ›heilige Symphorosa‹.«

Susan blickte dem unscheinbaren Herrn entgeistert ins Gesicht. Immer noch brachte sie kein Wort hervor. Der junge Priester neben ihnen schwieg und schaute gelangweilt drein, so als wäre er der Sprache, in der die Unterhaltung geführt wurde, gar nicht mächtig.

»Mein Auftraggeber bittet Sie«, sagte nun der Herr im mausgrauen Anzug, »sein unhöfliches Benehmen zu verzeihen, aber er musste das Gespräch so schnell wie möglich abbrechen. Er war sich sicher, dass Sie beide belauscht wurden.«

»Belauscht?«, stotterte Susan ungläubig.

Der Fremde sah sich um und trat noch einen Schritt näher an Susan heran. »Ich soll Ihnen bestellen, dass Sie auf einer richtigen, aber sehr gefährlichen Fährte sind«, flüsterte er. »Auch mein Auftraggeber hat sich aus bestimmten Gründen auf diese Fährte gesetzt und ist bereit, mit Ihnen zusammenzuarbeiten. Er ist der Meinung, dass es sinnvoll sei, Ihre Erkenntnisse auszutauschen.«

»Wieso, welche Erkenntnisse? Ich habe doch –«

»Bitte, Signorina O'Casey, stellen Sie keine Fragen. Ich bin nur ein Mittelsmann, der Ihnen nichts weiter sagen kann, als ihm aufgetragen ist. Außerdem…«, er blickte wieder um sich, »außerdem muss es schnell gehen.«

»Was bedeutet das? Warum kommt er denn nicht selber?«

»Bitte, Signorina O'Casey.«

Susan verstummte und nickte.

»In Rom ist ein Treffen aus bestimmten Gründen unmöglich. Mein Auftraggeber hat den fundierten Verdacht, ständig überwacht zu werden. Er hat allerdings eine sichere Adresse in Padua. Während ich Sie in diesem Moment informiere, ist er schon auf dem Weg dorthin. Wenn Sie an einem Kontakt und weiteren Informationen interessiert sind, folgen Sie ihm bitte umgehend.«

»Nach Padua?«, stammelte Susan ungläubig.

»Ja, Padua. Via Gorgone 34. Können Sie sich die Adresse merken? Via Gorgone 34.«

»Via Gorgone 34«, wiederholte Susan mechanisch.

»Ich wünsche Ihnen eine gute Reise!«, flüsterte der Herr und lüftete abermals seinen sorgfältig gebürsteten Zylinder. »Und sprechen Sie bitte mit keiner Menschenseele über Ihr Vorhaben. Nur so werden Sie an die Informationen gelangen, nach denen Sie suchen. Leben Sie wohl!« Mit diesen Worten verbeugte er sich. Der junge Geistliche an seiner Seite, der die junge Frau unterdessen nur mit großen Augen angestarrt hatte, tat es ihm nach, und beide wandten sich wieder in die Richtung, aus der sie gekommen waren. Nach wenigen Minuten waren sie verschwunden.

Susan blickte ihnen verblüfft nach. Während ihr der ältere Herr völlig fremd gewesen war, meinte sie, den jungen Priester schon einmal gesehen zu haben. Wo nur? Die Geschichte wird immer verrückter!, fuhr es ihr durch den Kopf. Was soll ich tun? Kein normaler Mensch begibt sich auf eine Reise durch halb Italien, bloß weil ihn ein wildfremder Mensch auf offener Straße dazu auffordert! Dennoch ... der Fremde war bestens informiert! Er kannte meinen Namen und wusste von meiner Begegnung mit dem jungen Mann im Vatikan.

Je genauer Susan überlegte, desto klarer stellte sich ihre Situation dar: die Reise nach Padua war ihre letzte und einzige Chance, den schmählichen Abgang aus Rom zu verhindern. Es war absurd! Während sie einerseits über diese mysteriöse Angelegenheit »Symphorosa« so gut wie nichts wusste, steckte sie andererseits schon viel zu tief darin, um einen Rückzieher machen zu können. Noch war sie im Besitz ihrer Akkreditierungskarte, die ihr viele Türen öffnete. Im Notfall konnte sie glaubhaft behaupten, die beiden Briefe lägen ungeöffnet in ihrem Hotelzimmer.

Alles, was sie für zwei, drei Tage brauchte, trug sie in ihrer Tasche bei sich. Kurz entschlossen trat sie an die Kante des Bürgersteigs und winkte eine Droschke herbei. »Zum Bahnhof, per favore«, rief sie dem Kutscher zu, »so schnell wie möglich, ich muss den Zug nach Padua erreichen.«

Die Kirche, die heilige, eine, wahre, katholische Kirche kämpft gegen alle Irrlehren. Sie kann kämpfen, aber nicht besiegt werden. (Augustinus, De symb. ad. catech. 14)
Wo das Blut der Gläubigen fließt, schießt empor die Saat der Kirche. (Augustinus, En. in ps. 70, sermo 2,4)

Es ist etwas geschehen, was mir jeden klaren Gedanken raubt! B. ist hier in Rom! Über einen Mittelsmann hat er mir einen Brief zukommen lassen. Weiß Gott, wie er auf mich aufmerksam wurde! Er beschwört mich, die Bruderschaft zu verlassen.
Warum musste er gerade jetzt nach Rom kommen? Ich bin nicht mehr jener dumme Junge, dem er vor Jahren seinen Willen aufzwingen konnte! Nur dank der Bruderschaft habe ich meine Ängste, meine inneren Kämpfe überwunden. Sie hat mir eine sichere Existenz geschaffen. Ohne sie würde ich zerbrechen. B. meint, mich an meinen Vater erinnern zu müssen. Dieser Narr! M., der Meister der Bruderschaft, ist mein Vater geworden, seine Predigten und Traktate sind mein Lebenselixier! Wir alle sind der Todsünde verfallen, so hat er uns gelehrt, wir sind Verworfene und Verfluchte. Man kann der rächenden Hand Gottes nur entgehen, wenn man sein Leben im Kampf für die Kirche Gottes opfert. Der Kampf für die alleinige Herrschaft des Stuhles Petri! Wo das Blut der Gläubigen fließt, schreibt Augustinus, schießt empor die Saat der Kirche.
Gerade jetzt dieser Brief! B. weiß nicht, welches Ansehen ich in der Bruderschaft genieße, welche Position ich mittlerweile erreicht habe! Wie könnte er mich sonst bestürmen, die Organisation zu verlassen? Jetzt, wo wir mit einem mächtigen Schlag die Gegner der Kirche zum Schweigen bringen werden!
Doch woher wieder diese Unruhe? Meine Schwäche lässt mich am ganzen Leib erzittern. Mit einemmal wieder all die Fragen, all die längst überwundenen Zweifel! Warum musste ich ihm je begegnen? Ich finde keine Ruhe mehr. Er wünscht ein Treffen. Will mit mir sprechen. Nein! Nein! Niemals! Niemals wieder!

Padua, die Stadt des heiligen Antonius, dessen unheilige Abenteuer mit den Mächten der Finsternis seit Jahrhunderten zahllose Künstler inspiriert haben, döste in der drückenden Mittagshitze. Die Pilgerströme, die den ganzen Sommer über die Altstadt bevölkerten, sie mit ihrem vielsprachigen Stimmengewirr erfüllten, hatten sich zur Siesta zurückgezogen; nur hie und da huschten einzelne Fremde durch die Gassen.

Die Buden der Devotionalienhändler, die auf dem Prato della Valle ihr unsägliches Sammelsurium von Heiligenbildchen, ellenlangen Opferkerzen, Rosenkränzen und Papstbüchern feilhielten, waren zum größten Teil verschlossen. Denaro e santità metà metà, Geld und Heiligkeit, halb und halb – mit diesem geflügelten Wort charakterisierten die Bewohner Paduas das bunte Treiben vor ihren Augen und zuckten dabei mit den Schultern.

»Il Santo«, wie die Einheimischen den Schutzpatron der Eheleute und der Pferde kurzweg nannten, pflegte ohnehin seine Ruhe. Er – beziehungsweise das, was man von ihm übrig gelassen hatte, nämlich Zunge und Haar, Kinn und Kutte – ruhte in einem dichten Sarkophag aus grünem Marmor in seiner Basilika und moderte, ungerührt von dem Trubel, den er Jahr für Jahr auslöste, der Vollendung entgegen.

Schier endlos hatte sich die Fahrt mit der Eisenbahn hingezogen, an die acht Stunden kämpfte sich die kleine Dampflokomotive mit ihren fünf Waggons durch die bergige Landschaft des Großherzogtums Toskana und des Herzogtums Modena, ehe der Schaffner die Ankunft im venetischen Padua ausrufen konnte. Obwohl in diesen Stunden die herrlichsten Landschaften Italiens an ihrem Abteilfenster vorbeizogen, konnte sich Susan O'Casey nur wenig an ihnen erfreuen. Immer wieder fragte sie sich, ob sie mit dieser Fahrt nicht eine riesengroße Dummheit begehe, ob sie nicht zumindest irgendjemanden hätte darüber informieren sollen. Roux oder Bradshaw vielleicht? Sie hätte damit ja nicht gleich ihre ganze Story zu verraten brauchen. Susan lachte bitter. Ihre Story? Welche Story denn? Was hatte sie schon in Händen außer ein paar dünnen Andeutungen, Mutmaßungen und Fantasien? Jagte sie nicht womöglich einem Phantom nach? Eine wahnwitzige Jagd, die sie letztendlich Stellung und Ansehen kosten konnte. Unaufhörlich kreisten ihre Gedanken um dieses Thema.

Es war gut, dass die Fahrt in dem Bummelzug wenigstens hin und wieder eine Ablenkung parat hielt. Der Waggon war schon wenige Stationen nach Rom hoffnungslos überfüllt und Susan erhielt in kürzester Zeit Einblick in die Vielgestaltigkeit der italienischen Gesellschaft. Aus irgendeinem Grund führte der Zug keine Wagen erster und zweiter Klasse mit sich und so sammelte sich auf den Holzbänken ein bunt gemischtes Völkchen aus niedrigen Beamten, Kaufleuten, Pfarrern und Händlern. Braun gebrannte Weinbauern, die die junge Amerikanerin mit offenem Mund angafften, fanden Platz neben drallen Marktweibern, die ihre Hennen und Enten in Körben mit sich führten und mit ihren derben Scherzen den ganzen Waggon unterhielten.

Der Zug hielt an jeder noch so unbedeutenden Station. Jeder Aufenthalt war mit lautem Geschrei und Tumult verbunden. Verwandte und Freunde schwatzten aufeinander ein, Kinder riefen nach ihren Eltern, Reisende schrien nach Zeitungsverkäufern oder Kofferträgern. Zwischen die Ein- und Aussteigenden zwängten sich Händler, die lautstark Melonen, Apfelsinen und Pfirsiche feilboten. Auch Kartenleser, Wahrsager und Feuerspucker suchten an den größeren Stationen ihr Auskommen. Kaum hielt jemand den Kopf aus dem Abteilfenster, scharten sich halb nackte Kinder um ihn, die um einige Kupfermünzen bettelten. Das Getöse ebbte erst ab, wenn sich die Lokomotive mit ohrenbetäubendem Pfeifen und Schnauben zur Weiterfahrt in Bewegung setzte und die letzten jungen Burschen unter den Flüchen der Schaffner von den Plattformen der Waggons gesprungen waren.

Am frühen Nachmittag fuhr der Zug in den Hauptbahnhof von Padua ein. Verschwitzt und von dem stundenlangen Geratter wie betäubt, stieg Susan aus ihrem Waggon und suchte sich zu orientieren. Als sie auf den Bahnhofsvorplatz hinaustrat, winkte eine Dame gerade die einzige dort wartende Kutsche heran.

»Entschuldigen Sie, Signora«, wandte sich Susan eilends an die elegante Mittvierzigerin. »Wie finde ich zur Via Gorgone?«

»Sie sind Ausländerin?«, fragte die Angesprochene, der jetzt der Kutscher den Wagenschlag öffnete, interessiert zurück.

»Amerikanerin. Ich bin auf Recherche für die Washington Post unterwegs und sehr in Eile. Würden Sie mich freundlicherweise bis zum nächsten Droschkenstandplatz mitnehmen?«

»Padua ist eine kleine Universitätsstadt. Es gibt keine großen Entfernungen. Steigen Sie ein, bei dieser Hitze ist das Laufen kein Vergnügen. Ihre Straße liegt abseits des Zentrums in einem ärmlichen Viertel, wenn Sie mir die Bemerkung erlauben. Ich lasse Sie in der Nähe absetzen.«

Erfreut nahm Susan das Angebot an. In flottem Trab ging es durch die langsam aus der Mittagsruhe erwachende Stadt. Der Wagen rollte durch gepflasterte Straßen mit lockerer Bebauung und hielt nach kurzer Fahrt auf Anweisung der Dame an einem kleinen Platz.

»Wenn Sie in diese Richtung weitergehen«, sagte die Italienerin zu ihrem ausländischen Fahrgast, »und sich an der Pferdetränke dort nach links wenden, stoßen Sie direkt auf die gesuchte Adresse.«

Susan O'Casey bedankte sich und wandte sich in die angegebene Richtung. Nach wenigen Metern verwandelte sich die Straße in einen staubigen Feldweg. Die Häuser wurden niedriger und ärmlicher und trugen keine Nummern mehr. Schmuddelige, lärmende Kinder liefen herum, zwischen Holzbaracken häuften sich Unrat, zerbrochenes Mobiliar und Lumpen. Eine Frau, die an einer Leine Wäschestücke zum Trocknen aufhing, unterbrach ihre Tätigkeit und starrte die Fremde, die sie da nach einer Hausnummer fragte, mit unverhohlener Neugier an. Dann streckte sie den Arm aus und wies auf ein Haus schräg gegenüber. Obwohl es, im Gegensatz zu den Nachbarhäusern, zweigeschossig und aus unverputzten Ziegelsteinen erbaut war, wirkte es in seiner heruntergekommenen Umgebung nicht als Fremdkörper. In welcher Farbe das Gebäude einst gestrichen gewesen sein mochte, war nicht mehr auszumachen, derzeit präsentierte es sich in einer dumpfen Mischung aus Grau, Braun und einem schimmeligen Grün. Der kleine Vorgarten war ziemlich verwildert, seit Jahren hatte er sicher keine ordnende Hand mehr gesehen. Die meisten Fenster waren mit Läden verschlossen. Am Eingang fand Susan weder eine Glocke noch einen Türklopfer.

»Hallo, ist hier jemand?«, verlegte sie sich aufs Rufen und schlug mit der Faust gegen das Türblatt. Als habe jemand auf dieses Zeichen geradezu gewartet, öffnete sich augenblicklich und knarrend die Tür. Zum Vorschein kam ein altes Weib, das sich auf einen Stock stützte. Aus dem Hausinneren schlug Susan ein kühler Modergeruch entgegen.

»Kommen Sie herein«, murmelte die Alte, ohne zu grüßen.

»Mein Name ist Susan O'Casey, ich komme von…«

»Ich weiß, wer Sie sind. Ich habe Sie erwartet.«

Verwundert und zögernd trat Susan in den Flur. Die Wände waren kahl, teilweise bröckelte der Putz ab. Die Frau ging voran, öffnete eine Zimmertür und deutete hinein. In der winzigen Kammer konnte man lediglich ein nacktes Bettgestell, ein Tischchen und einen Stuhl erkennen. »Hier. Das ist Ihr Zimmer.«

Susan hob abwehrend eine Hand. »Danke, ich brauche kein Zimmer. Ich bin Journalistin und hier mit einem Informanten verabredet.«

»Sie werden das Zimmer trotzdem brauchen«, meinte die Alte unbeirrt, »stellen Sie Ihre Tasche ruhig ab.« Susan stutzte. »Können Sie meinem Gesprächspartner Bescheid sagen? Er ließ mir ausrichten, er würde mich hier erwarten. Wo ist er?«

»Sie meinen Doktor Navarro?«

»Ich … ich weiß seinen Namen nicht. Ein junger Mann mit ausländischem Akzent.«

»Doktor Navarro wird abends zurück sein.«

»Abends? Da muss ich nach Rom zurückfahren! Warum ist er nicht hier?«

»Er war da. Heute Mittag. Er erkundigte sich nach Ihnen und lässt Ihnen ausrichten, dass er abends für Sie zu sprechen sein wird. Brauchen Sie noch etwas? Haben Sie schon gegessen?«

»Äh, nein danke. Ich habe keinen Hunger. Und wo hält er sich tagsüber auf, dieser Doktor Navarro?«

»Er ist mal hier, mal dort.«

»Also, Sie wissen nicht, wo er sich derzeit befindet?«

»Darüber hat er nichts gesagt.«

Susan ging ärgerlich auf und ab. »Na schön. Ich werde noch mal in die Stadt gehen und abends zurückkehren. Übrigens, was ist das für ein Haus? Gehört es ihnen?«

Die Alte zögerte. »Nein, nein«, sagte sie dann leise. »Ich habe es gemietet. Seit fünf Jahren. Aber es ist mir zu groß. Ich kann es nicht mehr erhalten in meinem Alter.« Susan nickte. Sie sehnte sich nach Sonne und frischer Luft. »Sagen Sie diesem – Wie hieß er noch?«

»Navarro. Doktor Miguel Navarro.«

»Ja richtig, sagen Sie diesem Doktor Navarro, dass ich gegen sechs zurück bin. Er muss unbedingt auf mich warten.« Susan O'Casey beschloss, ihren Ärger hinunterzuschlucken und aus diesem verlorenen Tag das Beste zu machen. Sie schlenderte in die Stadt zurück, beobachtete spielende Kinder und ihre Mütter, feilschte mit Obstverkäufern und Maronibratern. Es freute sie diebisch, dass sie sich mit ihrem Italienisch – Gott segne Großvater Alberto Giorni! – so gut verständigen konnte. Zusehends hob sich ihre Stimmung. Wenn sie nun schon in Padua etwas Zeit übrig hatte, wollte sie der Basilika des heiligen Antonius, der auch in ihrer Heimat verehrt wurde, einen Besuch abstatten. Nachdem sie das Innere dieses byzantinisch anmutenden Gotteshauses durchwandert hatte, bemerkte sie ein Hinweisschild auf die unterirdische Krypta. Seit ihrer Kindheit liebte Susan die geheimnisvolle Atmosphäre von Kellergewölben und Grüften.

Sie folgte dem Schild, kam in ein Seitenschiff und trat durch eine unscheinbare Seitentür des Heiligtums. Dahinter führte eine enge, kaum erhellte Wendeltreppe hinab in die Unterkirche. Nach wenigen bangen Schritten auf den feuchten Stufen legte sich bleierne Stille um die Besucherin, kein Laut drang von der lärmenden Oberwelt durch die Tausende von Tonnen Granitgestein in die unterirdischen Gänge. Die junge Frau musste sich darauf konzentrieren, sicheren Tritt zu bewahren. Mehrere Minuten später erreichte sie einen saalartigen Raum – den ältesten Teil des Bauwerks, noch nicht allzu lange von Archäologen freigelegt.

Hier, dachte sie, so viele Meter unter dem heutigen Niveau liegt das Wurzelwerk der Kathedrale, auf diesem Fundament ist sie gewachsen, hat Jahresringe angesetzt, hat ihre starken Äste und Zweige gen Himmel gereckt. In dieser Tiefe vermuteten die Wissenschaftler das alte Heiligtum der Kelten, die vor dreitausend Jahren an diesem Ort ihre Muttergottheit verehrten, hier dürften die frühen christlichen Wallfahrer, auf Knien rutschend, sich der berühmten Antonius-Reliquie genähert haben. Susan verweilte lange Zeit in dem Raum, ehe sie sich auf den Rückweg machte.

Der Weg von der Krypta zur Oberfläche, das Aufsteigen vom Dunkel zum Licht, galt dem Mittelalter als Symbol der Befreiung des glaubenden Menschen. Befreit atmete auch Susan auf, als sie wieder im Sonnenlicht des Marktplatzes stand. Sie setzte sich auf eine steinerne Bank und genoss die Wärme, die ihre durchfrösteln Glieder belebte. Von hier aus war die

Basilika in ihrer ganzen Komplexität zu umfassen. Ein wenig entrückt noch von den Eindrücken, schloss Susan die Augen, und das Stimmengewirr um sie herum ließ in ihr die Illusion mittelalterlichen Marktlebens aufsteigen. Pferdegetrappel, Handwerkslärm, Kinderlachen und die gellenden Rufe Handel treibender Bauern schienen ihr Ohr zu erreichen. Die mittelalterliche Platznot in den Städten hatte die Bürgerhäuser bis auf wenige Meter an das Heiligtum heranrücken lassen, zumal der immense Strom von Wallfahrern eine Unzahl von Herbergen, Schänken und Läden erforderte. Über braunen Ziegel- und Strohdächern erhob sich die Wunderwelt der gotischen Kathedrale mit ihren zwei Türmen und sieben Kuppeln in byzantinischer Art, ihren vergoldeten Portalen, farbigen Figuren und glühenden Glasmalereien. Das Erstaunen der Menschen, die zuallermeist eingeschossige Lehmhütten, allenfalls Fachwerkhäuser bewohnten, angesichts eines solchen Bauwerks ist nur schwer vorstellbar. Gläubiges Staunen zu erregen war die Bestimmung des imposanten Gotteshauses, es war ja kein funktionaler Bau, sondern wollte Illusion schaffen, verändern, verzaubern. Verwirrend mit Licht, Schatten und Farben erfüllt, die Wucht der Architektur so weit wie irgend möglich versteckend, Leichtigkeit und Schweben vortäuschend, sollte es würdiger, himmlischer Rahmen für die Liturgie sein.

Susan öffnete die Augen. Die Fassade der Kathedrale wirkte von ihrem Platz aus wie ein filigranes Bilderbuch. Das gesamte erforschte Universum, das unendlich gegliederte Lehrgebäude der aufblühenden Scholastik in Stein zu hauen, ihm in den Archivolten, Triforien, Figuren, Rosetten und Portalen eines einzigen Bauwerks Ausdruck zu verleihen, das war das ehrgeizige Programm gotischer Baumeister. Die Kathedrale als irdisches Bild des himmlischen Jerusalems.

Nachdem sie so eine Zeit lang in Gedanken versunken dagesessen hatte, drang plötzlich Geschrei und Gesang an ihr Ohr. Nur wenige Seitengassen von der Grabeskirche entfernt hatte sich das Portal eines grauen Renaissance-Palazzo geöffnet und mehrere Dutzend junger Leute waren auf den Vorplatz gestürmt. Sie hatten offensichtlich Grund zum Feiern, denn sie stießen sich übermütig in die Seite, skandierten Trinksprüche und klatschten in die Hände. Einer von ihnen hatte gar ein Bandoneon umgeschnallt und begann, dem Instrument durch heftiges Zerren einige Akkorde zu entlocken. Passanten blieben vereinzelt stehen und beobachteten das Spektakel. Bewohner der Paduaner Altstadt wussten, was nun geschehen würde. Man befand sich nämlich vor der altehrwürdigen Universität der Stadt und das Schauspiel wiederholte sich wie ein archaischer Initiationsritus, wenn ein frisch gebackener »Dottore« von den Kommilitonen gefeiert werden sollte.

Im Mittelpunkt der Ovationen stand ein junger Mann, der sich lachend mit beiden Händen an den Kopf fasste und sich die Ohren zuzuhalten schien. Die Lautstärke der Gesänge schwoll in der Tat bedrohlich an, als ein Student einen riesigen schwarzen Hut mit langen Quasten aus einer Umhüllung hervorzauberte und ihn dem Gefeierten als Zeichen der neuen akademischen Würde auf den Kopf drückte. Andere schleppten aus irgendeiner dunklen Ecke eine lange Leiter herbei und lehnten sie an die antike Trajanssäule, die in der Mitte des Universitätsplatzes aufragte. Mit rhythmischem Klatschen nötigte man nun den jungen Gelehrten, die Leiter zu besteigen. Kaum hatte er seinen Sitz auf der ehrwürdigen Säule eingenommen, folgte der Höhepunkt des studentischen Spektakels. Von allen Seiten wurde der Unglückliche unter dem Gejohle der Kommilitonen mit wassergefüllten Schweinsblasen beworfen, die beim ersten Aufprall zerplatzten und ihren Inhalt über den Dottore ergossen. Endlich beeilten sich mehrere Studenten, dem Durchnässten von seinem Höhensitz herabzuhelfen, ihm einen gefüllten Weinbecher in die Hand zu drücken und mit ihm anzustoßen. Er dankte es lachend mit Umarmungen. Etwas respektvoller wurden die sechs Herren in feierlichen Roben mit knapper Verbeugung und Winken bedacht, die vor das Portal des Palazzo getreten waren und die Szene mit professoraler Würde, aber nicht ohne Schmunzeln beobachteten. Sie grüßten mit leichtem Kopfnicken.

Der Bandoneonspieler hatte mittlerweile einen Marsch angestimmt und mit lautem Krakeelen setzte sich die Gruppe in Bewegung. Doch damit nicht genug! Wer der Horde in die Quere kam, wurde von den Studenten umringt und genötigt mitzugehen. So geschah es auch Susan O'Casey, die, vom Gelärme angezogen, dem fremdartigen Schauspiel fasziniert zugeschaut hatte und nun nicht mehr entkommen konnte. Also fügte sie sich und lief lachend mit den jungen Leuten mit. Ziel der Prozession war das legendäre Café Pedrocchi, wo 1848 die unglückliche Revolution geschmiedet worden war und sich weiterhin die Intellektuellen, Schriftsteller und Künstler Paduas zu treffen pflegten. In dieser ausgelassenen Gesellschaft verging für Susan O'Casey die Wartezeit wie im Flug.

Punkt sechs Uhr klopfte die fremde Journalistin, ein wenig benommen vom ungewohnten Alkoholgenuss, wieder an die verwitterte Holztür des Anwesens Via Gorgone 34. Die Alte öffnete umgehend und hieß Susan eintreten.

»Bin ich zu früh? Ist Doktor Navarro schon hier?«, fragte sie besorgt.

Die Miene der Alten blieb verschlossen. »Kommen Sie und setzen Sie sich. Möchten Sie einen Tee?«

»Nein, danke. Ich würde gern wissen, wann Doktor Navarro kommt.«

»Doktor Navarro ist leider noch verhindert. Er hat eine Nachricht überbringen lassen.«

Susan stand auf. »Er war also in der Zwischenzeit hier?«

»Nein, er hat einen Jungen geschickt. Er wird gegen Abend hier sein.«

»Gegen Abend? Was heißt das genau? Ich muss unbedingt heute noch zurück nach Rom!«

»Das weiß ich nicht. Ich habe Ihnen ausgerichtet, was mir der Junge gesagt hat.«

Die heitere Stimmung des Tages war mit einem Schlag verflogen. Susan O'Casey war nahe daran, auf der Stelle abzureisen. Sie wollte nichts wie fort, fort aus diesem abscheulichen Haus, fort aus diesem verwahrlosten Stadtviertel. Aber sie zwang sich zur Ruhe. Welchen Ausweg hatte sie denn, als zu warten? Nur wenn diese Reise nach Padua einen vorweisbaren Erfolg mit sich brachte, konnte sie sie gegenüber ihren Vorgesetzten verantworten. Sie knurrte unwillig und zog sich in das ihr zugewiesene Zimmer zurück; sie würde die Zeit nutzen, um einige längst fällige Briefe nach Amerika zu schreiben. Gott sei Dank trug sie stets Briefpapier und Tinte bei sich. Die Abendsonne stand bereits tief, als Susan ihre Betätigung beendet hatte. Sie trommelte mit den Fingern auf die Tischplatte und blickte auf die Uhr. Ein wenig Zeit wollte sie ihm noch geben.

Eine Stunde später erhob sich die junge Frau energisch von ihrem Stuhl und holte ihre Tasche hervor. Hastig warf sie ihr Schreibzeug hinein.

»Was machen Sie da?«, krächzte es plötzlich hinter ihr. Ohne anzuklopfen, war die Alte in das Zimmer getreten. »Ich packe«, rief Susan grimmig, »und reise ab.«

Diese Ankündigung schien die Alte zu bestürzen. »Nein, bitte, bleiben Sie, Signorina! Doktor Navarro wird sicher bald hier sein. Er legt großen Wert darauf, Sie kennen zu lernen.«

»So? Legt er?« Susan lachte bitter. »Warum lässt er mich dann einen halben Tag lang warten?«

Die Alte schüttelte aufgeregt den Kopf. »Er kann sicher nichts dafür. Doktor Navarro ist Arzt, müssen Sie wissen. Vielleicht hat er einen Notfall. Sie sollten heute Nacht hier bleiben. Morgen Vormittag wird er bestimmt kommen.«

»Hier übernachten?« Die junge Frau schauderte bei dem Gedanken.

»Ich werde Ihnen frisches Bettzeug bringen. Ich habe das Gästezimmer bereits gelüftet …«

»Nein, auf keinen Fall. Ich reise ab!« Susan wollte nach ihrer Tasche greifen, doch die Alte nahm sie bei der Hand. »Um Gottes willen, das dürfen Sie nicht«, rief sie sonderbar erregt, »Doktor Navarro hat Ihnen doch etwas Wichtiges mitzuteilen! Sie dürfen jetzt nicht gehen. Ich mache Ihnen einen Vorschlag: Ich werde versuchen, den Doktor zu finden. Ich gehe und suche ihn. Warten Sie, Signorina, warten Sie. In spätestens einer Stunde bin ich zurück. Ich werde ihm sagen, wie eilig Sie es haben. In einer Stunde...« Noch ehe die Journalistin antworten konnte, war die Alte aus dem Haus gelaufen.

Susan blickte auf ihre kleine Taschenuhr, das einzige Erbstück, das sie an ihren Großvater Alberto Giorni erinnerte. Zu dumm, sie war stehen geblieben. Sicherlich war die Stunde, von der die Alte gesprochen hatte, längst vorüber. Was sollte sie tun? Weiter Stunde um Stunde hier sinnlos absitzen oder auf der Stelle abreisen? Sie konnte sich nicht entscheiden. Wütend verließ sie das Haus und ging die Straße entlang. In ihrem Ärger trat sie mit dem Fuß gegen einen Pinienzapfen. Achtlos ging Susan weiter, als der Zapfen plötzlich wieder vor ihren Füßen landete. Sie schaute auf und sah in das grinsende Gesicht eines Jungen von vielleicht zehn Jahren. Er starrte vor Schmutz.

»Haben Sie vielleicht eine Lira für mich, Signora?«

Susan wollte zunächst weitergehen, besann sich aber eines anderen, kramte in ihrer Tasche und gab dem Jungen eine Kupfermünze.

»Danke, Signorina. Vielen Dank.«

»Schon gut«, murmelte Susan und setzte ihren Weg fort. Der Junge trottete neben ihr her.

»Sind Sie unsere neue Nachbarin?«

»Wieso Nachbarin? Wie kommst du darauf?«

»Sie sind doch eben aus dem Haus dort gekommen. Wohnen Sie jetzt bei uns?«

Susan stöhnte auf. »Um Gottes willen, nein. Ich bin nur kurz zu Besuch da.«

»Wen haben Sie denn besucht?« Der Junge wurde wirklich aufdringlich. Susan wechselte die Straßenseite, aber der Kleine blieb ihr auf den Fersen. »Wen kann man denn in dem Haus besuchen? Sagen Sie es mir.«

»Wen werde ich wohl besucht haben?«, antwortete sie patzig. »Die alte Frau, die dort wohnt.«

»Welche alte Frau?«

»Na, die in diesem Haus da wohnt.« Susan deutete ungeduldig auf das verkommene Gebäude hinter ihnen.

Der Junge sah sie verwundert an. »Dort wohnt niemand. Das Haus steht seit Jahren leer.«

»Aber Kind, was redest du denn? Sie wohnt seit fünf Jahren hier.«

»In dem Haus ist niemand«, beharrte der Junge trotzig, »da hat seit Jahren niemand gewohnt.«

Susan stutzte. Sonderbar. Die Alte hatte doch behauptet, sie wohne bereits seit fünf Jahren dort.

»Bist du dir da ganz sicher?«

»Ehrenwort. Wir spielen doch oft drinnen. Erst gestern noch. Ich kenne ein Kellerfenster, das sich ganz einfach öffnen lässt. Soll ich es Ihnen zeigen?«

»Nein, danke –«
»Freilich, letzte Woche hätten sie uns beinahe erwischt.«
»Erwischt? Wer? Sagtest du nicht, in dem Haus wohnt niemand?«
»Das stimmt auch. Aber gekommen ist jemand. Drei Männer.«
»Drei Männer?«
»Ja, sie sind mit einer Kutsche gekommen. Wir haben hinterher die Spuren vor dem Haus gefunden. Wir haben uns gerade noch verstecken können. Wenn die etwas gemerkt hätten, au weia! Zwei Pfarrer waren auch dabei.«
»Zwei Pfarrer?«
»Ja, und ein anderer Mann.«
»Was haben sie denn in dem Haus gemacht, die drei Männer?«
»Sie sind in den Keller gegangen und haben mehrere Kisten abgeholt.«
»Kisten?«
»Ja. Die stehen dort seit einigen Monaten schon herum.« Susan blieb stehen und sah dem Jungen in die Augen. Das Ganze mutete sie reichlich sonderbar an. Irgendetwas stimmte nicht mit diesem Anwesen und seiner Bewohnerin.

»Ihr habt natürlich in die Kisten hineingeschaut.« Der Junge blickte verlegen auf den Boden.

»Und war etwas Interessantes darin?«, bohrte Susan hartnäckig nach.

»Nein, eigentlich nicht. Nur Papier. Stöße von bedrucktem Papier.«

»Was stand denn auf den Papieren geschrieben?«

»Weiß nicht, Signorina, ich kann nicht lesen.«

»Ah ja, natürlich. Sag mal«, fragte Susan listig, »hast du vielleicht das eine oder andere ... mitgehen lassen?« Der Junge schwieg und starrte zu Boden.

»Komm schon, ich bin nicht von der Polizei. Ich werde dich nicht verpfeifen. Es interessiert mich eben.« Immer noch zögerte der Kleine. »Ich mache dir einen anderen Vorschlag«, lockte ihn Susan, »du zeigst mir jetzt die Sachen, die du, sagen wir, gefunden hast, und wenn mir das eine oder andere gefällt, kaufe ich es dir ab.«

Damit hatte sie die Widerstandskraft des Jungen gebrochen. Wie der Blitz rannte er los, schlüpfte durch eine Zaunlücke und war im Nu verschwunden. Susan blickte ihm kopfschüttelnd nach. Nach wenigen Minuten tauchte er wieder auf. In der Hand trug er etwa ein Dutzend Briefumschläge.

»Es tut mir Leid, Signorina. Wenn ich gewusst hätte, dass Sie das so interessiert... Aber ich kann doch nicht lesen. Also habe ich nur diese Briefumschläge mitgenommen. Weil da so schöne bunte Bilder drauf sind.«

Susan O'Casey nahm eines der Kuverts und untersuchte es sorgfältig. In dem Umschlag steckte eine Karte. Die Journalistin zog sie heraus. Ein einziger Satz stand darauf geschrieben. Sie las:

Die Aktion beginnt am Tag der Heiligen Symphorosa, letzte Besprechung 18. Juli bei den toten Brüdern von La Trappe, St. Lucia.

Der Junge merkte nicht, dass Susans Hände zitterten. Hastig drückte sie ihm einige Lire in die Hand, verabschiedete sich und ging zum Haus zurück.

Nach wenigen Schritten betrachtete sie nochmals das Kuvert. Es konnte keinen Zweifel geben: das bunte Bild auf diesem Briefumschlag war ein bischöfliches Wappen. Und es war identisch mit dem Wappen auf dem Verschwörerbrief, den der Taschendieb Emerentio Falcone gestohlen hatte!

Eine Stunde später saß Susan O'Casey atemlos im Nachtexpress Padua-Rom und versuchte ihre Gedanken zu ordnen. Sie war ihnen auf den Leim gegangen, diesen unbekannten Mächten, von denen sie weder wusste, wer sie waren, noch, was sie vorhatten. Ein abgekartetes Spiel war es also gewesen, sie aus Rom fortzulocken bis nach Padua hinauf. Ein geschickter Schachzug! Wer weiß, wie lange man sie noch hätte vertrösten können, wenn nicht der Junge dazwischengekommen wäre.

Die ständigen Entschuldigungen dieses vermeintlichen Doktor Navarro waren ihr freilich merkwürdig vorgekommen. Nicht minder dieses heruntergekommene Haus mit der Alten, die sich immer mehr in Widersprüche verwickelte. Es kam diesen Leuten offenbar darauf an, sie eine Zeit lang an ihren Recherchen zu hindern. Das konnte bedeuten, dass das Ziel ihrer Machenschaften unmittelbar bevorstand! Und zeigte es nicht, dass sie, vielleicht sie allein, auf der richtigen Spur war, um das Erreichen dieses Zieles verhindern zu können? Wenn sie nur wüsste, was sie planten. Was hieß: »Aktion«? Was hieß: »am Tag der heiligen Symphorosa«?

Der Journalistin erster Gedanke war gewesen, die Alte in der Via Gorgone zur Rede zu stellen. Diese war bald nach Susans Begegnung mit dem Jungen zurückgekehrt und hatte mit weinerlicher Stimme verkündet, Doktor Navarro könne der Journalistin leider erst am nächsten Morgen zur Verfügung stehen. Was wäre damit gewonnen gewesen? Selbst wenn die Alte, was unwahrscheinlich war, in die Machenschaften der Verschwörer eingeweiht war, Susan hätte sicherlich nichts aus ihr herausbekommen. Im Gegenteil – die Feinde wären gewarnt gewesen! Nein, nun galt es, ebenfalls mit List und Tücke vorzugehen, mit gleicher Münze zurückzuzahlen!

Die junge Frau hatte ihr Bedauern über die Verzögerung ausgedrückt, aber gleichzeitig betont, wie wichtig ihr das Treffen mit Doktor Navarro sei. Wenn sie auch diese Nacht bei einer Kollegin der Lokalzeitung von Padua verbringen werde, hatte sie gesagt, wolle sie doch am nächsten Tag wiederkommen und so lange im Haus warten, bis ihr Gesprächspartner erschiene. Darüber hinaus hatte sie gebeten, ihre Tasche – in der sich freilich nichts Bedeutsames mehr befand – im Gästezimmer zurücklassen zu dürfen. Solchermaßen hatte Susan O'Casey gehofft, das Misstrauen der Alten zerstreut zu haben, hatte sich verabschiedet und war scheinbar ohne Eile der Innenstadt zugeschlendert. Kaum aber war sie um die Ecke gebogen, hatte sie ungeduldig nach einem Fuhrwerk Ausschau gehalten und sich umgehend zum Bahnhof von Padua kutschieren lassen. Wenige Minuten vor dem Pfiff des Stationsvorstehers war sie in den Nachtzug nach Rom gestiegen. Nun hatte sie einen halben Tag Vorsprung vor den Überlegungen ihrer Gegner. Den galt es zu nutzen.

Rund vierhundert Kilometer von der Paduaner Via Gorgone 34 entfernt hatte Emerentio Falcone seinen Arbeitstag für heute beendet und den Petersplatz verlassen. Noch in der letzten Stunde waren ihm einige gute Griffe gelungen. Man sollte das Glück nicht herausfordern, dachte er bei sich, während seine Finger die Münzen und Scheine in seiner Manteltasche abtasteten, die er als gerechten Lohn für seine Mühe erachtete. Wenig später stapfte er gut gelaunt die ausgetretenen Stufen zu seinem Zimmer in der Via Regnoli hinauf. Plötzlich hielt er inne und lauschte. Sein Instinkt sagte ihm, dass heute irgendetwas anders war als sonst. Behutsam nahm er eine Stufe nach der anderen. Hier im Treppenhaus war es den ganzen Tag über düster.
»He, wer ist da?«, rief er, erhielt aber keine Antwort. »Ich habe dich gehört, Bursche!«, fauchte er in die Finsternis hinein und lauschte wiederum. »Gib Antwort, wenn dir dein Leben lieb ist!« Tatsächlich löste sich jetzt der Schatten einer hoch gewachsenen männlichen Gestalt aus dem Dunkel des Treppenhauses. Falcone kniff die Augen zusammen. In seiner Manteltasche umklammerte er den Griff eines kleinen Stiletts. Die Schritte des anderen kamen auf ihn zu.
»Leise, Falcone«, flüsterte die dunkle Gestalt, »keine Aufregung, ich bin es: Beardsley, Lord Beardsley. Sie erkennen mich doch wieder?«
Misstrauisch verharrte Falcone noch einen Moment in seiner Stellung. Dann erkannte er die Umrisse des Briten. »Äh, Sie sind es!«, knurrte er ungehalten. »Mann, haben Sie mich erschreckt. Warum schleichen Sie hier in der Dunkelheit umher wie ein ordinärer Straßenräuber?«
»Ich habe auf Sie gewartet, Falcone. Es muss nicht jedermann wissen, dass ich hier bin. Kommen Sie, schließen Sie die Tür auf!«
Gehorsam trat Falcone an seine Wohnungstür, fischte einen klobigen Schlüssel aus seiner Manteltasche und öffnete das Schloss. Beide traten sie ein. Beardsley blickte in ein winziges Dachkämmerchen, dessen spärliches Mobiliar aus einem Eisenbett, einem Spind und zwei einfachen Holzstühlen bestand.

Erst als Falcone die Tür hinter sich geschlossen hatte, erklärte Beardsley: »Ich bin gekommen, das Dokument zu holen, das wir Ihnen anvertraut haben. Sie haben es doch noch?«

Falcone zögerte einen Moment, nickte und durchquerte das Zimmer mit wenigen Schritten. In der hintersten Ecke blieb er stehen und schob mit dem Fuß einen Wassereimer beiseite. Schließlich zog er zum Erstaunen Beardsleys sein Stilett aus der Manteltasche, kniete sich auf den Fußboden und machte sich mit dem Messer an den Dielen zu schaffen. Mit wenigen Griffen löste er zwei der Bretter aus ihrer Verankerung. Eine kleine Öffnung wurde sichtbar. Zwischen den Balken des Fehlbodens hatte der Alte ein geräumiges Versteck für seine Beutestücke geschaffen. Jetzt beugte er sich mit dem Oberkörper so weit hinunter, dass seine Stirn fast den Boden berührte und sein Arm vollständig in der Öffnung verschwand. Als er sich mühsam wieder aufrappelte, hielt er das Dokument in Händen.

»Hier!«, murmelte er und reichte Beardsley die Papiere. »Ich hoffe, die Mäuse haben keinen allzu großen Gefallen daran gefunden.«

Beardsley nahm die Blätter entgegen und begutachtete sie. »Sie sind unversehrt. Haben Sie vielen Dank für Ihre Mühe, Falcone. Sie haben mir sehr geholfen.« Mit diesen Worten faltete er die Papiere zusammen, steckte sie in seine Rocktasche und wandte sich zum Gehen. An der Tür hielt er inne, zog einen Geldschein aus seiner Brieftasche und legte ihn im Hinausgehen auf das Bett.

Seit der Zug den Bahnhof von Padua verlassen hatte, waren einige Stunden vergangen. Bei der Abfahrt hatte sich Susan in ein leeres Coupe gesetzt. Lange konnte sie nicht zur Ruhe kommen. Die Erlebnisse des Tages und tausenderlei Gedanken irrlichterten ihr durch den Kopf.

Es war doch eigenartig, sinnierte sie, wie unterschiedlich diese Menschen waren, mit denen sie in diesem Land zu tun bekommen hatte. Nannten sie sich nicht allesamt Christen und glaubten an denselben Gott? Und sie selbst? Zählte sie sich selbst überhaupt noch dazu? Glaubte sie eigentlich an denselben Gott wie all diese Kirchenfunktionäre? Oder wie Beardsley und dieser liebenswerte, etwas verrückte Don Francesco? Ganz zu schweigen von den dunklen Hintermännern, denen sie seit Tagen so erfolglos nachjagte. An welchen Gott mochten sie glauben?

Noch nie waren ihr solche Fragen gekommen, noch nie waren ihr die Brüchigkeit und Widersprüchlichkeit ihrer eigenen Religiosität bewusst geworden. Alle tragen wir dieses Wort »Gott« in unserem Kopf mit uns spazieren, dachte sie. Die einen ängstlich, die anderen stolz, wieder andere verächtlich, und jeder meint zu wissen, was es aussagen will. Richter, Herrscher, Fürst,

Menschengott, ja, ein Männergott wohl hauptsächlich – in Rom war Susan das deutlicher geworden denn je. Sie seufzte tief.

Niemals werden wir Gott in Bildern, Buchstaben und Paragrafen erfassen können, murmelte sie halblaut vor sich hin. Warum müssen wir alles ausmalen, systematisieren, katalogisieren? Warum genügt uns nicht die Wucht dieses gewaltigen Lebensprozesses, dessen Teil wir sein dürfen? Täglich zu spüren, dass wir getragen und nicht ins Nichts gestoßen werden. Warum genügen uns nicht die Schönheiten dieser Welt – etwa der heimatliche Sternenhimmel und das Meeresrauschen –, um darin bescheiden die Größe jener namenlosen Macht wahrzunehmen, die die Ursache all dessen ist?

Nach und nach senkte sich bleierne Müdigkeit über Susan. Sie fröstelte. Wie würde es morgen weitergehen? War ihre Spur nun zu Ende? Sollte sie sich morgen ihr Scheitern eingestehen und die Rückfahrt buchen? Das Rattern der Räder des Zuges, das stampfende Geräusch, das von der Lok herüberwehte, und das Rütteln des Wagens verschmolzen langsam zu einem monotonen, einschläfernden Lied. Sie nickte ein.

Auf einmal war es Susan, als sei ein kühler Luftzug um ihr Gesicht gestrichen. Sie lauschte angestrengt, aber der Lärm des Zuges übertönte alles. In dem Dämmerlicht des Coupés konnten auch ihre Augen nichts erkennen. Doch war da nicht der Umriss eines menschlichen Körpers? Aus dem Dunkel löste sich ein Schatten. Eine schwarze Gestalt kam auf sie zu! Susan wollte aufspringen, schreien, aber eine unheimliche Gewalt bannte sie auf ihren Sitz und schnürte ihr die Kehle zu, der nur ein leises Stöhnen entwich. Ihr Körper schien von einer tiefen Lähmung befallen, allein ihre Gedanken rasten. Es gab keinen Zweifel: Jetzt würden ihre unheimlichen Gegner sie zum Schweigen bringen. Jetzt war die Stunde ihrer Rache gekommen. Jetzt musste sie für ihre Neugier bezahlen, für ihren verdammten Ehrgeiz, die Story allein durchstehen zu wollen. DER TIBER IST EIN TIEFER FLUSS, hämmerte es in ihrem Kopf. Offenbar hatte sich die Alte von ihr nicht täuschen lassen und Alarm geschlagen.

Unendlich langsam kam die schwarze Gestalt näher. Sie trug etwas in der Hand. Es sah aus wie ein riesengroßes Tuch oder ein Sack. Schon spürte Susan die eisigen Hände ihres Mörders, hörte ihn keuchen und etwas flüstern. Langsam legte sich etwas Warmes, Unabwendbares um ihren Hals…

Plötzlich, in Sekundenbruchteilen, löste sich die Lähmung, die sich über Susan O'Casey gesenkt hatte. Sie löste sich in einem gellenden, krampfartigen Schrei von ihren Lippen, der im ganzen Waggon widerhallte. Susan sprang auf und riss entsetzt die Augen auf: vor ihr stand mit leichenblassem Gesicht ein Schaffner, der vor Schreck über den Schrei noch zitterte. Die Wolldecke, mit der er die einsame Reisende fürsorglich hatte zudecken wollen, lag zwischen ihnen auf dem Boden.

V.

Rom. Samstag, 16. Juli 1870, Festtag des heiligen Eustathios, des Patriarchen von Antiochia., der im Kampf gegen die arianische Ketzerbrut einen solchen Eifer an den Tag legte, dass sich sogar Mitbrüder im bischöflichen Amt gegen ihn empörten, eine Revolte gegen ihn anzettelten und – unter dem Vorwand, eine Dirne habe ein Kind von ihm empfangen – seine Verbannung nach Mazedonien erwirkten, wo er im Jahre 338 verstarb.

Kettengeklirr, animalisches Schnauben und Wiehern, nervöses Hufescharren und das Malmen kräftiger Pferdegebisse. Zwei, drei Dutzend riesenhafte Kaltblüter drängen sich in den halbfinsteren Ställen am Rand der vatikanischen Paläste aneinander. Die Tiere sind unruhig. Sie spüren, dass etwas Ungewohntes bevorsteht. Außerdem kreisen an diesem gewittrigen Juliabend Myriaden von winzigen Fliegen um ihre Köpfe, besiedeln mit penetranter Hartnäckigkeit Augenwinkel, Nasenlöcher und Ohrmuscheln und lassen sich weder durch heftiges Mähnenschütteln noch durch gezieltes Schwanzschnalzen von ihrem blutsaugerischen Tun abhalten.

Dankbar nimmt der schwarze Wallach deine Bemühungen zur Kenntnis, das Fliegengeschmeiß zu vertreiben, während du mit Striegel und Bürste das schweißnasse Fell des Tieres bearbeitest. Obwohl dir, Veit Kammerloher, die dumpfe, schwüle Stallwärme fast den Atem nimmt, fühlst du dich hier wohl. Alles erinnert dich an zu Hause. Du atmest den Schweiß der Tiere, der den Ausdünstungen des einzigen Haflingers, der in eurem niederbayerischen Gütlerstall stand, so sehr ähnelt. Mit Tieren konntest du immer gut umgehen, bei ihnen fühlst du dich sicher, sie muss man nicht fürchten wie die Menschen auf dieser buckligen Welt. Über deine Soutane hast du einen groben Stallknechtmantel gezogen, der dir, mit Verlaub gesagt, besser zu Gesicht stünde als das geistliche Gewand.

Am anderen Ende des lang gezogenen Stalles verrichten zwei finstere Gestalten ihre Arbeit, dunkeläugige vatikanische Fuhrknechte, die dich nicht beachten und von deren meckernden Gesprächen du kein Wort verstehst. In großen, dampfenden Bottichen bereiten sie das Futter für die Pferde, einen sämigen Brei aus gestoßenen Kartoffeln, Brotresten und Rübenschnitzeln. Erst wenn sich die Tiere an diesem Mahl satt gefressen haben, winkt ein

Barren voll Hafer und Heu. Heute, da ihnen eine harte Nacht bevorsteht, gibt es auf Anweisung des Prälaten Futter im Übermaß. Er war es auch, der dir mit ärgerlicher Miene befahl, das mühsame Kopieren eines Briefes zu beenden und endlich den Rossknechten zur Hand zu gehen.

Von draußen dringen Stimmen herein, harte Kommandorufe, Pferdegetrappel und Wagengeräusche. Du verstehst nichts, doch irgendetwas ist heute anders als sonst. Eine allgemeine Aufregung hat alle erfasst, denen du begegnest. Allen voran den Prälaten, der mit verkniffenem Gesicht und fahlen Wangen die gedeckten Marmorgänge entlangläuft, als würde der Tod ihm schon am Hosenbein schnüffeln.

Vollkommen erschöpft war Susan O'Casey nach der beschwerlichen Reise in ihrem römischen Hotel angekommen. Sie durchquerte die Halle, trat an die Rezeption und deutete wortlos auf ihren Zimmerschlüssel, der einsam im Schlüsselkasten hing. Der Portier reichte ihn über den Tresen, stutzte dann und sagte: »Eben fällt mir ein, dass jemand Sie erwartet, Signorina. Dort hinten –« Er deutete auf eine Gruppe schwerer Ledersessel im rückwärtigen Teil der Halle.

»Erwartet? Wer?«, murmelte Susan geistesabwesend.

»Es tut mir Leid. Der Herr wollte seinen Namen nicht sagen. Er war gestern schon hier. Ein Priester, Signorina.«

»Schon wieder ein Priester, o Gott!« Zögernd durchquerte sie die Halle und ging auf die Sitzgruppe zu. Auf den ersten Blick war niemand zu sehen, doch über der Lehne eines der Fauteuils spitzte ein Büschel unfrisierter, pechschwarzer Haare hervor. Susan nahm sich ein Herz und trat an den Sessel. Nach einem Moment verdutzten Schweigens musste sie schmunzeln. Vor ihr saß – richtiger: lümmelte – Don Francesco, den nach stundenlangem Warten offensichtlich der Schlaf übermannt hatte.

»Don Francesco, wachen Sie auf! Ich bin es, Susan O'Casey!« Es dauerte einige Augenblicke, ehe der Geistliche seine Orientierung wiedererlangte. Als er die Journalistin erkannte, erhob er sich hastig, strich seine Soutane zurecht und fuhr sich mit den Fingern durchs Haar. »Endlich! Wo waren Sie denn die ganze Zeit, Signorina O'Casey?«, rief er. »Seit gestern Abend suche ich Sie. Niemand wusste etwas. Ich habe mir ernstlich Sorgen gemacht.«

»Das ist eine lange Geschichte«, seufzte Susan geistesabwesend. »Es fing damit an, dass mich gestern…«

»Später, später. Zuerst muss ich Ihnen etwas mitteilen. Aber nicht hier.«

»Na, dann kommen Sie, gehen wir auf mein Zimmer!«

Don Francesco zögerte. »Das … das kann ich nicht. Ich bin Priester.«

»Ach so, entschuldigen Sie, daran hatte ich gar nicht gedacht. Gehen wir doch an die frische Luft, sie wird uns beiden gut tun!« Wenig später saßen sie auf einer Parkbank zwischen staubigen Ginster- und Rhododendronstauden. Zu dieser morgendlichen Stunde ergingen sich kaum Menschen im Park.

»Um es kurz zu machen«, sagte der Kirchenmann, »Lord Beardsley ist gestern Früh wieder aufgetaucht. Ich sollte Ihnen doch umgehend Bescheid geben.«

»Verflucht, gerade gestern!«, entfuhr es Susan, die mit der flachen Hand gegen die Parkbank schlug. »Und ich hocke für nichts und wieder nichts in Padua –«

»In Padua?«, staunte Don Francesco. »Was wollten Sie denn da? Aber erst zu Beardsley. Er ist bei mir aufgekreuzt. Er wirkte aufgeregt und benahm sich sehr sonderbar. So habe ich ihn noch nie erlebt, er war stets die Ruhe in Person. Immer wieder fragte er nach Ihnen.«

»Nach mir?«

»Ja, er wollte unbedingt wissen, ob die Presse auf die Sache mit dem Brief aufmerksam geworden sei. Und ob Sie in dieser Verschwörungsgeschichte eine heiße Spur hätten.«

»Schön wär's!«

»Er hat auch etwas von einem Einbruch gefaselt...«

»Welchem Einbruch?«

»Keine Ahnung. Von seinen eigenen Ermittlungen wollte er nämlich überhaupt nicht sprechen. Tat so, als würde ihn die Angelegenheit nicht mehr interessieren. Aber das glaube ich ihm nicht, dafür kenne ich ihn zu gut! Noch dazu...« Er stockte, schien zu überlegen.

»Was?«

»Noch etwas Sonderbares. Am Abend traf ich zufällig Falcone. Können Sie sich vorstellen, was er mir bei der Gelegenheit erzählte?«

»Sie werden es mir gleich sagen, hoffe ich«, ermunterte ihn Susan.

»Wie? Äh, ja. Beardsley war auch bei Falcone. Er hat sich die Dokumente aushändigen lassen. Ja, er hat sich zu Falcones Wohnung durchgefragt und sie höchstpersönlich bei ihm abgeholt. Ohne mir etwas davon zu sagen! Ist das nicht merkwürdig?«

Susan stieß einen Pfiff aus. »Da haben Sie Recht, Padre. Ein äußerst sonderbares Verhalten! Können Sie es sich erklären, Don Francesco?«

»Nein, das ist es ja. Wir trafen uns nicht häufig, aber er hatte immer Vertrauen zu mir. Und plötzlich ist er so zugeknöpft! Ich verstehe das nicht!« Der Geistliche schüttelte bekümmert den Kopf. »Jetzt aber erzählen Sie, was Sie nach Padua geführt hat«, wechselte er das Thema.

»Ja, Don Francesco, wie ich schon sagte, das ist eine lange Geschichte. Ich werde sie Ihnen später erzählen. Das wichtigste ist jetzt – ich habe einen neuen Hinweis unserer Verschwörer!«

Der massige Priester machte große Augen. »Wirklich? Lassen Sie sehen!«
Susan zog aus ihrer Tasche eines der Kuverts, öffnete es und reichte den Inhalt ihrem Begleiter. Der las die Nachricht und runzelte die Stirn. »Santa Lucia?«

»Kennen Sie den Ort, Padre?«

»Ja, ich hatte dort vor Jahren zu tun. Ein unbedeutender Marktflecken am Fuß der Albaner Berge, fast ausschließlich von Weinbauern und Schafhirten bewohnt. Ihr damaliger Pfarrer war über Neunzig und taub. Es gibt dort ein altes Trappistenkloster, das seit langem verlassen ist.«

»Ein Trappistenkloster?«

»Ja, jedenfalls hat man es mir so erzählt.«

Susan überlegte. »Das ist ja hochinteressant!«, murmelte sie.

»Warum? Was ist daran interessant?«

»Erinnern Sie sich nicht? Dieser seltsame Satz auf dem Dokument, das Falcone gestohlen hat: ›… bis zu unserem nächsten Treffen bei den toten Brüdern von La Trappe‹. Und hier in diesem Brief wieder der Hinweis auf die toten Brüder von La Trappe. Bis jetzt konnte ich mir keinen Reim darauf machen.«

Francesco sah sie verständnislos an. »Mir sagt das, ehrlich gestanden, nichts.«

»Ein Zusammenhang ist zumindest denkbar. La Trappe war das erste Kloster der Trappistenmönche. Der Orden ist nach einem Dorf in der Normandie benannt worden.«

»Was Sie alles wissen«, äußerte der Priester sichtlich beeindruckt.

»Da staunen Sie, was? Aber ich gestehe, dass ich vorgestern in einer Enzyklopädie nachgeschlagen habe.«

»Und Sie meinen, dieser Satz bezieht sich auf das Trappistenkloster Santa Lucia?«

»Wäre gut möglich. Immerhin deutet er auf einen geheimen Treffpunkt hin. Und die toten Brüder…«

Don Francesco klatschte wie ein Kind in die Hände. »Richtig! Die toten Brüder! Santa Lucia steht seit über fünfzig Jahren leer, der Konvent ist ausgestorben. Wir haben eine Spur!«

»Sagen Sie, wie lange braucht man, um nach Santa Lucia zu kommen?«, fragte Susan, die seine Meinung teilte.

Francesco überlegte. »Hm, gut zwei Stunden mit ausgeruhten Pferden. Aber warum fragen Sie?«

»Nun…« Susan zögerte. Sie rang sichtlich mit sich selbst.

»Sie wollen doch nicht etwa…?« Der Kirchenmann musste sich zwingen, seine rauchige Stimme zu dämpfen; mittlerweile flanierten einige Spaziergänger durch den Park. »Signorina, ich flehe Sie an, machen Sie sich nicht allein auf die Suche. Diese Leute sind zu allem fähig. Sie müssen jemanden einweihen.«

Noch vor einer Stunde war Susan nahe daran gewesen, ein Ticket für die Rückreise in die Vereinigten Staaten zu kaufen; durch diese Informationen, so vage sie auch waren, erhielt ihr Erkundungsdrang neuerlich einen kräftigen Auftrieb. »Sie werden das nicht verstehen können, Padre«, sagte sie, »aber in unserem Metier arbeitet im Prinzip jeder gegen jeden. Wer eine Story als Zweiter meldet, ist der Verlierer.«

»Das mag schon sein, Signorina, aber diese Geschichte ist zu gefährlich für einen Einzelnen. Einer allein ist leicht mundtot zu machen, man muss ihn nicht fürchten.«

»Das ist freilich denkbar.«

»Sie sind eine mutige Frau, aber Sie sollten nicht tollkühn werden!«

So schwer es der Journalistin fiel, sie musste dem Priester Recht geben. Mit Schaudern erinnerte sie sich an ihren schrecklichen Traum im Zugabteil. Vielleicht war er eine Warnung gewesen!

»Wahrscheinlich haben Sie Recht, Don Francesco. Ich werde mich nach einer Begleitung umsehen; ich breche gleich auf, die Zeit drängt. Es kommen nur zwei Personen in Frage.«

»Da fällt mir aber ein Stein vom Herzen! Das Unternehmen wird ohnehin brisant genug sein.«

»Sie könnten mir noch einen Gefallen tun, Don Francesco, Sie kennen sich hier aus. Besorgen Sie mir ein Fuhrwerk und einen zuverlässigen Kutscher. Sagen wir, in einer Stunde hier am Parkeingang.«

Susan O'Casey fand ihre Kollegen Claude Roux und Tim Bradshaw in einem kleinen Nebenraum des vatikanischen Pressebüros. Die beiden hatten soeben in alltäglicher Routine die Morgenmeldungen nach Paris und London gekabelt. Jetzt standen sie beieinander und zogen genüsslich an ihren schweren Zigarren. Als sie ihre junge Kollegin sahen, stießen sie leise Rufe aus.

»Miss O'Casey, welche Überraschung, Sie befinden sich hier in Rom!«

»Natürlich. Wo soll ich sonst sein? Es geht mir bestens.« Claude Roux stieß eine Rauchwolke aus.

»Bestens! Na, Sie sind gut! Bei der Aufregung, die Sie hier verursacht haben! Ihr Name ist in aller Munde.«

Susan wurde blass. »Ja, warum denn«, flüsterte sie, »was ist geschehen?«

»Das würden wir gern von Ihnen wissen!«, entgegnete Tim Bradshaw. »Prälat Luigi Riva kocht vor Zorn. Er hat sich schon mindestens ein dutzendmal nach Ihnen erkundigt. Er erzählt überall, dass Sie beim Einbruch in eine vatikanische Behörde überrascht worden wären und er Ihnen deshalb die Akkreditierung entzogen habe. Stimmt denn das?«

»Nun, ganz so war es wohl nicht –«

»Jedenfalls hat er Sie bei der Polizei angezeigt und alle Journalisten gebeten, ihm sofort zu melden, wenn Sie wieder auftauchen.«

»Er hat sich sogar bei den Reedereien erkundigt, ob Sie nicht heimlich die Rückfahrt nach New York gebucht haben«, pflichtete Claude Roux seinem Kollegen bei. »Da haben Sie sich ja eine schöne Suppe eingebrockt! Was, um Gottes willen, war denn los?«

Susan zögerte einen Augenblick, dann bedeutete sie den beiden, wieder Platz zu nehmen und schloss die Tür zum Pressebüro. Sie konnte nur hoffen, dass jetzt nicht andere Journalisten oder gar der Pressesprecher selbst hereinplatzten. Damit wäre ihre letzte Chance verspielt gewesen. Hastig, aber präzise erzählte sie den beiden Kollegen, was sich in den letzten Tagen abgespielt hatte. Sie berichtete von dem Geheimpapier, das Falcone ans Tageslicht gebracht hatte, von ihren Kontakten zu Beardsley und Don Francesco, ihren vergeblichen Recherchen im Westtrakt des Vatikans, von dem Drohbrief und schließlich von der erfolglosen Reise nach Padua.

Bradshaw und Roux hörten sich alles aufmerksam mit unbewegten Mienen an. Gelegentlich tauschten sie Blicke aus. Als Susan ihren Bericht mit der Bitte um Unterstützung beendet hatte, herrschte zunächst betretenes Schweigen im Raum.

»Also, meine liebe Kollegin«, unterbrach Claude Roux schließlich die Stille, »das ist eine höchst sonderbare Geschichte, die Sie uns da erzählen. Wo, sagten Sie, befindet sich dieses ominöse Kloster?«

»In Santa Lucia, einem kleinen Marktflecken einige Fahrtstunden südlich von Rom. Ich habe eine Kutsche bestellt. Wir können uns sofort auf den Weg machen.«

»Langsam, langsam. Gesetzt den Fall, all diese Spekulationen haben tatsächlich eine Grundlage und in dem Kloster werden irgendwelche bösen Dinge besprochen: Wie wollen Sie da hineingelangen? Meinen Sie, es genügt zu läuten und man würde Sie hineinbitten?«

»Nein, zum Teufel«, entgegnete Susan ungeduldig, »für wie naiv halten Sie mich? Es wird sich schon ein Weg finden.«

»Ein Einbruch zum Beispiel?«, murmelte Claude Roux kühl. Seine Miene war abweisend.

Susan blickte ihn erstaunt an. »Ja, haben Sie denn nicht verstanden, um was es hier geht? Stellen Sie sich doch den Eklat vor! Irgendwer will da ein ganz krummes Ding drehen, und wir haben den Schlüssel, die ganze Sache aufzudecken.«

»Oder von irgendwelchen Verrückten um die Ecke gebracht zu werden.«

»Haben Sie etwa Angst, Roux?«

»Was heißt hier Angst? Mir sind diese innerkatholischen Querelen nicht annähernd so wichtig wie offensichtlich Ihnen, Mademoiselle.«

»Nun gut, das ist Ihre Sache.« Susan war sichtlich verärgert. »Ich frage mich allerdings, was Sie dann die ganze Zeit über in Rom wollen. Und Sie, Tim, werden Sie mich begleiten?«, wandte sich Susan an den englischen Kollegen.

Tim Bradshaw drückte umständlich seine Zigarre aus. »Also, seien Sie mir nicht böse, meine Liebe, ich kann mich genauso wenig wie Roux für Ihr Abenteuer erwärmen. Sie sind jung und ehrgeizig, gut. Aber ich bringe die paar Tage hier noch mit Anstand hinter mich und kann es kaum erwarten, wieder im kühlen London zu sein. Die ganze Geschichte erscheint mit wenig glaubhaft. Entweder will Sie jemand zum Narren halten, oder…«

Susan atmete tief durch: »… oder diese Amerikanerin hat sie sich selbst ausgedacht, um sich wichtig zu machen! Das denken Sie sich doch, nicht wahr!«

»Sie missverstehen uns, Miss O'Casey! Wir wollen Ihnen nichts in den Weg legen. Niemand wird von uns erfahren, dass Sie hier waren, wir werden …«

Susan hörte die letzten Worte bereits nicht mehr. Wütend war sie aufgestanden, war aus dem Raum gestürmt und hatte die Tür hinter sich zugeknallt.

Don Francesco sah Susan schon von weitem an, wie niedergeschlagen sie war. Sie kam allein.

»Schauen Sie mich nicht so entgeistert an, Don Francesco«, knurrte Susan den verblüfften Geistlichen an, »es hat sich niemand gefunden. Sie sind alle zu feige. Zu feige oder zu faul. Schöne Kollegen!« Grimmig entschlossen ging sie auf das Fuhrwerk zu, das wenige Meter entfernt neben dem Bürgersteig stand. Francesco lief ihr schwerfüßig nach.

»Aber… aber, Sie können nicht allein fahren!«

»Warum nicht? Es bleibt mir nichts anderes übrig. Ich kenne keine Menschenseele sonst in der Stadt.«

»Dann verschieben Sie die Reise.«

»Bis das Konzil vorüber ist? Machen Sie sich nicht lächerlich!«

Der Kirchenmann schluckte. In seinem Kopf wirbelten die Gedanken durcheinander. Susan war bereits an das Fuhrwerk, das von einem kräftigen Wallach gezogen wurde, herangetreten und hatte den Schlag geöffnet. »Signorina, warten Sie! Ich weiß jemanden, der Sie begleitet –«

»Was? Wer sollte das sein?«

Francesco blickte sie treuherzig an. »Ich. Wenn Sie erlauben, werde ich Sie begleiten.«

Susan war einen Moment sprachlos. Dann drückte sie dem Geistlichen mit einer blitzartigen Bewegung einen Kuss auf die unrasierte Wange. »Don Francesco, Sie sind ein wahrer Freund! Wollen Sie das wirklich für mich tun?«

»Ich weiß nicht, ob das richtig ist. Auf jeden Fall werde ich Sie nicht allein ziehen lassen.«

»Und Ihre Arbeit?«

»Kann warten. Es wird mich niemand vermissen.«

Susan war bereits eingestiegen und hatte dem Kutscher, einem dunkelhäutigen Süditaliener, zugenickt. »Also los! Wir haben keine Zeit zu verlieren. Steigen Sie ein, Don Francesco!«

Sie waren kaum zehn Minuten gefahren, als sich der Padre zum Kutscher vorbeugte und ihm etwas ins Ohr flüsterte. Dieser nickte, verlangsamte nach etwa hundert Metern das Tempo und lenkte das Gefährt in eine dunkle Seitengasse.

»Warum biegen wir ab?«, fragte Susan ihren Begleiter. »Warten Sie es ab. Ich habe da eine Idee –«

Es war eine elende Gegend, in der sie sich befanden. Susan konnte auf einem verwitterten Schild den Namen der Straße – Via Regnoli – entziffern. Sie fühlte sich unbehaglich, als die Kutsche vor einem unansehnlichen Haus anhielt. Don Francesco stieg schweigend aus und verschwand im Hinterhof des Anwesens. Ungeduldig blickte Susan ihm nach. Schon wenige Minuten später kam er wieder zum Vorschein. Neben ihm trottete niemand anderer als – Emerentio Falcone, der wie immer griesgrämig aus seinem weiten Wollmantel blinzelte. Beide bestiegen sie die Chaise.

»Diesen Herrn kennen Sie ja, Signorina. Ich habe ihn überreden können mitzukommen. Ich vermute, wir brauchen einen Spezialisten für widerspenstige Klosterpforten.«

Das Grundgesetz allen menschlichen Zusammenlebens ist der Gehorsam gegen die Obrigkeit. (Augustinus, Conf. 3,8)

Meine innere Unruhe steigert sich ins Unerträgliche! Seit B. wieder hier ist, fühle ich mich elender als je zuvor. Der Konflikt zerreißt mir das Herz. Er hat mir einen zweiten beschwörenden Brief zukommen lassen. Er will persönlich mit mir sprechen, was ich bis jetzt vermeiden konnte. Verzweifelt suchte ich Rat bei M., der mir wie ein Vater beisteht. Unsere Organisation, so suchte er mich zu beruhigen, funktioniere wie ein menschlicher Körper, ein einziges schwaches Organ kann den ganzen Menschen lähmen. Ich als Mediziner sollte es wissen. Und ein Organ ist dann krank, wenn es nicht mehr seiner gottgewollten Bestimmung gehorcht. In diesem Sinn erwartet er von mir den gottgewollten Gehorsam. Ich muss meine Panik überwinden, unsere Aktion steht unmittelbar bevor. Gott sei Dank scheint wenigstens die Sache mit der neugierigen Journalistin geglückt zu sein. In Padua ist sie kaltgestellt. Ich weiß nicht, ob ich derzeit in der Lage wäre, die üblichen Maßnahmen zu ergreifen.

Susan O'Casey stöhnte und fächelte sich Kühlung zu. Die Fahrt auf der schnurgeraden Via Tuscolana war eintönig und beschwerlich. Die sengende Mittagshitze brannte auf das Lederdach der Kutsche und trieb den Reisenden den Schweiß aus den Poren. Die erste Stunde führte ihr Weg durch das ärmliche Vorstadtviertel Cinecittà. Zerlumpte Kinder spielten im Schatten der mageren Zedern und Platanen, Männer, hin und wieder auch alte Frauen saßen dösend vor ihren Hütten. Am Straßenrand knabberten Schafe und Ziegen an dürren Grashalmen und Hennen scharrten im sandigen Boden nach Futter.

Allmählich wurde die Besiedelung lockerer. Zwischen den einzelnen Anwesen drängten sich Ackerparzellen, auf denen Mais, Hirse und Gerste gediehen. Bisweilen waren schon Erntearbeiten im Gange, man sah Männer mit Sicheln und Gabeln hantieren, während kleinwüchsige Frauen mit bloßen Händen das Erntegut einsammelten. Die wenigen Kartoffeläcker, die um die Gehöfte und Dörfer lagen, waren allesamt von Kindern und Hunden bewacht, wohl um die wertvollen Lebensmittel vor Diebstahl zu schützen. Nur hin und wieder kamen Fuhrwerke entgegen, meist breite, schwer beladene Ochsenwagen. Um aneinander vorbeizukommen, mussten sich die Lenker der beiden Fahrzeuge an den äußersten Straßenrand halten und grüßten sich mit derben Flüchen.

Die drei Reisenden saßen schweigend in ihrem Gefährt. Susan schlürfte an einem Stück honigfarbener Melone, die man einem Bauern am Wegrand abgekauft hatte, der Gottesmann döste vor sich hin, und Falcone kauerte mit geschlossenen Augen auf seinem Sitz. Seine Maiskolbenpfeife war längst erloschen. Jeder hing seinen Gedanken nach. Die Kutsche war bereits wieder eine Stunde auf der notdürftig gepflasterten Straße dahingeholpert, der Wallach in einen langsamen Trott verfallen, als ein aufkommender Wind Mensch und Tier eine willkommene Erfrischung brachte.

»Sagt Ihnen der Name Johannes Angelicus etwas?« Francesco blickte Susan erstaunt an, runzelte die Stirn und sagte: »Wie bitte, was meinen Sie?«

»Johannes Angelicus. Ob Sie den Namen schon mal gehört haben?«, wiederholte Susan ihre Frage.

»Nein, nie gehört. Ein Heiliger?«

»Falsch.«

»Ein Papst?«

Susan kicherte. »Äh, ja und nein.«

Don Francesco wurde munterer. »Warten Sie ... Ah, meinen Sie etwa diese seltsame Geschichte mit der angeblichen Päpstin?«

»Päpstin Johanna –«

»Ja genau, eine abenteuerliche Klamotte! Achtes Jahrhundert oder war es das neunte?«

»Es war das neunte. Um genau zu sein, das Jahr 847. Zwischen den Päpsten Leo IV. und Benedikt III. Ich habe einmal etwas darüber gelesen, wissen Sie.«

Ein längst vergessen geglaubter historischer Ehrgeiz erwachte in Don Francesco zu neuem Leben. »Ja, warten Sie. Ich versuche, in meinen alten Gehirnwindungen die Geschichte zu rekonstruieren. Lassen Sie mir Zeit… Jetzt hab ich's. Es ging darum, dass sich eine Frau in das Konklave eingeschlichen haben sollte und dann zum Papst gewählt wurde. Ja richtig, und erst als sie schwanger wurde und ein Kind gebar, bemerkte man den Betrug… Liege ich richtig?«

Susan nickte. »Ja, so ähnlich.«

»Und auf dem Stuhl Petri nannte sich dieses Weibstück Johannes Angelicus«, fuhr Francesco, einmal in Fahrt gekommen, referierend fort. »Ein interessantes Motiv, ohne Zweifel, aber völlig unhistorisch. Reine Legende, vermutlich entstanden, um das Papsttum zu verunglimpfen. Sie nehmen es nicht persönlich, Signorina O'Casey, aber eine Frau als Päpstin…«

»… wäre völlig undenkbar! Für uns Heutige jedenfalls.«

»Aber ich bitte Sie. Für unsere theologischen Urgroßväter doch erst Recht. Meinen Sie, die hätten sich freiwillig eine Frau als Vorgesetzte ausgesucht?«

Susan legte den Kopf schief. »Nun, warum nicht?«

»So ein Unsinn. Schon Martin von Troppau weist im dreizehnten Jahrhundert darauf hin, dass an der Legende kein wahres Wort ist. Silvio de Piccolomini und David Blondel stimmen ihm völlig zu.«

»Alle drei gute Kleriker der heiligen Mutter Kirche, die fünfhundert Jahre später genau wissen wollen, was sich abgespielt hat.«

»Immerhin nur im Abstand von fünfhundert Jahren und nicht von tausend wie Sie!«

»Soll ich Ihnen meine Version der Geschichte erzählen?«

»Ich bitte sogar darum!«

»Die politische Situation des Papsttums im achten und neunten Jahrhundert dürfte alles andere als rosig gewesen sein. Durch den Niedergang des karolingischen Reiches verliert die Kirche zunehmend den Schutz durch den Staat und sieht sich gerade in Italien den drängenden Gebietsansprüchen der lokalen Fürsten ausgesetzt. Vor den Grenzen stehen die Normannen und Sarazenen und schlagen bei ihren Überfällen alles kurz und klein. Die Lage ist prekär. Im Jahre 846 dehnen die Sarazenen ihre Beutezüge gar bis in die Stadt Rom aus und plündern die Apostelbasiliken Sankt Peter und Sankt Paul. Die Päpste Sergius II. und Leo IV. sind schwach und regieren nur wenige Jahre. Da hat einer der führenden Kardinäle Roms, Umberti mit Namen, eine Vision, dass nur eine Frau auf dem Stuhle Petri den drohenden Niedergang der Kirche würde abwenden können. Wie sehr sich der Ärmste auch windet, die Vision treibt ihn unbarmherzig vorwärts. Er hört von einem Mädchen, vermutlich aus britannischem Adelsgeschlecht, das in Athen studiert hat und in Rom leben soll. Er lässt sie suchen, findet sie und überzeugt das eben tagende Kardinalskollegium, dass diese Frau zur ersten Päpstin der Kirche gewählt werden muss.«

Don Francesco wackelte mit seinem massigen Schädel. »Sie hätten Romanautorin werden sollen, liebe Signorina O'Casey, nicht Journalistin. Aber erzählen Sie weiter, die Geschichte ist spannend.«

»Im Konklave von 847 geschieht das Unglaubliche«, fuhr Susan unbeirrt fort, »die Frau wird gewählt. Sie hat sich weder eingeschlichen noch verkleidet, sondern ist ordnungsgemäß gewählt worden. Sie steht somit unverrückbar in der Nachfolge Petri und regiert die Kirche zweieinhalb Jahre lang. Dann allerdings, die Sarazenengefahr ist leidlich vorüber und Umberti tot, wendet die Männerkirche wieder das Blatt: Man will von dieser revolutionären Neuerung nichts mehr wissen, fühlt sich gedemütigt, erfindet diese Geschichte mit der Schwangerschaft und vergiftet kurzerhand die erste und bislang letzte Päpstin der Kirchengeschichte. Die Chroniken und Annalen werden geschönt, und bis auf den heutigen Tag gilt die Geschichte um die Päpstin Johanna – oder um Johannes Angelicus, wie sie später wohlweislich genannt wurde – als Gerücht.«

»Eine etwas unfromme Legende!«

»Das ist die entscheidende Frage! Zum einen wissen Sie ebenso gut wie ich, dass es einen ähnlichen Fall in der Kirchengeschichte bereits gegeben hatte. Nannte nicht Paulus im Römerbrief das Mädchen Junia eine angesehene Apostelin? Wurde sie nicht bis weit ins Mittelalter als weiblicher Apostel verehrt und dann erst ihr Name männlich umgedeutet, weil man aus ideologischen Gründen nicht zulassen konnte, dass in der Frühzeit der Kirche eine Frau Apostel genannt wurde?«

»Zugegeben. Aber wenn diese Päpstin tatsächlich kirchenrechtlich gültig gewählt wurde...«

»... dann gibt es keinen theologischen Grund, nicht wieder Päpstinnen zu erlauben, Bischöfinnen, Priesterinnen«, ergänzte Susan wie aus der Pistole geschossen, »die katholische Kirche würde in allen Fugen ächzen und stöhnen!«

»Und das Paradies auf Erden würde anbrechen«, stichelte Francesco. »Der Allmächtige möge uns davor bewahren! Aber was ist denn los? Warum halten wir?«

Tatsächlich hatte sich das Getrappel des Wallachs verlangsamt, mit einem lauten »Ho, ho« brachte der Kutscher sein Gefährt zum Stehen. Susan beugte sich aus dem Fenster und sah, dass zwei Reiter dem Kutscher den

Weg versperrten. Jetzt schwang sich einer von den beiden aus dem Sattel und näherte sich den Passagieren. Er war mit einem langen Säbel bewaffnet und steckte in der sandbraunen Uniform der Landgendarmerie.

»Ihre Papiere bitte, Signorina!«

Susan schluckte, zog ihren Kopf ins Wageninnere zurück, kramte nervös ihren amerikanischen Pass und ihren Presseausweis hervor und reichte beides dem Polizisten. Dieser musterte die Dokumente eingehend, nickte und steckte sie in seine Brusttasche.

»Die beiden Herren bitte.«

Don Francesco reichte ihm einen zerknitterten Fetzen, den der Gendarm nur kurz überflog und dann dem Geistlichen zurückgab. Er blickte auf Falcone, der sich nicht von der Stelle bewegte.

»Dieser Mann heißt Emerentio Falcone«, rief Don Francesco hastig. »Er hat seine Papiere vergessen. Er ist mein Mesner. Ich bin Priester, wie Sie sehen.«

Der Gendarm zuckte mit den Schultern. »Das spielt keine Rolle, ihr beide seid mir egal. Aber Ihnen, Signorina, muss ich mitteilen, dass Sie festgenommen sind. Leisten Sie bitte keinen Widerstand.«

Susan stockte der Atem. »Festgenommen? Ja warum denn?«

»Gegen Sie liegt eine Anzeige vor. Übertretung der Einwanderungs- und Pressegesetze. Außerdem Verdacht auf Einbruch. Ich habe Anweisung, Sie auf die nächste Polizeistation zu bringen.« Mit diesen Worten wandte er sich um, stieg auf sein Pferd und befahl dem Kutscher, ihm zu folgen. Der zweite Gendarm ließ die Chaise passieren und folgte ihr in wenigen Metern Abstand.

Etwa eine Viertelstunde lang fuhr man solchermaßen eskortiert weiter auf der Via Tuscolana bis zur nächsten Ortschaft. Der Reiter an der Spitze verlangsamte das Tempo und gab dem Kutscher ein Zeichen, nach rechts in eine unbefestigte Straße einzubiegen. Vor einem unverputzten Gebäude mit der Aufschrift »Carabinieri« kam der kleine Konvoi zum Stehen. Die Polizisten stiegen aus dem Sattel, einer ging auf Susan zu und bedeutete ihr mitzukommen. Susan sprang aus dem Wagen und folgte ihm. Francesco und Falcone trotteten hinterdrein.

»He, euch beide brauche ich nicht«, rief daraufhin der Gendarm. »Nur die Signorina wird arretiert. Ihr könnt eures Weges gehen.«

Don Francesco schüttelte energisch den Kopf. »Ausgeschlossen, ich werde diese Dame nicht allein lassen…« »Und ob du das tun wirst, Pfaffe!«, fauchte der Polizist. »Verzieht euch oder soll ich euch Beine machen?« Mit diesen Worten packte er seinen Säbelgriff. Die Adern an Don Francescos Hals schwollen bedrohlich an und einen Augenblick konnte man meinen, er wolle mit bloßen Händen auf den Carabiniere losgehen.

»Gehen Sie, Don Francesco«, rief Susan besorgt und auch Falcone zerrte an der Schulter des massigen Geistlichen. Die Polizeistation des Nestes bestand aus einem einzigen Zimmer und einem winzigen Nebenraum, der, da gut verschließbar, bei Bedarf als Zelle verwendet wurde. Der Dienst habende Offizier, ein gutmütiger Bauernsohn mit einem riesigen Schnurrbart, blickte gelangweilt von seinem Schreibtisch auf. Zögernd erhob er sich von seinem Stuhl, nickte der Fremden zu und fragte den Carabiniere, ob er auch sicher sei, die Richtige gebracht zu haben. Dieser fischte Susans Papiere aus seiner Brusttasche und warf sie auf den Schreibtisch. Der Offizier musterte sie und kaute dabei an einem Ende seines Schnurrbartes. Dann nahm er einen schweren Tonkrug vom Tisch, schenkte ein wenig Wasser in ein Glas und reichte es Susan. »Hier, trinken Sie. Bei diesen Temperaturen sollte man keine so weiten Reisen unternehmen, finden Sie nicht?«

Susan, die ein strenges Verhör erwartet hatte, nahm überrascht das Glas und nippte daran. »Danke. Und was geschieht jetzt mit mir?«

»Was jetzt mit Ihnen geschieht?«, fragte der Polizist brummend. »Das kann ich Ihnen so genau auch nicht sagen. Wir haben lediglich Anweisung, Sie unter Aufsicht nach Rom zurückzuführen.«

Gähnend nahm er einige Aktenvermerke zur Hand und blätterte darin. »Sie sind Ausländerin?«

»Ja, Amerikanerin.«

»Nun, ich denke mal – wenn ich das hier so sehe – , dass man Sie in Ostia auf irgendein Schiff bringen wird. Solche Fälle löst man am bequemsten, indem man die Leute dahin zurückschickt, wo sie hergekommen sind.«

»Glauben Sie mir, ich habe nicht gegen die Gesetze verstoßen –«

Der Polizist gähnte abermals ungeniert. »Das geht mich alles nichts an. Das erzählen Sie morgen am besten dem Vernehmungsrichter.«

»Morgen?«

»Allerdings, wir können Sie heute nicht mehr nach Rom bringen. Sie werden diese Nacht wohl oder übel hier verbringen müssen. Dort in der Zelle, Signorina.«

Die Stunden in der kleinen, stickigen Zelle wollten nicht vergehen. Eine Zeit lang hatte Susan versucht, auf der hölzernen Pritsche, dem einzigen Möbelstück des Raumes, zu schlafen, aber nach einer halben Stunde gab sie den Versuch auf. Jeder Knochen tat ihr weh! Wieder einmal war sie so weit, dass sie die ganze Italienreise verfluchte und sich schwor, sich niemals wieder auf ein ähnliches Abenteuer einzulassen. Wütend trommelte sie mit den Fingern auf die Holzpritsche, ihre Gedanken drehten sich im Kreis.

Die Polizei war bestens darüber informiert gewesen, dass sie auf der Via Tuscolana unterwegs war. Wie konnten sie das wissen? Sie hatte doch mit

Ausnahme von Francesco mit keinem Menschen darüber gesprochen. Sollte er in seiner redseligen Art jemandem von ihrem Vorhaben erzählt haben? Unsinn, dahinter steckte jemand anderer.

Das Gefühl, einen feindlich gesinnten Menschen in persönlicher Nähe gehabt zu haben, beunruhigte Susan mehr als die gewiss unbequeme Lage in diesem Dorfgefängnis. Bloß jetzt die Nerven nicht verlieren! Na gut, würde sie eben abgeschoben wie eine Verbrecherin. In ihrer Heimat würde man nichts davon erfahren, derlei kam in Redaktionen öfter vor. Am ärgerlichsten war, dass es für ein solches Verfahren gar keinen Anlass gab. Dass sie sich in den Vatikanpalast eingeschlichen hatte, war schließlich kein Verbrechen. Niemals hielte eine Abschiebung aus diesem Grund einer gerichtlichen Untersuchung stand, wenn … ja, wenn da nicht irgendwelche Leute ein Interesse daran hätten, sie mundtot zu machen. Ein billig vorgeschobener Grund, eine willkommene Chance, die unbequeme Schnüfflerin loszuwerden! Und allem Anschein nach waren ihre Widersacher sogar erfolgreich. Susan zweifelte nicht daran, dass sie sich morgen, ohne einen Anwalt oder Richter zu sehen, in der verschlossenen Kajüte eines Transatlantikdampfers wieder finden würde.

Wenn sie nur Beardsley verständigen könnte oder wenigstens diese beiden Angsthasen Roux und Bradshaw. Susan grübelte vor sich hin. Vielleicht kam Don Francesco auch auf den Gedanken, seinen Freund zu verständigen. Nein, sie durfte sich keine unbegründeten Hoffnungen machen!

Susan stand auf und versuchte einige Schritte zu gehen, gab jedoch in der höchstens drei Meter langen und zwei Meter breiten Zelle ihr Vorhaben schnell wieder auf. Blieb als einzige Ablenkung, aus dem schmalen vergitterten Fenster zu blicken und die Fahrzeuge zu beobachten, die hin und wieder die Via Tuscolana entlangholperten. Da die Straße nur wenige Meter neben dem Polizeigebäude verlief, konnte sie gut erkennen, was sich auf dieser wichtigsten Verbindungsstraße zwischen Rom und Frascati abspielte.

Seit zwei Stunden stand Susan vor ihrem Fenster und starrte hinaus. In einschläfernder Monotonie hatte sie Ochsenkarren, Heuwagen und andere Gefährte vorüberziehen sehen. Gelegentlich kamen auch ein paar Bauern oder Handwerksburschen des Weges. Ein Fuhrwerk allerdings hatte Susans Aufmerksamkeit erregt. Von zwei kräftigen Kaltblütern gezogen, war eine schwarzlackierte Kalesche vorübergefahren, deren Form ihr bekannt vorkam. Solche leichten Kutschen meinte sie im Innenhof der vatikanischen Pferdeställe gesehen zu haben. Freilich trugen jene Wagen alle das weithin leuchtende päpstliche Wappen auf der Seite, das sie an dem Gefährt vorhin nicht hatte entdecken können. Auch die Insassen waren ihr verborgen geblieben, da trotz der Hitze die Vorhänge zugezogen waren.

Susan sinnierte. Könnte es sein, dass zwischen diesem Gefährt und der undurchsichtigen Geschichte, derentwegen sie jetzt im Gefängnis saß, ein Zusammenhang bestand? Dass die geheimnisvolle Kutsche ebenfalls das aufgelassene Trappistenkloster zum Ziel hatte? Möglicherweise war das päpstliche Wappen nur mit einem schwarzen Tuch überdeckt. Fragen über Fragen, die ihr Ohnmachtgefühl verstärkten.

Resigniert wollte Susan eben ihre Beobachtungen aufgeben, um auf der harten Pritsche ein wenig Schlaf zu suchen, als ein leichtes Wägelchen in ihr Blickfeld kam. Aus Richtung Rom in flottem Tempo heranpreschend, wirbelte es eine Staubwolke hinter sich auf. Na, da hat es ja einer eilig!, dachte Susan und kniff die Augen zusammen, um das Fuhrwerk besser sehen zu können. Die inzwischen tief stehende Sonne blendete so stark, dass sie die beiden Gestalten auf dem Kutschbock nur verschwommen wahrnahm. In dem Moment aber, in dem das Gefährt an ihrer unbequemen Behausung vorbeibrauste, erkannte die Gefangene die Profile des Fahrzeuglenkers und seines Begleiters. Mit einem lauten Aufschrei prallte Susan zurück. Einen Augenblick starrte sie fassungslos ins Leere.

Doch es konnte keinen Zweifel geben. Die beiden Männer auf dem Kutschbock waren – Claude Roux und Tim Bradshaw! Das war kein Zufall mehr, die beiden waren auf dem Weg nach Santa Lucia!

»Haben Sie gerufen, Signorina? Benötigen Sie etwas?« Unvermittelt war der Polizeioffizier in Susans Zelle getreten. Susan rang nach Atem.

»Nein... danke, es ist alles in Ordnung.«

Der Mann blickte sie besorgt an. »Wollen Sie noch ein Glas Wasser?«

Susan schüttelte wortlos den Kopf.

»Gut, wie Sie meinen. Ich lasse Sie jetzt allein. Es ist Dienstschluss. Morgen Früh um sechs Uhr wird Sie einer meiner Männer nach Rom zurückbringen. Äh, warten Sie mal –« Der Polizist verließ für einen Moment die Zelle und kehrte mit einer rauen Wolldecke zurück. Mit einer Handbewegung warf er sie auf die Holzpritsche.

»Es ist eigentlich gegen die Dienstordnung«, sagte er gutmütig, »aber die Nächte können kühl werden hier auf dem Land. Schlafen Sie gut.«

Roux und Bradshaw auf dem Weg in die Albaner Berge!, hämmerte es in Susans Gehirn. Was hatte das zu bedeuten? Das konnte doch nicht wahr sein! Susan saß auf ihrer Pritsche und wollte den Gedanken, der sich ihr aufdrängte, nicht zulassen. Doch er ließ sich nicht unterdrücken: der Gedanke nämlich, dass die beiden Journalisten mit dem Komplott in Verbindung standen. Konnte es sein, dass die beiden ein Doppelleben führten? Offiziell die distanziert gelangweilten Konzilsbeobachter, in Wahrheit aber Protagonisten einer international operierenden Geheimloge?

Die Journalistin lachte bitter auf. Ausgerechnet an diese beiden war sie geraten! Welchen Spaß musste ihnen die Naivität der jungen Kollegin bereitet haben! Freilich, als sie mit Hilfe von Lord Beardsley – ach Gott, der ist den beiden ja auch auf den Leim gegangen! –, als sie also mit Hilfe von Lord Beardsley dem Geheimnis immer näher gekommen war und schließlich sogar von Santa Lucia Wind bekommen hatte, da war es mit ihrer Heiterkeit vorbei. Jetzt wurde die Amerikanerin unbequem und musste aus dem Verkehr gezogen werden. Man gibt der Polizei, zu der solche Kreise stets gute Beziehungen pflegen, einen Wink, und schon ist man sie los! Klar, so muss es gewesen sein. Die einzig denkbare Erklärung für all die rätselhaften Vorgänge. Susan wusste nicht, auf wen sie wütender sein sollte, auf diese beiden falschen Hunde oder auf sich selbst, die sie nicht den leisesten Verdacht geschöpft hatte.

Plötzlich war es der Gefangenen, als habe sie hinter ihrer Zellentür ein Geräusch vernommen. Sie setzte sich auf und lauschte angestrengt in die Finsternis hinein. Eine Zeit lang war es totenstill. Doch dann wieder! Susans Herz raste. Sollte der böse Traum aus dem Zugabteil Wirklichkeit werden? Kein Zweifel – es waren Schritte und Geflüster vernehmbar! Jemand näherte sich ihrer Zelle und machte sich an dem Türschloss zu schaffen. Deutlich hörte sie ein kratzendes Geräusch, aber die Tür öffnete sich nicht. Nach einem Moment der Stille wiederholte sich der Vorgang. Und dann noch ein paar Mal. Susan starrte zitternd auf die Tür, bis ein lautes Schnalzen sie hochfahren ließ. Offenbar war das Schloss aufgesprungen. Sie presste sich gegen die Wand, als könne sie mit ihr verschmelzen und sich unsichtbar machen. Langsam und quietschend öffnete sich die Tür und die runden Umrisse eines Kopfes tauchten auf. Susan hielt den Atem an, ihre Nerven waren bis zum Zerreißen gespannt.

»Hallo, Signorina O'Casey, sind Sie hier?«, flüsterte es von der Tür her und Susan musste einen Freudenschrei unterdrücken. Es war die Stimme Emerentio Falcones!

»Aber ich bitte Sie, diese Dorfgefängnisse haben wirklich primitive Schlösser!« Emerentio Falcone, der König der römischen Taschendiebe, zwinkerte mit den Augen und steckte stolz seine stinkende Maiskolbenpfeife in Brand. Seit wenigen Minuten saßen Susan O'Casey, Don Francesco und Emerentio Falcone wieder in ihrer Kutsche und fuhren im sanften Trab des ausgeruhten Wallachs die Via Tuscolana entlang. Die Befreiung Susans war reibungslos vor sich gegangen. Nachdem er den Kutscher beruhigt hatte, konnte Don Francesco ihn durch ein kräftiges Trinkgeld überreden, in der Taverne des Dorfes so lange zu warten, bis seine Dienste wieder benötigt würden. Danach waren die beiden Männer zur Polizeistation zurückgekehrt und hatten hinter einer Gebüschgruppe eine Art Lauerstellung eingenommen. Die zog sich freilich in die Länge, aber als Punkt acht Uhr der schnauzbärtige Polizeioffizier seine Dienststelle verlassen hatte, war ihr Entschluss gefasst.

Sie warteten den Einbruch der Dunkelheit ab, riefen den widerstrebenden Kutscher aus seiner Kneipe und schlichen sich an das Polizeigebäude heran. Während Don Francesco Schmiere stand, holte Emerentio das Sortiment von Nachschlüsseln aus seiner Manteltasche und von da an war es nur mehr eine Frage der Zeit, bis das Stationstor und Susans Zellentür ihren Widerstand gegenüber den Künsten dieses Meisters aufgaben.

»Und Sie sind sicher, dass das Ihre beiden Kollegen waren, die da in der Kutsche vorbeigefahren sind?« Don Francesco konnte es immer noch nicht glauben. Eine ganze Weile schon waren sie jetzt mit ihrem Wagen unterwegs. Der Kutscher hatte zwei Petroleumleuchten links und rechts des Fahrersitzes angebracht und so kamen sie trotz der Dunkelheit zügig voran.

»Aber wenn ich es Ihnen sage. Es gibt keinen Zweifel!«, beteuerte Susan.

»Waren Sie nicht mit den beiden befreundet?«

»Was heißt befreundet? Wir waren Kollegen und trafen uns bisweilen nach der Arbeit.«

»Schöne Kollegen!«, schnaubte Francesco verächtlich und schwieg.

Mitternacht war bereits vorüber, als der Kutscher mit einem Ruf signalisierte, dass der Marktflecken Santa Lucia erreicht war. Die Reisenden konnten in der Dunkelheit kaum etwas erkennen, in keinem der niedrigen Häuser brannte mehr Licht. Langsam polterte der Wagen über die grob gepflasterte Hauptstraße, die sich nach wenigen hundert Metern zu einem Marktplatz erweiterte. Der Kutscher lenkte sein Gespann dem Brunnentrog zu, um den erschöpften Wallach zu tränken. Susan O'Casey bezahlte den vereinbarten Fahrpreis und verabschiedete den Mann, der nach einigen Stunden Schlaf wieder aufbrechen wollte. Man würde in Santa Lucia ohne Zweifel jemanden finden, der sich mit einer Fuhre nach Rom einige Lire verdienen wollte.

Susan stand ratlos in der Finsternis. »Haben Sie eine Ahnung, wo es hier zum Kloster gehen soll?«

Don Francesco schüttelte den Kopf. »Ich weiß nur, dass es ein wenig außerhalb des Dorfes liegen soll. Kommen Sie, machen wir einen Rundgang. Der Ort ist wahrlich nicht groß.«

Sie machten sich auf den Weg. Keine der Gassen, die von der Hauptstraße wegführten, war gepflastert, und so wählten sie aufs Geratewohl einen Weg, der in Richtung Norden, den Berghängen zu führte. Mehrfach mussten sie umkehren, da sie sich verlaufen hatten. Auf einmal standen sie am Ende einer Gasse vor einer etwa zwei Meter hohen Backsteinmauer. »Die Klostermauer, das ist sie!«, flüsterte Don Francesco. »Wenn wir an ihr entlanggehen, kommen wir sicherlich zur Pforte.«

Die drei brauchten sich nicht lange die Böschung entlangzumühen, denn das Gemäuer stellte sich als äußerst schadhaft heraus. Es war an mehreren Stellen eingefallen. Vielleicht hatten auch die Bauern des Ortes es als Steinbruch benutzt, um damit ihre Häuser auszubessern. Jedenfalls konnten sie durch eine der Öffnungen mühelos in den Klostergarten gelangen, in dem ein paar Bäume ihre Äste gespenstisch in den Himmel reckten. Das Klostergebäude selbst war in der Dunkelheit nur als großer schwarzer Kasten auszumachen. Es schien menschenleer, nirgends brannte ein Licht. Als sie vorsichtig näher traten, konnten sie die Umrisse einer Kirche erkennen, die an den ehemaligen Wohnbereich der Mönche angegliedert war. Kirche und Monasterium waren durch einen Zwischenbau, eine Art Torhalle, miteinander verbunden, der offenbar die Pforte für den inneren Klosterhof bildete.

Emerentio Falcone wusste sofort, was er zu tun hatte. Er humpelte an das Tor und untersuchte es gewissenhaft. Kurz darauf trat er zurück und flüsterte: »Aussichtslos. Das Tor kann nur von innen entriegelt werden. Wir müssen einen anderen Eingang finden.« Vorsichtig, auf dem gekiesten Vorplatz jeden unnötigen Lärm vermeidend, schlichen sie nun an der Mauer des Gebäudekomplexes entlang. Die Dornensträucher, die hier überall wucherten, zerrten an ihren Kleidern und immer wieder stießen sich die Eindringlinge an Mauervorsprüngen oder überstehenden Balken. Schritt für Schritt tasteten sie sich voran, doch nirgends war ein weiterer Einlass zu entdecken. Nach einer Weile hielten sie inne.

Don Francesco kratzte sich am Kopf. »Ich hab eine andere Idee. Klöster dieser Art haben in aller Regel eine direkte Verbindung zwischen Kirchenraum und Wohnbereich der Mönche. Das heißt, wir müssen in die Kirche gelangen, von dort führt sicher ein Weg hinüber ins Kloster. Meinst du, Falcone, dass du die Kirchentür schaffst?«

»Pah!«, knurrte Emerentio Falcone indigniert. »Kirchentüren sind fast immer ein Kinderspiel!«

»Na, dann los!«

Sie machten kehrt und tappten den ganzen Weg zum Torhaus zurück und um die Kirche, bis sie vor der eisenbeschlagenen gotischen Kirchentür standen. Ihr Schloss leistete Falcones geschickten Händen keinerlei Widerstand. Im Inneren des Gotteshauses empfing sie ein eisiger, gruftartiger Hauch. Außerdem war es darin so finster, dass man kaum mehr die Hand vor Augen sehen konnte. Nur das Flämmchen des »Ewigen Lichtes«, einer winzigen roten Ölfunzel, die im Altarraum brannte, lieferte den Eindringlingen eine schwache Orientierung.

Don Francesco wandte sich in Richtung Apsis, da er in deren Nähe die Sakristei vermutete, die vielleicht mit dem Klosterbau in Verbindung stand. Falcone folgte ihm schweigend. Susan blieb noch eine Weile in der Kirchentür stehen, um sich an die modrige Luft des Gotteshauses zu gewöhnen. Schließlich nahm sie sich ein Herz und schlich den beiden Männern nach, die die Dunkelheit verschluckt hatte. Schritt für Schritt wagte sie sich in die samtene, kühle Finsternis hinein. Mit einemmal zerriss ein ohrenbetäubender Knall die Stille. Ihm folgte ein metallisches Scheppern, das im Gewölbe des Gotteshauses widerhallte und sich nur langsam verlor. Die junge Frau umklammerte die Wangen des Chorgestühls, stand wie angewurzelt und schnappte nach Luft.

Sie atmete erst wieder durch, als sie das unterdrückte Fluchen Don Francescos hörte, der, offenbar wenige Meter von ihr entfernt, auf dem Boden saß und sich das Knie rieb. Er war in der Dunkelheit gegen einen mannshohen Leuchter gestoßen, der auf den Marmorboden gestürzt war.

»Ohne Lampe hat das alles keinen Zweck!«, flüsterte er nach einigen Sekunden angestrengten Horchens, um sich zu vergewissern, dass der Lärm niemanden alarmiert hatte. »Wir müssen bis zum Morgengrauen warten. Suchen wir die Sakristei, vielleicht können wir dort bleiben.«

Tatsächlich schafften sie es, sich die Stufen zum Altar hinaufzutasten und dort, hinter einer Säule verborgen, die kleine Tür zu erreichen. Sie war nicht abgeschlossen und so traten sie ein. Der Raum schien eher eine Abstellkammer denn eine Sakristei. In seiner Mitte lag ein Haufen alter Textilien.

»Nicht gerade einladend. Trotzdem sollten wir versuchen, ein wenig zu schlafen«, murmelte Don Francesco. Susan schauderte es bei dem Gedanken. »Wir können doch hier nicht alle schlafen. Was ist, wenn wir entdeckt werden?«

»Alle zusammen nicht. Wir werden uns abwechseln. Ich bleibe die nächsten zwei Stunden wach. Danach wecke ich Emerentio.«

Susan wollte widersprechen, merkte aber mit einemmal, wie todmüde sie war. Schon die Nacht davor hatte sie ja kaum ein Auge zugetan. »Hier drin sollten wir lieber nicht bleiben«, meinte der Padre, »nehmen wir was von dem Zeug dort und machen uns ein Lager.« Jeder griff sich ein Bündel Textilien und trug es in den Altarraum.

»Ich glaube, hier sind wir sicher.«

Zwischen Chorgestühl und Hochaltar fand sich ein geschützter Winkel, in dem man sie nicht auf Anhieb entdecken würde. Die Erschöpfung ließ Susan ihren Ekel vor den muffig riechenden Lumpen überwinden. Sie warf ihr Bündel auf den Boden, setzte sich nieder und schlief, gegen das Chorgestühl gelehnt, ein.

»Na, Emerentio, alter Taugenichts!«, klopfte Francesco dem stets schweigsamen und griesgrämigen Alten auf die Schulter. »Von solchen Abenteuern hättest du dir gestern noch nichts träumen lassen, was? Leg dich auch hin, ich werde dich dann wecken.«

Nun Veit Kammerloher, Sohn der ehrbaren Gütlersleute Nepomuk und Anastasia Kammerloher, dass sich die Dinge auf diese Weise wenden sollten, hättest du wahrlich nicht erwartet. Statt in der Ewigen Stadt prächtige Pilgerprozessionen aus aller Welt zu bewundern, statt in den Kathedralen des Stellvertreters Christi zwischen goldenen Altären und diamantbesetzten Reliquienschreinen zu wandeln, findest du dich nach mühsamer nächtlicher Reise in einem stickigen Gelass wieder.

Stundenlang hieß man dich verriegelte Holztruhen aus den Fuhrwerken schleppen, die im Hof des alten Klosters vorgefahren waren. Dann das Reinigen der verfallenen Klosterzellen mitten in der Nacht. Wozu? Erst in der Morgendämmerung hat dich dein sonderbarer Prälat in eine Art Kutte gesteckt und dir ein primitives Nachtlager in einer Rumpelkammer zugewiesen.

Trotz deiner Müdigkeit sitzt du jetzt fröstelnd auf dem Boden, findest keinen Schlaf, und deine Augen erkennen im Zwielicht zusammengerollte Teppiche und Kerzenleuchter, Kruzifixe und Messgewänder, in Schachteln eingepackte Gegenstände, allerhand Werkzeug, aber auch zwei Holzsärge, die in einer Ecke lehnen. Und davor ein ganzer Haufen dieser violetten Kutten, die so ganz anders beschaffen sind als die vertrauten Gewänder der frommen Mönche von Scheyern oder Moosburg.

Was hat das alles zu bedeuten? Warum hat dich dein Prälat hier eingeschlossen? Wozu dieses Treiben, zudem mitten in der Nacht? Seufzend lässt du dich auf dein hartes Lager fallen. Und langsam steigt aus dem Nebel der Ratlosigkeit ein Gedanke in dir auf, gewinnt an Raum und lässt sich zu guter Letzt beim besten Willen nicht mehr unterdrücken. Was, so fragst du dich zitternd, wenn dich das Schicksal an den Rand irgendeines abergläubischen, hexischen Treibens geführt haben sollte? Dieses abgelegene Kloster! Dieser geheimnisvolle Prälat! Er ist dir schon längst nicht mehr geheuer. Ein magischer Spuk, eine schwarze Messe! Langsam ergreift dieser Gedanke, Veit Kammerloher, Besitz von dir. Eine schwarze Messe, ja, nur das kann es sein. Zu Hause war es auch immer so.

Immer wenn die Leute die Köpfe zusammensteckten und ihre Stimmen senkten, wenn die Gespräche in Gegenwart des Pfarrers erstarben, dann war irgendetwas im Spiel, was die offizielle Kirche nicht wissen durfte. Eine Geisterbeschwörung bisweilen oder ein Fruchtbarkeitsritus im Stall eines Bauern. Meist etwas Harmloses, aber immer dieselbe Geheimnistuerei wie hier! Und diese sonderbaren Utensilien hier überall! Sieh dich doch bloß um! Fast fühlst du dich in die finstere Stube der alten Haberin zurückversetzt, die in deinem Heimatdorf jedermann vor der drohenden Gefahr warnte, die von gefleckten Katzen, schwarzen Hennen, von Schweinen und glatthaarigen Hunden, auch von Ziegen, Affen, Ameisen und Krähen ausginge, bedauernswerte Geschöpfe im Übrigen, die in besonderer Weise empfänglich wären für dämonische Strahlung und Einflussnahme des Satans. Andere Tierarten hingegen wie Hasen, Hirsche und Tauben seien – so keifte die alte Pfuscherin, Hebamme und Totenfrau mit ihrer Fistelstimme – selbst bei Neumond vor Verhexungen gefeit, so dass sie von satanshörigen Menschen nicht zu allerlei Schadenszwecken benutzt werden könnten. Ja, um die Haberin kam man nicht herum, wenn es galt, ein dampfiges Ross zu heilen, die Rindergrippe aus dem Stall zu verscheuchen oder gar sich selbst einen verstauchten Knöchel mit Wurzelsud einreiben zu lassen. Den staatlich approbierten Medicus holen zu lassen, wäre den meisten Bauern und Kleinhäuslern daheim niemals in den Sinn gekommen, zögerten doch selbst die Honoratioren des Dorfes diesen Schritt so lange hinaus, bis es gar nicht mehr anders ging, und jammerten dann noch wochenlang dem Gulden hinterdrein, den der Arzt für die Konsultation verlangt hatte.

Die Haberin, sie war im Besitz vieler heil- und wundertätiger Utensilien, denen die Menschen mehr Zutrauen entgegenbrachten als den schwarzen Wetterkerzen und den geweihten Wachsstöcken, die der Pfarrer in seiner Sakristei verkaufte. So wurde etwa immer wieder nach dem aus dickem Glas gegossenen Gebär- oder Xaverifläschchen gerufen, das in seinem Inneren winzige, in glänzendes Goldpapier gefasste, Holzsplitter enthielt, von denen die Haberin behauptete, sie stammten vom Sarg des heiligen Franz Xaver. Keine der Gebärenden, zu denen die bucklige Alte gerufen wurde, mochte diese kraftspendende Reliquie entbehren.

Darüber hinaus wusste die Haberin Vorkehrungen zu treffen, die magischen Einflüsse der Druden und Dämonen abzuwehren, die bekanntlich gerade um das Kindbett einer Kreißenden besonders bösartig scharwenzelten und dem blutverschmierten Säugling lebenslange Gebrechen aufbürdeten. Zum Schutz dagegen legte sie der Wöchnerin eine Amulettkette aus aufgefädelten Natternwirbeln um den Hals, deren unteres, von einem Altöttinger Gnadenpfennig beschwertes Ende zwischen den schlaffen Brüsten der Bewusstlosen lag. Zu guter Letzt stieß die Hebamme über dem Kopf der Gebärenden ein Messer in die Bettwand, die scharfe Seite gewissenhaft nach oben gerichtet, damit sich jede Hexe vor dem blinkenden, spiegelnden Metall entsetzte und das Weite suchte.

Cooperarius Veit Kammerloher, warum zitterst du so? Warum fasst du dir ständig an den Hals, als wollte dir ein Kloß in der Kehle den Atem abschnüren? Hat es dich nicht immer ein wenig hingezogen zum Hokuspokus der alten Haberin? Ist dir nicht ein leiser Schauder über den Rücken gekrochen, wenn der Stallknecht von irgendwelchen mitternächtlichen Beschwörungen getuschelt hat?

Veit, Veit, hattest wohl geglaubt, das alles hinter dir gelassen zu haben, seit dich die gelehrten Herren Professores aus Freising bekannt gemacht haben mit den hochgeistigen Theorien der neuscholastischen Theologie und die Kommilitonen höhnisch auflachten, als du ihnen vom abergläubischen Geschehen in deinem Dorf erzählen wolltest?

Aber jetzt ist wieder alles wie früher. Derselbe Schauder, dieselbe Mischung aus Furcht und Neugier. Auch der schmerzensreiche Rosenkranz, den du jetzt zu beten beginnst, nimmt dir nicht deine düsteren Gedanken, und es ist gut, dass der aufkommende Tag ein erstes fahles Licht in deine Zelle schickt.

Susan O'Casey hatte bereits eine Zeit lang geschlafen, als sie im Halbschlaf etwas zu hören glaubte: menschliche Stimmen, aber nichts Gesprochenes, vielmehr ein leises Vibrieren, eine Melodie, ein singender Ton... Anfangs meinte sie, einem Traum nachzuhängen, doch je mehr sich ihre Gedanken ordneten, umso sicherer wurde sie. Das hörte sich an – wie Mönchsgesang. Ja, genau wie jene Choräle, die sie in ihrer Heimat bei den Franziskanern von San Clemente immer gehört hatte!

Sie richtete sich auf und lauschte. Jetzt herrschte wieder Totenstille in der Kirche. Susan zitterte am ganzen Körper. Neben sich hörte sie die tiefen Atemzüge von Emerentio Falcone. Er hatte sicher nichts gehört. Aber Francesco? Wo steckte er nur wieder, sollte er nicht Wache halten?

»Pst. Don Francesco?«, flüsterte Susan in die Dunkelheit hinein.

Nichts rührte sich. Wo, zum Teufel, steckte er bloß wieder? Hatte er sich am Ende auch irgendwo schlafen gelegt?

»Don Francesco! Hallo! Kommen Sie doch, ich brauche Sie!« Ihre Worte verhallten gespenstisch im gotischen Kreuzrippengewölbe. Fröstelnd verkroch sich Susan wieder unter die muffigen Textilien. An Schlaf war nicht mehr zu denken. Dieser sonderbare Chorgesang ging ihr nicht aus dem Sinn.

Die Trappistenmönche, die hier sicherlich überall beerdigt waren! Susan neigte nicht zum Aberglauben, aber in diesem Moment waren ihre Nerven so überreizt, dass sie nicht mehr wusste, was sie glauben sollte.

Es mochte eine halbe Stunde vergangen sein, ehe endlich ein leises Quietschen signalisierte, dass jemand die Portaltür öffnete.

»Don Francesco, sind Sie es?« Susans Stimme hatte einen hysterischen Unterton angenommen. Sie kämpfte mit den Tränen. Vom Portal her näherten sich Schritte.

Als der Geistliche sich endlich an das Nachtlager neben dem Hochaltar herangetastet hatte, fand er eine in ihren Decken zusammengekauerte Susan vor, die heftig schluchzte. Nur stoßweise konnte sie ihm berichten, was sie gehört und welche Ängste sie ausgestanden hatte.

»Es tut mir sehr Leid, dass ich Sie allein gelassen habe. Ich wollte die Zeit nutzen, um nach einem anderen Eingang ins Kloster zu suchen. Verzeihen Sie mir.«

Susan weinte leise vor sich hin.

»Und beruhigen Sie sich. Was Sie von diesem Chorgesang erzählen, das ist völlig unmöglich. Die armen Trappisten zu unseren Füßen sind ihrer Vollendung entgegengegangen. Sie brauchen nicht nachts herumzuspuken. Morgen werden Sie mir Recht geben.«

»Aber ich habe sie deutlich gehört!«

»Natürlich. Im Traum hört man alles klar und deutlich. Signorina O'Casey, Sie sind überanstrengt. Sie müssen jetzt noch ein wenig schlafen.«

Etwas unbeholfen legte Don Francesco seinen Arm um die zitternde Susan, die sich dankbar an ihn lehnte. Die Wärme, die der Körper des Geistlichen ausstrahlte, ließ nach und nach das Beben in ihrem Inneren zur Ruhe kommen. Wahrscheinlich hatte er Recht, es war alles nur ein irrsinniger Traum gewesen.

VI.

Santa Lucia. Sonntag, 17. Juli 1870, Festtag des heiligen Alexius, Sohn des reichen römischen Senators Euphemianus, der im fünften Jahrhundert bei Nacht und Nebel Eltern und Gemahlin verließ und unter Bettlern und Strolchen lebte, ehe er nach zwanzig Jahren in sein Elternhaus zurückkehrte und bis zu seinem Lebensende unerkannt in einem Verschlag unter der Stiege hauste.

Drohend erhebt der auf zwei warzigen Vogelfüßen stehende Drache sein Haupt, presst krampfhaft die glühenden Augen aus den Höhlen und entlässt aus seinem Rachen einen markerschütternden imaginären Todesschrei. Hundeartige Fabelwesen scheinen sich dem dämonischen Heulen anzuschließen, während ein spitzschnabeliges Rabenvieh eifersüchtig sein Nest bewacht und die Vogelmenschen grässliche Grimassen schneiden. Hinter dunklen Ritzen lauern satanische Wesen, halb Mensch, halb Tier, am wenigsten furchterregend noch die anmutige, mit eitlem Wams und Krönchen geschmückte Fischfrau, die sich auf ihre zwei schuppigen Fischschwänze niedergelassen hat und unbewegt dem dämonischen Spektakel beiwohnt. Freilich ist auch sie eine Sirene, nach mittelalterlicher Auffassung Symbolgestalt satanischer Unzucht und Genusssucht.

Inmitten dieser höllischen Szenerie, in der viele Jahre lang die Trappisten ihre Gebete und Psalmgesänge verrichteten, erwachte Susan O'Casey am frühen Morgen des nächsten Tages, denn die Schnitzereien des Bestiariums waren Bestandteil des Chorgestühls, das um 1475 ein unbekannter Meister der Spätgotik geschaffen hatte. Susan fröstelte. Durch die dicke Schicht aus Mönchskutten, auf der sie gelegen hatte, drang die eisige Kälte des Steinbodens. In der Kirche war es noch dämmrig, denn durch die Fenster der Apsis fiel nur fahles Morgenlicht. Dennoch konnte man jetzt alle Details erkennen.

Das Gotteshaus war wesentlich kleiner, als es gestern in der Finsternis gewirkt hatte. Zwei schmucklose Pfeilerreihen trennten das Mittelschiff von den beiden Seitenschiffen. Die Rückfront der Kirche wurde von zwei hölzernen Emporen beherrscht. Einige Scheiben waren eingeschlagen, und von der Decke bröckelten Stuckteile und Verputz. Die meisten der Podeste, die einstmals geschnitzte Heiligenfiguren getragen hatten, ragten nun sinnlos aus dem Mauerwerk. Offenbar hatten die Berufskollegen Falcones der Kirche bereits mehrfache Besuche abgestattet.

Die dicke graue Staubschicht, die Boden und Kirchenbänke, Altäre und Beichtstühle bedeckte, wies vielerorts Fußabdrücke und Fingerspuren auf. Gott sei Dank!, sinnierte Susan, indem sie ihre schmerzenden Glieder streckte, dann fallen unsere Spuren vielleicht nicht so auf. Sie blickte sich um. Einige Meter entfernt lag Don Francesco auf seinem Lager. Er hatte sich mit mehreren zerschlissenen Messgewändern zugedeckt und gab bei jedem Atemzug pfeifende Geräusche von sich. Wenn man ihn nicht weckte, würde er wohl bis Mittag weiterschlafen. Ein merkwürdiger Mensch!

In diesem Moment schlich Falcone von der Kirchentür heran, die er einen Spalt geöffnet hatte.

»Wir sollten uns beeilen«, wisperte er. »Mir war, als hörte ich das Quietschen von Rädern und Pferdegetrappel.« Susan nickte, erhob sich und rüttelte den Schlafenden an der Schulter. Er erwachte unwillig und grollend. Als er einigermaßen munter war, machten sie sich zu dritt daran, nach dem Verbindungsgang zum Kloster zu suchen. Aber wie überzeugt Don Francesco von der Existenz eines solchen Durchgangs auch war, so unauffindbar blieb er. Weder in der Sakristei noch in den dunklen Seitenschiffen, noch hinter dem Hochaltar tat sich das unscheinbarste Türchen auf. Falcone hatte gar die kunstvoll geschnitzte Rückwand des gotischen Chorgestühls Zentimeter für Zentimeter abgetastet, da man – so die Meinung Don Francescos – im Mittelalter durchaus Sinn für derlei Scherze gezeigt habe. Alles vergebens.

»Es muss eine Verbindung geben!«, rief der Priester verzweifelt. »Unsere Trappistenfreunde haben bestimmt nicht sieben Mal täglich ihre Klostermauern verlassen, um durch das Hauptportal zum Chorgebet zu gehen. Stellen Sie sich das vor: barfuß im Winter! Versuchen wir es auf der Empore!« Er deutete auf eine Holzstiege im rückwärtigen Teil eines der Seitenschiffe, die offensichtlich auf die beiden übereinandergebauten Emporen führte. Unter dem Gewicht der drei Eindringlinge ächzten die ausgetretenen Stufen derart bedrohlich, dass man sich genötigt sah, in größeren Abständen hinaufzusteigen.

Oben angekommen, fiel ihr Blick auf eine völlig verstaubte Kirchenorgel, die sicherlich seit Jahren keinen Ton mehr von sich gegeben hatte. Einige Pfeifen waren seltsam verbeult, andere fehlten ganz. Doch nicht das wertlose Musikinstrument erregte plötzlich die Aufmerksamkeit Don Francescos, sondern ein winziges Holztürchen, das von einer Reihe Orgelpfeifen fast verdeckt wurde.

»Dort, das muss er sein!« Francesco stürmte auf den kleinen Durchlass zu und drückte an einer unscheinbaren Klinke. Tatsächlich öffnete sich die

Tür und ihr Blick fiel in einen dunklen Gang. Ohne zu zögern, betraten alle drei gebückt den mit Holzdielen belegten Flur. Sie mussten sich vorsichtig voranbewegen, denn das dämmrige Morgenlicht drang nur schwach in dieses verwinkelte Mauerwerk. Nach wenigen Schritten wurde es heller. Sie erreichten zwei kleine runde Fenster mit völlig erblindeten Scheiben, die links und rechts des Ganges in die Wand eingelassen waren. Francesco versuchte eines der beiden zu öffnen. Erst nach heftigem Ziehen gab es seinen Widerstand auf, und der Geistliche steckte vorsichtig seinen Kopf durch die Öffnung. »Wir sind direkt über dem Klosterportal!«, rief er mit aufgeregter Stimme. »Dort sieht man zum Dorf hinunter. Wir sind auf dem richtigen Weg.«

»Hallo, Don Francesco! Sehen Sie hierher!«

Susan hatte das gegenüberliegende Fenster einen Spalt weit geöffnet und deutete hinaus. Von dort hatte man einen vollkommenen Überblick über den Innenhof des Trappistenklosters. Er war von nahezu quadratischer Form und seine Mitte markierte einen Brunnen. Der gepflasterte Boden war an vielen Stellen von Gras und Gebüsch überwuchert. Neben dem Hauptportal, das sich unmittelbar unter dem Durchgang befinden musste, gab es noch ein kleineres Zufahrtstor. Es war von innen mit schweren Balken verriegelt. Der Hof war leer, keine Menschenseele weit und breit zu sehen.

Francesco zupfte Susan O'Casey am Ärmel. »Kommen Sie, wir müssen weiter!«

Hastig tasteten sie sich vorwärts, bis sich der Tunnel zu einem geräumigen Foyer erweiterte. Es war vollkommen kahl, an den Wänden konnte man noch die Eisenhaken erkennen, die einstmals Bilder und Skulpturen getragen haben mochten.

Wachsam setzten Susan O'Casey, Francesco und Falcone ihre Untersuchung fort. Kaum betraten sie weitere Räume, schlug ihnen ein dumpfer, stickiger Geruch entgegen. Hier und da sprangen kleine graue Mäuse erschrocken in ihre Löcher. Ob sie nun in das Dormitorium mit seinen zahlreichen Mönchszellen kamen, in das geräumige Aedificium oder in den Küchen- und Wirtschaftstrakt, der im Erdgeschoss lag und über eine steinerne Treppe zu erreichen war – überall bot sich das gleiche Bild: die Wände nackt, die Plafonds schimmlig mit bröckelndem Verputz, viele Fensterscheiben eingeschlagen, die Fußböden und die wenigen Möbelstücke von einer dicken Staubschicht bedeckt. »Unmöglich!«, rief Susan resigniert. »Dieses Kloster ist seit Jahren nicht mehr betreten worden.«

»Zumindest diese Räume nicht«, pflichtete ihr Francesco bei.

»Wo sollten denn noch andere sein? Wir haben alles abgesucht.« Susan setzte sich auf einen wackligen Hocker, neben der großen gemauerten Herdstelle das einzige Mobiliar, das der Klosterküche verblieben war. »Und wenn es doch ein anderes Santa Lucia ist, auf das sich die Briefe beziehen?«

»Das ist natürlich nicht ausgeschlossen. Man muss diese Möglichkeit leider in Betracht ziehen. Aber wie erklären Sie sich dann die Fahrt Ihrer beiden Kollegen? Und die schwarze Vatikankutsche, von der Sie erzählt haben?«

»Ich weiß es nicht. Ich kann mir wirklich keinen Reim darauf machen. Mittlerweile glaube ich selber schon, dass ich mir das alles eingebildet habe. Vielleicht habe ich das nur geträumt, so wie gestern Nacht das Singen in der Kirche.«

»Reden wir nicht mehr davon. Was sollen wir jetzt tun? Die Suche aufgeben?«

Susan zuckte mit den Schultern. Sie war am Ende mit ihren Ideen. Vermutlich war es das Beste, klein beizugeben und rasch in die Vereinigten Staaten zurückzukehren, ehe ihr die italienischen Behörden noch größere Probleme bereiteten. Immerhin war sie mittlerweile aus einem staatlichen Gefängnis ausgebrochen. Weiß der Teufel, welche Konsequenzen das nun wieder haben konnte!

»Ach, Don Francesco, es tut mir so Leid, dass ich Sie in diese Sache hineingezogen habe und Ihnen die Zeit stehle, aber so, wie es aussieht…«

»Still!« Francesco legte seine Stirn in Falten.

»Was?«

»Still, ich höre jemanden kommen!«

Augenblicklich verstummte Susan und alle drei lauschten angestrengt. Aber es waren weder Stimmen noch Schritte, die da weit entfernt herübertönten. Es war – Gesang! Wieder dieser einstimmige Chorgesang von gestern Nacht!

»Die Mönche, die Trappisten!«, kreischte Susan erschrocken auf.

Auch der Priester und der alte Gauner waren bleich geworden. Wie angewurzelt standen sie da und lauschten. Es war unzweifelhaft ein gregorianischer Choral, dessen feine Schwingungen aus unendlicher Ferne hierher drangen.

Francesco fand als erster die Fassung wieder. »Unsinn! Trappisten!«, rief er. »Es kommt aus der Kirche. Jemand muss in der Kirche sein.«

Ohne auf seine beiden Begleiter zu achten, eilte er der Tür zu. Susan und Falcone folgten ihm. Fast im Laufschritt stürmten sie die steinerne Treppe hinauf, ließen die ehemaligen Mönchszellen rechter Hand liegen und waren nach wenigen Minuten wieder im Verbindungsgang zwischen Kloster und Kirche. Achtlos wollten sie eben die beiden runden Fenster passieren, als Susan laut aufschrie. Sie hatte im Vorüberlaufen einen flüchtigen Blick durch das auf den Klosterhof gerichtete Fenster geworfen und deutete jetzt mit offenem Mund hinunter. Auch Francesco entschlüpfte ein kräftiges Wort der Überraschung, als er durch die Öffnung lugte.

Zwar war kein menschliches Wesen zu erkennen, aber in der Mitte des Hofes standen fünf leichte, schwarzlackierte Kutschen! Fuhrwerke jener Bauart, die Susan schon aus ihrem Gefängnis auf der Strecke nach Santa Lucia beobachtet hatte! Die kräftigen Pferde waren abgeschirrt worden und standen festgebunden um den steinernen Brunnentrog.

»Jetzt kommen wir der Sache näher!«, flüsterte Francesco. »Jedenfalls wissen wir nun, dass wir nicht in die Irre gegangen sind. Schnell weiter jetzt, in die Kirche!«

Umgehend hatten sie das Ende des niedrigen Ganges erreicht und blickten in die Orgelempore. Der Gesang war immer noch zu hören, aber er schien sehr weit entfernt, irgendwie gedämpft und verzerrt. Susan schob sich ein wenig vor und gab den beiden Männern ein Zeichen, dass sie im Dunkel des Ganges verbleiben sollten. Sie ging in die Hocke und begann, auf den Knien die staubigen Dielen entlangzurutschen, bis sie die hölzerne Brüstung der Empore erreicht hatte. Bei jedem Knacken des Bodens hielt sie den Atem an und horchte, ob ihre Anwesenheit von jemandem bemerkt worden war. Doch nichts rührte sich. Zentimeter für Zentimeter hob sie jetzt ihren Kopf in die Höhe, so dass die schwarzen Bretter der Brüstung an ihren Wangen rieben. Endlich konnte sie Teile des Kirchenraumes erkennen.

Die Apsis – leer. Der Eingangsbereich und das Chorgestühl – leer. Schließlich das gesamte Langhaus und die Seitenschiffe – ebenfalls menschenleer! Freilich blieben noch einige Winkel, die von dieser Position aus nicht einsehbar waren, doch der Chorgesang, der nach wie vor deutlich zu hören war, kam nicht aus diesem Kirchenraum! Susan richtete sich auf und winkte den beiden Männern, näher zu kommen. Alle drei blickten schweigend auf das Kirchenschiff hinunter.

»Es kommt eindeutig von da unten«, raunte Don Francesco. »Es muss sich noch ein Raum darunter befinden. Vielleicht eine Krypta oder eine Gruft.«

»Wie sollte jemand dorthin kommen? Wir haben doch die ganze Kirche abgesucht, es war nirgends ein...«

»Pst«, Francesco lauschte so angestrengt, dass er die Augen zusammendrückte und das Gesicht zu einer Grimasse verzog. »Der Gesang! Er kommt näher!«

Tatsächlich – es war nicht zu überhören. Der Gesang nahm an Intensität und Deutlichkeit zu. Es war, als näherten die Stimmen aus der Tiefe des Erdbodens sich langsam der Oberfläche.

»Guter Gott, was ist das denn?« Der Padre deutete auf eine Stelle direkt unter der Empore. Der Marmorboden war dort zwischen zwei Säulen durch einen hölzernen Belag, der die Form eines lang gezogenen Rechtecks bildete, unterbrochen. Heute Morgen hatten sie den Flecken für eine schadhafte Stelle gehalten, die man notdürftig mit Brettern geflickt hatte. Jetzt aber kam Bewegung in diese Bretter. Von einer unsichtbaren Kraft bewegt, hoben sie sich auf einer Seite in die Höhe. Ihr Ächzen und Quietschen drang bis hinauf zu den drei erstarrten Beobachtern auf der Empore. Die Bretter waren nichts anderes als eine Falltür! Eine Falltür, die offenbar nur von unten geöffnet werden konnte!

»Der Zugang zur Krypta!«, flüsterte Francesco so aufgeregt, dass ihn die anderen zur Besonnenheit ermahnen mussten. Der Holzdeckel war mittlerweile so weit gehoben, dass eine dunkle Öffnung darunter sichtbar und der Chorgesang laut und deutlich vernehmbar wurde.

»... *Deus meus clamabo per diem, nec exaudies: in nocte, et non ad insipientiam mihi...*«

»Da, sehen Sie bloß!«, zischte Susan Francesco ins Ohr. »Da steigt einer herauf!«

Tatsächlich löste sich aus dem Dunkel der Öffnung eine Gestalt. Zunächst konnte man nur den gebeugten Oberkörper, nach und nach aber die ganze Gestalt erkennen. Die Person war in eine Kutte, ja, in eine violette Mönchskutte gehüllt. Violett, die liturgische Farbe der Buße und Umkehr, sinnierte Don Francesco einen Moment. Die Kutte verhüllte den ganzen Körper, die Kapuze war tief ins Gesicht gezogen. Es war unmöglich zu erkennen, um wen es sich handelte. Allein die Stimme, ein etwas gequälter Bariton, verriet einen Mann mittleren Alters: »... *Tu autem in sancto habitas, laus Israel. In te speraverunt patres nostri: speraverunt, et liberasti eos...*«

Ohne sich umzublicken, schritt der singende Vermummte langsam dem Chorgestühl zu. Er hatte sich noch keinen Meter von der Bodenluke entfernt, als schon eine zweite, ebenso gekleidete Gestalt erschien, dann eine dritte, eine vierte... Ein Vermummter nach dem anderen stieg mit den Versen des gregorianischen Chorals auf den Lippen die offensichtlich steile Treppe empor: »... *Ad te clamaverunt, et salvi facti sunt: in te speraverunt, et non sunt confusi...*«

Mindestens fünfzehn violette Kutten waren schon zu zählen und ein Ende nicht absehbar. In prozessionsartiger Formation schritten die Gestalten in Richtung Apsis. Der sakrale Charakter des Geschehens wurde dadurch unterstrichen, dass einer der mönchsartig Gekleideten einen schweren Folianten – vermutlich die Bibel –, ein anderer ein silbernes Weihrauchgefäß mit sich trug, deren betäubende Rauchschwaden bald das ganze Kirchenschiff erfüllten. Während die ersten bereits das Chorgestühl der ehemaligen Trappistenmönche erreicht und darin nach einer – offenbar jedem bekannten – Sitzordnung Platz genommen hatten, krochen immer noch Vermummte aus der Luke. Es mochten mittlerweile vierzig oder fünfzig geworden sein, als endlich der letzte sich umdrehte und den Deckel über der Bodenöffnung schloss.

»*Ego autem sum vermis, et non homo: opprobrium hominum, et abjectio plebis...*« Die Antiphon des gregorianischen Chorals drang leise, aber glasklar zur ersten Empore hinauf, wo sich Susan O'Casey, Don Francesco und Emerentio Falcone hinter einem breiten Stützpfeiler verborgen hatten und atemlos dem Schauspiel vor ihren Augen folgten. Wer waren diese Leute? Versponnene Sektierer? Geistliche, hohe Kleriker, vielleicht gar Mitglieder der päpstlichen Kurie? Die Anwesenheit der vatikanischen Kutschen sprach dafür. Andererseits – waren nicht auch die beiden Journalisten Roux und Bradshaw hierhergereist? Zweifelsohne befanden auch sie sich unter den Vermummten.

Das Chorgestühl links und rechts des gotischen Hochaltares hatte sich mittlerweile fast vollständig mit Kutten gefüllt. Die Weihrauchträger knieten auf dem Steinboden, in der Apsis waren feierlich Kerzen entzündet worden. Nachdem die letzte Antiphon verklungen war, erhob sich einer der Männer, bekreuzigte sich, trat einen Schritt vor und begann zu sprechen.

»Meine lieben Brüder!« Es war die Stimme eines alten Mannes, aber schneidend und ungebrochen. »Immer wenn unsere Bruderschaft vor der Erfüllung einer besonders wichtigen Aufgabe stand, haben wir uns in dieser Abgeschiedenheit zusammengefunden, um den Beistand des Allmächtigen herabzuflehen und uns der gegenseitigen Treue und Verschwiegenheit zu versichern. So wollen wir es auch heute halten, da unsere Organisation sich vor der größten Herausforderung seit ihrer Gründung sieht. Jeder von euch weiß, was auf dem Spiel steht. Es gilt, durch einen mutigen Akt unserer Kirche zu neuer Größe und Macht zu verhelfen. Der Beschluss des Heiligen Vaters, ein Konzil einzuberufen, eröffnet uns die historische Chance dazu.

Ich hoffe inständig, es ist noch nicht zu spät, denn der Abgrund, an dem unsere geliebte Kirche steht, ist entsetzlich. Die Zeit der Prüfungen dauert nun schon fast hundert Jahre. Ihr wisst es alle, gottlose Revolutionäre haben alles kurz und klein geschlagen; besonders grausam gewütet haben sie drüben in Frankreich, die kirchlichen Pfründen sind ebenso dahingesunken wie die absolutistischen Fürstbistümer und Reichsklöster, die ausgedehnten Ländereien, die Sinekuren und Exposituren. Blühende Orden sind aufgelöst, ihre Mitglieder auf die Straße gejagt, ihre unschätzbaren Bibliotheken verhökert worden, dass es einem das Herz brechen kann. Einzig in Spanien und Polen leben die Menschen noch in der Furcht des Herrn, und, nicht zu vergessen, im Vatikanstaat selbst, von dem man mit Weihwasser und Bannstrahl das luziferische Gedankengut von Freiheit, Gleichheit und Brüderlichkeit, das von den Welschen herübergeschwappt war, fern zu halten wusste.

Obwohl sich nach dem Sturz des kleinen Korporals aus Paris manches zum Besseren zu wandeln schien, ist dennoch nichts wie früher. Alles ist fremder, unruhiger, kälter. Dahin die feierlichen, in Weihrauchschwaden eingehüllten Prozessionen und Bittgänge, die Wallfahrten und Maiandachten, die Fülle der Festtage, Patrozinien und Kirchweihfeste, die jesuitischen Heiligendramen, die Passionsspiele und prasselnden Osterfeuer. Aus und vorbei. Stattdessen sozialistische Aufmärsche und Manifeste, Klassenhass und Streikaufrufe, rauchende Fabrikschlote, liberales Gefasel von Gedankenfreiheit und Individualismus, Presserecht und Religionsfreiheit. Gleichmacherei! Umstürzlerei! Atheistische Krebsgeschwüre! Libertinage!«

Der Vermummte war während seiner flammenden Rede einige Schritte vorgetreten. Die Versammlung folgte seinen Ausführungen mit großer Aufmerksamkeit. Keiner bewegte sich.

»Geliebte Brüder, unter den brutalen Schlägen der neuen Zeit erzitterte die heilige Kirche, aber der Fels, auf dem sie gegründet ist, blieb fest. Hatte man anfänglich nur ungläubig in die noch rauchenden Trümmerhaufen gestarrt, so war man alsbald zu Gegenmaßnahmen geschritten. Schon vor knapp zwanzig Jahren – viele von euch erinnern sich noch gut – hatten wir mit einem mächtigen Zeichen dagegengehalten, hatten den Papst dazu bewogen, feierlich die unbefleckte Empfängnis Mariens auszurufen, auf dass sich die Christenheit bekehre und zurückfinde zur heiligen, althergebrachten Ordnung. Was aber war der Erfolg gewesen? Hohn und Spott weiter Kreise, die das Ansehen der allerheiligsten Gottesmutter und Kirchenpatronin in den Schmutz zogen und die Absicht des Heiligen Vaters lächerlich zu machen suchten. Und nicht viel besser erging es dem prophetischen Wort Seiner Heiligkeit Pius des Neunten, der in einundsechzig syllabischen Sätzen diesen ganzen Höllensud modernistischer Geister verdammte und seine Verbreiter mit der wohlverdienten Ketzerstrafe bedrohte. Wie sorgfältig hatte nicht unsere Bruderschaft dieses Dokument vorbereitet! Ja, wer hört denn noch auf das Wort des Pontifex Maximus? Wer leistet den Hirten noch den geschuldeten Gehorsam? Wer erstarrt noch in Furcht vor der ewigen Verdammnis?«

Bei jedem der letzten Sätze hatte der alte Mann unter der Kutte wie ein alttestamentarischer Prophet die Fäuste in die Luft gereckt und sie drohend geschüttelt. Er hatte sich derartig in Rage geredet, dass er jetzt wankte, ein wenig zurücktrat und sich an den Wangen des Chorgestühls festhalten musste.

Nach einigen Augenblicken fuhr er leise und versöhnlicher fort:

»Nun aber sehe ich ein Licht! Der morgige Tag, der Festtag der heiligen Märtyrerin Symphorosa, wird die große Wende bringen. Der Heilige Geist und die Fürsprache aller Heiligen haben uns Freunde und Gönner geschenkt. Unsere Bemühungen der letzten Wochen waren erfolgreich. Es erfüllt mich mit großer Freude, meine Brüder, euch mitteilen zu können, dass sich in der morgigen Schlusssitzung des heiligen Konzils eine Mehrheit für unseren Vorstoß finden wird.«

Beifälliges Gemurmel der Vermummten unterbrach den Redner.

»So Gott will, wird das heilige Konzil morgen nicht nur die Unfehlbarkeit des Papstes dogmatisieren, sondern auch den Anspruch auf seine universelle Weltherrschaft erklären. Die Welt von morgen wird eine katholische sein! Wir werden die Welt mit neuer Kraft missionieren, und diese Mission wird mit eisernem Besen durchgeführt werden. Unser formeller Antrag ist jedem von euch bekannt. Wir fordern den Heiligen Stuhl auf, seinen Primat über den weltlichen Bereich ebenso unmissverständlich zu definieren, wie er dies seit jeher für den geistlichen Bereich getan hat. Ein Anspruch, der von den Päpsten durch die Jahrhunderte hindurch immer wieder angedeutet, nie aber zum Dogma erhoben wurde. Als Kronzeugen unseres Antrages nehmen wir Papst Gregor VII., der im Jahre 1075 in seiner Schrift *Dictatus papae* Folgendes feststellt.«

Der Redner zog einen Zettel aus seiner Tasche und begann zu zitieren:

»»Der römische Bischof kann nach dem Bedürfnis der Zeit neue Gesetze erlassen. Er allein kann kaiserliche Abzeichen tragen. Ihm allein leisten alle Fürsten den Fußkuss. Er kann Kaiser absetzen. Sein Spruch kann von niemandem aufgehoben werden und er allein kann den Spruch aller aufheben. Er kann von niemandem gerichtet werden. Die römische Kirche hat niemals geirrt und wird nach dem Zeugnis der Schrift niemals irren.««

Der Greis ließ das Papier sinken und blickte in die Runde.

»Wie aber, so fragen viele, soll dieser Anspruch in unserer modernen Zeit verwirklicht werden? Jedem von uns ist klar, dass eine solche Arbeit, die die geistige Verirrung der letzten zweihundert Jahre zu überwinden sucht, nicht von heute auf morgen zu leisten ist. Aber das Papsttum ist souverän genug, erste Schritte auf das Ziel hinzugehen. In unserem Antrag nennen wir fünf Beispiele für ein solches Beginnen.

Erstens: Exkommunikation aller Verfechter von Demokratie, Pressefreiheit, Liberalismus, Partei- und Versammlungsfreiheit und anderer unter dem Eindruck der Aufklärung entstandener Perversionen des menschlichen Zusammenlebens.

Zweitens: Einsetzung einer Kommission zur Katholisierung des Rechts- und Verfassungswesens aller Staaten. Einsetzung eines Treueides aller Monarchen und Präsidenten auf den Papst.

Drittens: Wiedereinführung der Bücher- und Zeitschriftenzensur unter vatikanischer Fachaufsicht, Erstellung einer Liste unerwünschter Autoren und Einführung der päpstlichen Approbationspflicht für alle Hochschullehrer der Welt.

Viertens: Wiedereinführung der Zwangstaufe sowie kompromisslose Bekämpfung aller häretischen Religionen, Konfessionen und Weltanschauungen.

Fünftens: Rekrutierung von bischöflichen und päpstlichen Militärkontingenten in aller Welt sowie die Errichtung effektiver kirchlicher Geheimdienste.«

Unter den Zuhörern machten sich neuerlich Gemurmel und Getuschel breit, die sofort erstarben, als die schneidende Stimme fortfuhr:

»Geliebte Brüder, mit Hilfe dieser dringendsten Maßnahmen hoffen wir die in den Schmutz getretene Würde der Kirche Christi wiederherzustellen. Jeder von euch weiß, wie wichtig der morgige Tag zur Erreichung dieses Zieles sein wird. Wenn wir nach dieser Zusammenkunft in die Krypta zurückkehren, wird jeder von euch eine detaillierte schriftliche Anweisung erhalten, wie er sich morgen zu verhalten hat. Ich beschwöre euch, sie euch so ins Gedächtnis einzuprägen, dass sie jeder nach der Lektüre der reinigenden Kraft des Feuers übergeben kann. Wie die leidvolle Vergangenheit gezeigt hat, bringen Papiere – einmal in die Hände von Unwürdigen gelangt – nur Unruhe und Verderben. Der Allmächtige segne euch!«

Mit einem Kopfnicken deutete er an, dass er seine Ausführungen vorläufig beendet hatte. Erschöpft ließ er sich auf seinen Sitz fallen. Im Auditorium konnte man beifälliges Kopfnicken, da und dort auch einen kurzen Meinungsaustausch beobachten. Nach einer Weile erhob sich in der vordersten Reihe ein schmächtiger Mann und räusperte sich. »Es drängt mich«, begann er mit einem fremdländischen Akzent, »Ihnen, hochverehrter Meister der Bruderschaft, für all Ihre Bemühungen um die Gesundung unserer Kirche zu danken. Alles, was Sie uns berichteten, stimmt mich zuversichtlich. Doch eine Sorge mischt sich in den Becher der Freude. Wird der Heilige Vater, der, wie Sie uns brieflich mitteilen mussten, unserem Ansinnen zwar nicht ablehnend, doch zögernd gegenübersteht, sich letztlich auf unsere Seite schlagen? Wird er bereit sein, die Last der Verantwortung, die sowohl die Unfehlbarkeit wie auch die geistliche und politische Weltherrschaft mit sich bringen, auf sich zu nehmen? Wird er, ausgestattet mit diesen umfassenden Vollmachten, in der Lage sein, die Kirche aus ihrer Krise zu führen?«

Der erste Redner hatte sich soweit erholt, dass er sich wieder erhob, um zu antworten.

»Das sind gewichtige Fragen, lieber Bruder Kardinal«, rief er. »Fragen, die auch mich in dieser historischen Stunde bewegen. Die Schultern unseres Hirten, sind sie kräftig genug, das Joch zu tragen, das seine Herde ihm aufbürdet? Geliebte Brüder, der Allmächtige allein weiß um meine demütige Ergebenheit gegenüber dem Papst. Aber nach all den Erfahrungen, die wir in den letzten Jahren mit dem derzeitigen Heiligen Vater machten, muss die Antwort auf Ihre Frage leider lauten: Nein, nein, nein. Er wird diese Bürde niemals tragen können.«

Eine heftige Erregung unter seinem Auditorium begleitete die letzten Ausführungen des Mannes.

»Der Ältestenrat unserer Bruderschaft«, fuhr der Greis unbeirrt fort, »hat sich deshalb in den letzten Tagen zu intensiven Gebeten und Beratungen zurückgezogen. In großer Sorge um das Felsenamt Petri haben wir einen folgenschweren Entschluss gefasst –«

Der Vermummte zögerte, als brächte er die Worte nicht über die Lippen. Dann hob er den Kopf, blickte in die Runde und rief mit klarer Stimme: »Wir müssen das Pontifikat Pius' IX. morgen beenden und in Form einer Akklamation ein Mitglied unserer Bruderschaft als obersten Hirten erwählen. Der Allmächtige stehe uns bei!«

Einem Augenblick der verblüfften Stille folgte eine heftige Unruhe. Einzelne Stimmen wurden laut, mehrere der Vermummten sprangen von ihren Sitzen, gestikulierten erregt und steckten die Köpfe zusammen. Offenbar war das, was der Meister eben gesagt hatte, den meisten Mitgliedern der Bruderschaft völlig neu. Auch Susan O'Casey und Don Francesco blickten sich oben auf der Empore entgeistert an. In den allgemeinen Tumult hinein drang nun die fremdländische Stimme des kleinen, offenbar im Kardinalsrang stehenden Mannes, der mit seiner Zwischenfrage den Tumult ausgelöst hatte.

»Liebe Brüder, ich bitte euch ...« Mit beruhigenden Gesten versuchte er jetzt, die Aufmerksamkeit der Zuhörer wiederherzustellen. Es dauerte eine ganze Weile, ehe sich die Verschwörer gesetzt hatten. Alle blickten sie gespannt auf den schmächtigen Mann in der ersten Sitzreihe.

»Ehrwürdiger Meister!«, erhob dieser seine Stimme. »Es ist in der Tat ein tiefgreifender Entschluss, den der Ältestenrat unserer Bruderschaft sich zu fassen gezwungen sah, und ich erahne das schmerzliche innere Ringen, das ihm vorangegangen sein muss. Wir alle sind von dieser dramatischen Entwicklung höchst überrascht. Erlauben Sie mir deshalb zwei Fragen. Fragen, die uns alle hier in diesem Gotteshaus bedrängen. Wie soll es geschehen, dass der jetzige Papst auf sein Amt verzichtet? Und wer aus unseren Reihen soll den Stuhl Petri morgen besteigen?«

Der Angesprochene erhob sich von seinem Sitz.

»Liebe Brüder, ehrwürdiger Bruder Kardinal! Ich verstehe sehr wohl eure Überraschung. Aber wir hatten keine andere Wahl. Wenn wir diese personelle Zäsur nicht wagen, wird auch Teil eins unserer Aktion scheitern. Zum Procedere möchte ich nicht zu viele Worte machen. Nur kurz Folgendes: Wie seit langem abgesprochen, werde ich morgen mit dem Heiligen Vater das Frühstück einnehmen. Wir werden allein sein. Ich werde ihn bei dieser Gelegenheit mit Dokumenten konfrontieren, die einige, sagen wir, unlautere Machenschaften vor seinem Pontifikat belegen. Das Dossier befindet sich, Gott sei Dank, seit Jahren im Besitz unserer Bruderschaft. Dem Heiligen Vater bleiben nur zwei Möglichkeiten: ein ehrenvoller Abgang oder ein öffentlicher Eklat. Er wird ohne Zweifel ersteres wählen ...«

Wieder breitete sich im Auditorium Unruhe aus. Einige Vermummte schüttelten die Köpfe.

»Der Papst«, so fuhr der Bruderschaftsmeister schneidend fort, »wird in der darauf folgenden Konzilssitzung seinen Rücktritt aus gesundheitlichen Gründen erklären. In die allgemeine Überraschung hinein werden einige der Konzilsväter unter uns fordern, umgehend einen Nachfolger per Akklamation zu wählen. Das Kirchenrecht lässt in Ausnahmefällen diese Vorgehensweise zu. Niemand wird bestreiten können, dass in dieser Situation ein solch dramatisches Vorgehen gerechtfertigt ist. Ich zweifle nicht daran, dass mit Hilfe des Heiligen Geistes und der Autorität unserer Gewährsmänner der Kandidat unserer Bruderschaft gewählt wird. Wir haben vertrauliche Gespräche mit vielen Hirten geführt. Auch wenn sie nicht unserer Gemeinschaft angehören, so begrüßen sie doch unser Vorgehen. Auch von außen werden wir nicht gestört werden. Die Kommandeure der Schweizergarde wie auch der französischen Truppen in Italien betrachten unsere Aktion als innerkatholische Angelegenheit und werden stillhalten.«

Der Bruderschaftsmeister trat einige Schritte vor.

»Aber jetzt zum personellen Teil Ihrer Frage!«

In der Kirche war es jetzt so totenstill, dass die Eindringlinge auf der Empore instinktiv den Atem anhielten. Susan O'Casey hatte die Augen geschlossen, um jedes Wort zu vernehmen.

»Ich will nicht verhehlen«, sagte der Meister jetzt leise, »dass mich die Mitglieder des Ältestenrates seit Tagen bestürmen, selbst diese Bürde auf mich zu nehmen. Doch verzeiht es mir, liebe Brüder, ich bin ein alter Mann. Es muss uns daran gelegen sein, die Geschicke unserer geliebten Kirche in die Hände des Fähigsten zu legen. Die Wahl des Ältestenrates fiel deshalb einstimmig...«

Er verbeugte sich leicht in Richtung des schmächtigen Mannes in der ersten Sitzreihe.

»... auf Sie, lieber Bruder Kardinal.«

Ein Raunen ging durch die Reihen. Das war ein geschickter Schachzug! Offenbar genoss der Kardinal das uneingeschränkte Vertrauen der ganzen Bruderschaft. Gegen diese Entscheidung zu opponieren hätte geheißen, mit der Bruderschaft zu brechen. Konnte man bis dahin durchaus den Eindruck gewinnen, dass einige Mitglieder der Bruderschaft dem Putsch gegen den Papst reserviert gegenüberstanden, so war ihnen jetzt der Wind aus den Segeln genommen.

Der Bruderschaftsmeister trat einige Schritte auf den Kardinal in der violetten Kutte zu und fragte mit lauter Stimme: »Ehrwürdiger Bruder Kardinal, sind Sie bereit, die Kirche Gottes vor dem Abgrund zu retten?«

Der Angesprochene saß zusammengesunken auf seinem Platz. Die Kapuze war ihm tief ins Gesicht gefallen. Er bewegte sich nicht, sondern nickte nur fast unmerklich mit dem Kopf.

»Ich bin bereit«, flüsterte er mit schwacher Stimme. »Betet für mich, Brüder!«

Der Bruderschaftsmeister verneigte sich vor ihm, drehte sich um und schritt würdevoll zum Hochaltar.

»Wir werden jetzt zum wichtigsten Teil unseres heutigen Abschlusstreffens kommen«, setzte er dort seine Rede fort. »Unsere Gemeinschaft verdankt ihre Wirksamkeit hauptsächlich einer Tugend: der Arkandisziplin. Die Verschwiegenheit ist eine göttliche Tugend. Wie viele Gaben des Heiligen Geistes sind schon zunichte geworden, weil sie an Unwürdige verschwendet waren. Gehorsam, Demut, Verschwiegenheit – das sind die Grundpfeiler, auf denen unsere Bruderschaft fest gegründet steht. Niemals darf irgendjemand von unseren Beratungen, unseren Planungen und unseren Aktionen erfahren. Das gilt sowohl für jene Brüder, die als Konzilsväter an der römischen Versammlung teilnehmen, wie auch für jene, die sie in dieser schweren Aufgabe in jeglicher Form unterstützen. Wie vor allen wichtigen Aktionen unserer Bruderschaft werden wir dieses Treue- und Verschwiegenheitsgelöbnis in Form eines heiligen Eides ablegen. So bitte ich euch, an diesen Tisch des Allerhöchsten zu treten und auf sein allerheiligstes Evangelium, auf die glorreiche Mutter Gottes und – in diesem besonderen Fall – auf die Fürsprache der Märtyrerin Symphorosa den Schwur der Verschwiegenheit abzulegen.«

Mit diesen Worten bekreuzigte er sich und nahm die mächtige Bibel in beide Hände, während zwei der Weihrauchträger sich links und rechts von ihm postierten. Dann intonierte er mit brüchiger Stimme den Beginn einer neuen gregorianischen Antiphon: »*Hosianna filio David...*«

Sofort stimmte die ganze Versammlung in den Gesang mit ein: »*... Benedictus qui venit in nomine Domini. Rex Israel. Hosianna in excelsis...*«

Einer nach dem anderen erhob sich nun, ohne den Gesang zu unterbrechen, von seinem Sitz, schritt mit gebeugtem Haupt an den Altar, bekreuzigte sich und kniete vor dem Greis nieder. Dieser hielt mit erstaunlicher Kraft jedem die Bibel gegen die Stirn, murmelte die Eidesformel und hob das Buch erst, wenn von dem Knienden ein deutliches »Ich schwöre es!« zu hören war. Dann schritt ein jeder wieder an seinen Platz zurück und setzte sich.

Es hatten vielleicht zehn oder fünfzehn der Männer den Eidesritus vollzogen, als Don Francesco Susan antippte. »Das dauert mindestens noch eine halbe Stunde«, flüsterte er ihr ins Ohr. »Das ist die Gelegenheit, zum Kloster zurückzuschleichen und den Weg zur Krypta zu suchen.«

»Was wollen Sie in der Krypta?«

»Diese schriftlichen Anweisungen. Er sprach doch davon, dass dort für jeden schriftliches Material bereitliegt. Das brauchen wir. Ohne Beweise wird uns in Rom niemand Glauben schenken.«

»Und wenn wir hier noch etwas verpassen?«

Francesco überlegte. »Das glaube ich zwar nicht, aber sicherheitshalber können wir uns aufteilen. Wollen Sie hier bleiben oder sich auf die Suche machen?«

»Ich weiß nicht, ich halte das für sehr riskant. Meinen Sie wirklich?«

»Es ist unsere einzige Chance. Wenn das hier vorüber ist, werden sie abziehen und alle Spuren verwischen. Niemand wird uns glauben, was hier geschehen ist. Dann war alles umsonst.«

Widerwillig stimmte Susan zu und entschied sich dafür, ihren Beobachterposten auf der Empore beizubehalten. Francesco wollte zusammen mit Falcone den Weg zur Krypta suchen, sich dort umschauen und spätestens in zwanzig Minuten wieder zurückkehren.

Mit einem wortlosen Nicken verabschiedeten sie sich. Vorsichtig zogen sich Falcone und Francesco Schritt für Schritt in den rückwärtigen Teil der Empore zurück. Vom Kirchenschiff drangen unablässig die sphärischen Klänge der gregorianischen Antiphon und das Murmeln des Bruderschaftsmeisters herauf. Die beiden Männer hatten ihr Ziel, den Durchlass, fast erreicht, als das Unglück geschah. Don Francesco tastete sich eben am Gehäuse der Orgel entlang, als er mit seiner Soutane an einem losen Brett hängen blieb, das jemand unachtsam auf den Spieltisch der Orgel gelegt hatte. Mit lautem Poltern fiel das Brett zuerst vom Orgeltisch auf die Pedalbank und von dort auf die Holzdielen des Bodens. Allen dreien fuhr der Schreck in die Knochen. Sie verharrten wie angewurzelt und lauschten.

Unten in der Apsis kam der Choralgesang binnen kurzem zum Erliegen. Sekundenlang herrschte Totenstille in der Kirche. Dann erhob sich ein Raunen und schwoll zu einem Stimmengewirr, das sich in erregten Rufen Bahn brach. »Verrat, Verrat!«, schallte es durch das Gotteshaus. »Das sind die Komplizen der beiden Gefangenen!«, rief eine Stimme. »Dort oben, dort auf der Empore sind die Eindringlinge!«, ertönte nun ein scharfer Befehl. »Fasst sie, fasst sie –«

Ehe sich Susan und die beiden Männer von ihrem ersten Schrecken erholen konnten, hörten sie schon Gepolter auf der steilen Emporenstiege. Mehrere Vermummte legten trotz ihrer knöchellangen Kutten eine erstaunliche Behändigkeit an den Tag und stürmten die Treppe hinauf. »Schnell!«, rief

Francesco, der sich als erster wieder gefasst hatte, Susan zu. »Sie müssen durch den Gang fliehen, verstecken Sie sich im Kloster!«

»Was ist mit Ihnen?«, fragte Susan verzweifelt.

»Ich werde sie eine Zeit lang aufhalten. Falcone wird Sie hier herausbringen.«

Entsetzt darüber, den Priester den Verfolgern ausliefern zu sollen, schüttelte Susan den Kopf. »Nein, auf keinen Fall! Ich lasse Sie hier nicht allein zurück!«

»Mach dir um mich keine Gedanken! Los, Mädchen, lauf schon!«

Widerstrebend bewegte sich Susan dem Ausgang zu. Keinen Moment zu früh, denn in diesem Augenblick war der erste Violette auf dem Treppenabsatz erschienen und stürzte sich auf Don Francesco. Zwei, drei weitere folgten ihm auf dem Fuß und warfen sich auf den Priester. Der Geistliche konnte sich losreißen und stürzte auf die kleine Wendeltreppe zu, die zur zweiten Empore führte. Mit raschen Schritten stürmte er hinauf und befand sich nun in jenem obersten Stockwerk der Kirche, das wie ein Schwalbennest knapp unter den gotischen Spitzbögen an der Wand klebte. Da die Treppe zu ihm hinauf sehr eng war und seine Verfolger sie nur nacheinander erklimmen konnten, vermochte er sie sich eine Zeit lang mit Fußtritten und Faustschlägen vom Leib zu halten. Dabei bewies er eine erstaunliche Geschicklichkeit. Gut möglich, dass sein bewegter Lebenswandel ihn schon früher in ähnliche Situationen gebracht hatte.

Doch die zahlenmäßige Überlegenheit seiner Gegner erschöpfte seine Kräfte. Zwei der Vermummten schafften es, auf die Empore zu gelangen, und rissen den Padre zu Boden. Mit letzter Energie konnte er sich nochmals aufraffen, aber die Verfolger, jetzt in erdrückender Überzahl, drängten ihn immer weiter zurück. Ein Faustschlag warf ihn schließlich krachend an die Brüstung der Empore.

Schon fast besinnungslos, klammerte er sich an die Kutte eines seiner Kontrahenten. Einen Moment lang bogen sich die beiden zwischen Himmel und Erde, dann verloren sie ihren Halt. Vor den Augen der entsetzten Verfolger senkten sich die aneinandergepressten Körper über die Brüstung und stürzten hinab in die Tiefe. Der Aufprall auf den marmorgefliesten Kirchenboden verursachte ein dumpfes, unheilvolles Geräusch. Beide Unfallopfer blieben reglos liegen.

Während Francesco wie am Tag seiner Priesterweihe bäuchlings ausgestreckt dalag und mit der Stirn den Fliesenboden berührte, streckte der Violette in Rückenlage alle Gliedmaßen von sich. Der tödliche Sturz hatte ihm die Kapuze vom Kopf gestreift und sein Gesicht der Anonymität entrissen. Es war Prälat Luigi Riva, der päpstliche Pressesprecher! Auch oben auf der Empore hörte man Geräusche. Die Absicht Don Francescos, die Verfolger so lange aufzuhalten, bis seine Begleiter sich in Sicherheit gebracht hätten, war nur zum Teil aufgegangen. Während Falcone flugs im Dunkel des Durchgangs verschwunden war, hatte sich Susan O'Casey, gelähmt vor Entsetzen, nicht von dem Geschehen losreißen können. Was sich auf der oberen Empore abspielte, konnte sie nur ahnen. Nach dem fürchterlichen Sturz der beiden Männer rannte sie zur Brüstung der Empore und starrte entsetzt in die Tiefe, unfähig, einen Ton von sich zu geben. So stand sie noch, als mehrere Kuttenträger sie umringten. Widerstandslos ließ sie sich von ihnen festnehmen.

»Bringt sie einstweilen zu den anderen!«, hörte sie wie in Trance eine eisige Stimme. »Und dann kommt rasch zurück. Wir müssen die Zeremonie zu Ende bringen. Jetzt umso dringlicher!«

Zwei der Vermummten führten Susan O'Casey die Emporentreppe hinab und zerrten sie quer durch das Kirchenschiff dem Eingang der Krypta zu. Überall standen die Männer in ihren Kutten in Gruppen beisammen. Um die beiden am Boden liegenden Leichname hatte sich ein Ring erregt diskutierender Verschwörer gebildet. Als Susan vorübergeführt wurde, verstummten sie. Obwohl alle Gesichter unter den weiten Kapuzen verborgen waren, spürte sie, dass alle Blicke auf sie gerichtet waren. Susan zwang sich zur Ruhe und schaute stur geradeaus. Jetzt hatten sie den Eingang zur Krypta erreicht. Einer ihrer Begleiter öffnete die Falltür und stieg ihr voraus hinab in die Tiefe. In der von zwei Fackeln nur spärlich erhellten Krypta konnte Susan kaum etwas erkennen. Zwischen Säulen standen Hocker umher. Auf einigen lagen Bücher und Papiere. Ehe sich Susan näher umsehen konnte, hatten sie die Krypta durch eine Seitentür wieder verlassen und gingen im flackernden Licht einer Kerze, die einer ihrer Bewacher entzündet hatte, einen unterirdischen Gang entlang.

Schließlich standen sie vor einer schweren Eisentür. Einer der beiden zog einen Schlüssel aus seiner Kutte und öffnete das Schloss. Susan wurde unsanft in einen düsteren, engen Raum gestoßen. Ihr Blick war von einem Tränenschleier getrübt, aber mit einemmal riss sie entgeistert die Augen auf: auf der nackten Holzpritsche saßen – jeder ein Häufchen Elend – Claude Roux und Tim Bradshaw. Susan wollte eben ihrem Erstaunen Ausdruck geben und die Kollegen mit Fragen bestürmen, als sie hinter sich die Stimme eines hinzutretenden Mannes vernahm.

»Doch nicht in dieselbe Zelle wie die beiden anderen, ihr Dummköpfe! Sie darf sich vor dem Verhör nicht mit ihnen absprechen.«

Noch ehe sie mit den Journalisten ein Wort wechseln konnte, wurde sie wieder aus der Zelle gezerrt und in einen anderen Raum gebracht. Durch ein winziges vergittertes Fenster fiel Licht. Mit einem Knirschen schloss sich hinter ihr die Tür.

Die junge Frau zitterte am ganzen Körper. Sie fühlte sich elend und wusste nicht, wie lange sie bewegungslos an der kalten Wand ihrer Zelle gelehnt war. Wie betäubt vor Schreck, musste sie dauernd an den armen Francesco denken. In den wenigen Stunden ihres Zusammenseins war ihr dieser dicke Priester mehr ans Herz gewachsen, als sie sich noch vor zwei Tagen hätte vorstellen können. Kein Zweifel, er hatte sich für sie opfern wollen! Aber es hatte nichts genutzt. Vielleicht, wenn sie rechtzeitig geflohen wäre. Vielleicht hätte ja Falcone einen Ausweg gefunden.

Ach ja, Falcone! In dem Tumult hatte sie den Alten völlig vergessen. Wo war er abgeblieben? Ob man auch ihn festgenommen hatte? Susan stand auf, bewegte ihre steif gewordenen Glieder und versuchte, ihre Gedanken zu ordnen. So traurig ihre Situation war, sie durfte nicht die Nerven verlieren. Das Beste war, sich keinen Spekulationen hinzugeben und abzuwarten, was weiter mit ihr geschehen würde.

Nach einer halben Ewigkeit – wie es ihr schien – unterbrachen Geräusche die bedrückende Stille. Ihre Zellentür wurde aufgeschlossen und zwei Männer in violetten Habiten betraten den Raum. Susan erstarrte. Einer der beiden, unter dessen Kapuze ein strohblondes Haarbüschel hervorlugte, blieb an der Tür stehen, der andere trat einen Schritt auf sie zu.

»Signorina O'Casey«, sagte er, »wenn Sie mir bitte folgen wollen.«

Susan war verblüfft. Das ging doch mit dem Teufel zu, woher kannte man hier ihren Namen? Sie zermarterte sich das Gehirn. Auch kam ihr die Stimme des Mannes bekannt vor. Schweigend ging sie mit den beiden Vermummten hinaus. »Woher wissen Sie, wer ich bin?«, fragte Susan verunsichert, nachdem der Fremde die Tür wieder abgeschlossen hatte. Der Mann sagte keinen Ton, sondern bedeutete ihr mit einer Handbewegung, ihm zu folgen. Ihr Weg führte den dunklen Flur entlang in Richtung Krypta. Nach einigen Schritten hielt er jedoch unvermittelt an, öffnete eine Seitentür, gab seinem Begleiter ein Zeichen und betrat allein mit Susan einen vollkommen leeren Raum, der wie ihre Zelle ein vergittertes Fenster hatte. Sorgfältig schloss er hinter sich die Tür und blickte die Journalistin an, die ein heftiges Zittern in ihren Knien wahrnahm. Dann strich er mit einer raschen Bewegung seine Kapuze vom Kopf.

Vor Susan stand jener junge Mann, den sie vor vier Tagen im Westtrakt des Vatikans kennen gelernt und vorgestern vor ihrem Hotel wieder zu erkennen geglaubt hatte! Sein Gesicht war leichenblass.

»Warum haben Sie nicht auf mich gehört, Signorina O'Casey?«, sagte er leise. »Warum mussten Sie sich in eine solche Situation begeben?«

Susan brachte keinen Laut hervor. Nun hatte sich also ihr schlimmer Verdacht bestätigt. Der junge Mann, der offenbar Zugang zu höchsten Kreisen im Vatikan hatte, war Mitglied dieser Verbrecherbande! Er stand hinter dem Drohbrief, er hatte sie nach Padua in die Irre gelockt, er war unter jenen Vermummten, die einen Putsch gegen das Konzil planten und dabei offensichtlich über Leichen gingen! Er hatte den Tod Don Francescos mit auf dem Gewissen! Susan bedeckte ihr Gesicht mit beiden Händen und begann heftig zu schluchzen.

»Beruhigen Sie sich doch, Signorina O'Casey«, flüsterte der junge Mann. »Ich will Ihnen helfen, glauben Sie mir!«

»Sie, Doktor Navarro oder wie Sie sonst heißen mögen, wollen mir helfen?«, zischte Susan, sich wieder fassend, böse. »Wie oft wollen Sie mich noch belügen, Sie Schuft?«

»Hören Sie«, beschwor sie ihr Gegenüber in mühsam unterdrückter Erregung, »wir haben nicht viel Zeit. Ich habe den Auftrag, Sie zum Verhör zu bringen. Es wird Ihnen dabei nichts geschehen.«

»Wieso sollte ich Ihnen diesmal über den Weg trauen?«

»Weil Sie keine andere Chance haben«, erwiderte er ernst. »Meinen Sie, dass man mit Ihnen anders verfahren wird als mit Ihrem Begleiter?«

Susan starrte ihn entsetzt an.

»Ich bin bis auf weiteres für Ihre Sicherheit verantwortlich«, fuhr der junge Mann hastig fort. »Aber Sie müssen sich jetzt zusammenreißen und mir zuhören. Ich gebe Ihnen einen guten Rat. Was immer man von Ihnen wissen will, stellen Sie sich ahnungslos! Sie wissen nichts, rein gar nichts von irgendwelchen Putschplänen! Haben Sie verstanden?«

Immer noch liefen Tränen über Susans Wangen, aber sie hörte aufmerksam zu und nickte. Sie hatte offenbar wirklich keine Wahl.

»Sie sind die amerikanische Nichte des toten Priesters, der Sie auf einen Ausflug in die Berge mitgenommen hat«, instruierte sie ihr merkwürdiger Helfer. »Seien Sie untröstlich, weinen Sie um ihren Onkel, aber verlieren Sie kein Wort über das, was Sie wissen. Von dem Geschehen auf der Empore haben Sie nicht das Geringste verstanden. Sie interessieren sich nicht für religiöse Dinge. Behaupten Sie meinetwegen, Sozialistin oder Atheistin zu sein. Erwähnen Sie um Gottes willen nicht den Namen Symphorosa, dann haben Sie eine Chance, mit heiler Haut davonzukommen.«

Die Journalistin schluckte. »Sie meinen«, flüsterte sie, »niemand soll merken, weswegen ich hier bin?«

Doktor Navarro nickte. »Im Vertrauen gesagt: Die Bruderschaft weiß natürlich, dass durch die gestohlene Instruktion eine prekäre Situation entstanden ist. Man fürchtet die Gefahr von einer anderen Seite. Glücklicherweise sind Ihre beiden Kollegen aufgetaucht. Sie haben bei ihrem Verhör ständig das Losungswort Symphorosa erwähnt, so dass sich der Ältestenrat sicher ist, die gefährlichsten Schnüffler bereits dingfest gemacht zu haben.«

»Bei ihrem Verhör?« Susan begriff nicht. »Gehören denn die beiden nicht zu Ihrer Gruppe?«

Der junge Mann blickte sie einen Moment verständnislos an und schüttelte dann den Kopf. »Nein, wo denken Sie hin? Ich habe die Herren gestern zum ersten Mal gesehen. Sie haben sich am Hauptportal der Klosterruine zu schaffen gemacht und sind von unseren Posten überwältigt worden. Hatten Sie den beiden etwas von Ihrem Vorhaben erzählt?«

»Äh, ja. Gewissermaßen. Ich wollte, dass sie mich begleiteten, und bot ihnen an, der Geschichte gemeinsam auf den Grund zu gehen. Aber sie hatten kein Interesse.«

»Dachte ich mir. Die beiden müssen Sie kurz darauf bei Luigi Riva verpfiffen haben, um sich selbst auf den Weg nach Santa Lucia zu machen. Sie wollten die Story wohl für sich allein haben. Riva wiederum hat über seine Beziehungen zu den Behörden veranlasst, dass man Sie auf dem Weg hierher verhaftete. Sie haben Glück, dass auch Luigi Riva nicht mehr unter den Lebenden weilt. Er hätte Sie natürlich sofort wiedererkannt. Seinem Plan zufolge säßen Sie jetzt in der geschlossenen Kabine eines Passagierschiffs mit Kurs auf die Vereinigten Staaten. Übrigens habe ich den Plan befürwortet, damit wären Sie wenigstens außer Gefahr gewesen.«

»Was wird mit Roux und Bradshaw geschehen?«

Doktor Navarro blickte betreten zu Boden, zog schnell seine Kapuze über den Kopf und sagte: »Kommen Sie jetzt, bevor die anderen Verdacht schöpfen –«

Zusammen mit dem schweigsamen Vermummten, der vor der Tür gewartet hatte, machten sie sich auf den Weg.

Das Verhör fand in der Krypta statt. Man hieß Susan auf einem Hocker Platz nehmen. Ihr gegenüber saßen hinter einem improvisierten Richtertisch drei der Gestalten in violetten Kutten. Der mittlere der drei Männer führte das Verhör, an dem die beiden Beisitzer wortlos teilnahmen. Eindringlich begann er auf Susan einzureden. Er fragte sie nach ihrem Namen, ihrer Herkunft, ihrem Beruf. Susan, die in ihrer Not beschlossen hatte, sich strikt an die Anweisungen des jungen Mannes zu halten, gab in einem unverständlichen Kauderwelsch aus Amerikanisch und Italienisch ausweichende Antworten. Dazwischen wurde sie immer wieder von Weinkrämpfen geschüttelt und rief: »My dear uncle Franco, what a dreadful accident! Oh, what a dreadful accident.« Auf die Frage, was sie denn auf der Empore gehört habe, schüttelte sie nur den Kopf. Auch auf andere Fragen gab sie keine Antwort, sondern verlangte zu wissen, wie es denn um ihren Onkel stehe, ob er sicher wieder gesund würde und wann sie ihn mit nach Hause nehmen dürfe.

Der Untersuchungsrichter trommelte ungeduldig mit den Fingern auf die Tischplatte. Man merkte, dass er das Verhör nur halbherzig führte. Offensichtlich hatte er seine Gedanken woanders. Als die Delinquentin schließlich überhaupt nicht mehr auf die ihr gestellten Fragen reagierte, sondern fortwährend in ihr Taschentuch schluchzte, stand er abrupt auf und beendete damit das Verhör. Auf seinen Wink hin trat der Mann zu ihrer Rechten an Susan heran und bedeutete ihr, mit ihm die Krypta zu verlassen. Gehorsam folgte sie ihm in Richtung Ausgang.

Von einer dunklen Ahnung getrieben, hielt sie noch einen Moment inne. Unvermittelt drehte sie sich um und blickte in das Gesicht des rechten Beisitzers am Richtertisch, der sich während des ganzen Verhöres nicht geäußert hatte. Einen Lidschlag lang konnte Susan in das unverhüllte Gesicht des Mannes blicken. Sie erstarrte. Es konnte keinen Zweifel geben – der Vermummte am Rand des Tisches war Lord John Edward Beardsley!

In der Tat, Susan O'Casey hatte sich nicht getäuscht, als sie unter der violetten Kutte des rechten Beisitzers Lord Beardsley erkannte. Nach dem Verhör war er aus der Krypta geeilt, hatte sich bei einigen Mitgliedern der Bruderschaft nach dem Aufenthaltsort des Meisters erkundigt und diesen in einer kleinen Abstellkammer vorgefunden. Auf einigen Brettern, unter die man mehrere Hocker geschoben hatte, lag in diesem Raum der Leichnam Don Francescos. Einige der Männer waren gerade damit beschäftigt, die Taschen seiner Soutane zu durchsuchen.

»Können Sie sich denken, was dieser Mensch hier wollte?«, fragte der Bruderschaftsmeister den Eintretenden. »Wir haben bei ihm nichts anderes gefunden als ein Messer, einen Satz Spielkarten und eine kleine Flasche billigen Branntwein.« Er beugte sich über den Kopf Francescos. »Überhaupt ein seltsamer Geistlicher, finden Sie nicht?«

Beardsley nickte schweigend. »Wir sollten ihn aufbahren, wie es in unserer Kirche der Brauch ist«, sagte er dann leise. »Immerhin handelt es sich um einen geistlichen Mitbruder, wenngleich wir nicht genau wissen, was er an diesem Ort zu suchen hatte. Die Krypta wäre ein angemessener Ort, wir brauchen sie ja bald nicht mehr. Ich bitte Sie, ehrwürdiger Meister, geben Sie mir die Erlaubnis dafür. Übermorgen, wenn alles vorüber ist, können wir ihn im Klostergarten unauffällig bestatten.«

Der Bruderschaftsmeister hob beide Arme. »Meinetwegen. Aber machen Sie schnell. Wir dürfen uns jetzt von solchen Dingen nicht zu sehr ablenken lassen. Es ist noch eine Menge vorzubereiten.«

»Selbstverständlich, ehrwürdiger Meister. Da Sie gerade davon sprechen… Wenn ich diesen Dienst verrichtet habe, werde ich mit Ihrer Erlaubnis vorzeitig nach Rom abreisen. Ich muss mich dort um einige Dinge kümmern, die unsere Aktion betreffen. Ich habe mein Pferd bereits satteln lassen.«

Der Bruderschaftsmeister nickte. »So sei es. Seien Sie vorsichtig und verschwiegen. Wir sehen uns dann zu vereinbarter Stunde.« Damit verließ er den Raum.

Beardsley aber trat auf den Leichnam Don Francescos zu, küsste ihn auf die Stirn und blieb lange vor ihm stehen.

Doktor Miguel Navarro fand Susan in der gleichen apathischen Haltung vor, in der er sie das Verhör hatte verlassen sehen. Dem schweigsamen Mann, der zu Susans Bewachung zurückgeblieben war und der sich immer wieder mit seinem Taschentuch nervös über die Stirn gewischt hatte, bedeutete er mit einem Wink, sich zu entfernen. Nachdem er die Tür hinter ihm geschlossen hatte, trat er auf sie zu und berührte sie an der Schulter.

»Signorina, kommen Sie zu sich. Ich muss mit Ihnen sprechen.«

Die junge Journalistin drehte langsam ihren Kopf und starrte ihn an.

»Sie müssen fliehen, Signorina O'Casey.« Seine Stimme bebte. Er schien noch nervöser zu sein als vor dem Verhör. Nur mit äußerster Mühe konnte er seine Erregung im Zaum halten. »Man wird Sie ebenso töten, wie man ihren Begleiter getötet hat. Die Beratung des Ältestenrates ist eben zu Ende gegangen.«

Susan schien seine Worte nicht recht zu begreifen. »Ich verstehe das alles nicht. Warum, um alles in der Welt, warum?«, stöhnte sie. »Was habe ich euch getan? Was hat Don Francesco euch getan?«

Der junge Mann zwang sich sichtlich zur Ruhe. »Ihnen beiden ist es gelungen, die entscheidende Sitzung unserer Bruderschaft zu belauschen. Selbst wenn Sie davon nichts verstanden haben, meint man, Sie könnten später unangenehme Einzelheiten und Gerüchte verbreiten. Nachdem der Priester tot ist, sind Sie die einzige, die der Bruderschaft noch gefährlich werden kann.«

»Es … es ist entsetzlich.« Susan stützte ihren Kopf in beide Hände. »Ich weiß immer noch nicht, ob ich Ihnen überhaupt vertrauen kann. Vielleicht ist das alles ein neuer Trick von Ihnen…«

»Hören Sie, Signorina O'Casey«, drang er in sie, »ich verstehe Ihre Verbitterung nach all dem, was geschehen ist. Aber Sie müssen mir jetzt vertrauen. Sie haben keine andere Wahl. Ich heiße übrigens Miguel.«

»Navarro, ich erinnere mich«, entgegnete Susan bitter. Der junge Mann schwieg einen Moment.

»Sie werden sehen, dass ich Sie hier herausbringe«, flüsterte er dann tonlos, »auch wenn es im Augenblick noch unmöglich ist. Seit Sie und die beiden anderen Journalisten aufgetaucht sind, patrouillieren an jeder Ecke Mitglieder der Bruderschaft. Außerdem besteht kein Grund zur Eile. Man will Sie hier zurücklassen, bis die Sache morgen vorüber ist. Dann erst wird man sich um Sie …«, er stockte, »… kümmern.«

Susan schauderte. »Eines verstehe ich nicht«, flüsterte sie, »wenn Ihnen das alles so zuwider ist, warum … warum sind Sie dann bei dieser verbrecherischen Bruderschaft?«

Navarro senkte den Kopf. »Das ist eine lange Geschichte, die ich Ihnen jetzt nicht erzählen kann. Die Bruderschaft wurde aus echter Sorge um die Kirche ins Leben gerufen. Sie sollte den Kampf gegen die Kräfte des Materialismus und der Gottlosigkeit führen – ausschließlich mit geistigen Mitteln! Doch je mehr Zulauf wir bekamen, umso radikaler wurden die Ziele und Vorstellungen, denen man sich verschrieb. Nach und nach waren Menschen auf uns aufmerksam geworden, denen es nicht mehr um die Stärkung der Kirche ging – auch wenn sie das stets behaupteten –, sondern um ihre persönliche Macht. Viele hohe Würdenträger sind unter uns, Bischöfe, Kardinäle, Politiker. Sie würden sich wundern, wer sich alles unter den Kapuzen verbirgt –«

»Ich wundere mich über nichts mehr«, warf Susan sarkastisch ein und dachte an Lord Beardsley.

»Der Meister hat ihnen Stück für Stück nachgegeben. Doch bis heute dachte ich, dass diese Kräfte nicht die Oberhand gewinnen würden…«

Erstaunt stellte Susan fest, dass Miguel Navarro mit den Tränen kämpfte.

»Zuerst das Vorgehen gegen den Priester, dann die Ankündigung des Putsches gegen den Papst – niemals war die Rede davon, einen Putsch gegen den Papst durchzuführen! Sie müssen mir glauben! Niemals! Wir wollten dem Heiligen Vater doch nur helfen, ihm den Rücken stärken, ihn der Solidarität seiner Herde versichern… Und jetzt … jetzt ein neues Todesurteil!«

Apathisch blickte er auf die junge Frau vor ihm.

»Sie müssen so schnell wie möglich nach Amerika zurückkehren«, flüsterte er tonlos. »Wenn der Putsch gelingt, sind Sie auch in Rom Ihres Lebens nicht mehr sicher. Sie wissen zu viel über die neuen Herren.«

»Aber das ist doch Wahnsinn, Doktor Navarro. Man darf diese Fanatiker nicht einfach gewähren lassen.«

»Ich sehe keine Möglichkeit, sie aufzuhalten. Sie kennen die Entschlossenheit der Bruderschaft nicht.«

»Kommen Sie, Signor Navarro, lassen Sie uns gemeinsam fliehen. Sie wissen genug. Sie können das Unglück noch verhindern. Ihnen wird man in Rom glauben…«

Der junge Mann zitterte am ganzen Körper. »Nein, um alles in der Welt, ich kann nicht. Noch vor wenigen Stunden habe ich dem Meister meine Treue geschworen. Ein heiliger Eid auf die Bibel!«

»Sie wurden praktisch dazu gezwungen…«

»Nein, nein, ich kann nicht!« Mit gesenktem Haupt ging Miguel Navarro auf die Tür zu. »Ich kann es einfach nicht. Verzeihen Sie mir. Alles, was ich tun kann, ist, Sie in der Nacht freizulassen.«

Miguel blieb an der Tür stehen. Langsam drehte er sich zu Susan um und blickte ihr in die Augen. Er wollte noch etwas sagen, biss sich dann auf die Lippen und verließ den Raum.

Da sitzt du jetzt, Veit Kammerloher, und schwitzt Blut und Wasser. Seit Stunden hat niemand mehr ein Wort Deutsch mit dir gesprochen, du hast keine Ahnung, in welchen Spuk du geraten bist. Spuk, ja, Teufelsspuk, der Gedanke will dir nicht mehr aus dem Kopf. Einer dieser Vermummten sieht aus wie der andere, unheimliche, herrische Gestalten, die in tausend fremden Sprachen auf dich einreden. Was hält dich hier auf deinem Hocker, den man dir neben die Zellentür gestellt hat? Wie viel wohler fühltest du dich stattdessen auf dem Freisinger Domberg, wo man sich jetzt nach dem Vespergebet zu einem gemütlichen Tarock versammelt hat. Oder wenigstens draußen bei den Pferden, denen die ganze vermaledeite Theologisiererei und Spintisiererei einerlei ist und die dankbar sind um jede Hand voll Heu und Hafer.

Solcherlei Gedanken stecken wie ein Kloß in deinem Hals. Du springst auf und rennst in dem kleinen Raum auf und ab wie ein Tiger im Käfig. Das Mädchen, das du bewachen sollst, weiß es, in welcher Gefahr es schwebt? Bleich und zitternd sitzt es vor dir, nur hin und wieder entschlüpft ein Seufzer seiner Kehle. Fast zieht es dich in ihre Nähe. Du solltest deinen Arm um ihre Schulter legen, ihr aufmunternd zureden. Doch angstvoll verdrängt dein Klerikergehirn den zaghaftesten Impuls. Hat man dir nicht seit Jahren erfolgreich eingeredet, dass derlei Annäherung an das andere, das satanische Geschlecht mit den entsetzlichsten Höllenstrafen sanktioniert sei. Außerdem würde diese Ausländerin natürlich kein Wort verstehen – weder von deinem breiten Niederbayerisch noch von deinen wenigen Brocken Küchenlatein.

Dein Taschentuch, mit dem du dir ständig die Stirn trocknest, ist längst durchgeweicht. Der Gedanke an den abergläubischen Hexenspuk hält dich seit Stunden und Tagen gefangen. Wie oft hast du stirnrunzelnd die Holzstiche bestaunt, mühsam die lateinischen Kommentare entziffert, die in den einschlägigen Folianten der ehrwürdigen Freisinger Dombibliothek zum Studium bereitlagen. Schwarze Magie! Dämonenspuk! Natürlich, zu einer schwarzen Messe gehört ein Frauenzimmer, am besten eine Jungfrau. Hat nicht die alte Haberin in deinem Heimatdorf von dergleichen gefaselt? Freilich hast du sie damals nicht ernst genommen, ihren wirren Fantasien keinen Glauben geschenkt. Aber jetzt! Herrgottnochmal! Den kalten Schweiß treibt es dir auf die Stirn. Jetzt haben sich die Spinnereien der Haberin doch bewahrheitet. Ernst ist daraus geworden, bitterer Ernst. In welchen Sündenpfuhl hat dich dieser teuflische Prälat geführt?

Mit einemmal regt sich dein ererbter Bauerntrotz, nimm dein bisschen Mut zusammen! Noch ist's nicht zu spät, armer braver Veit! Noch hat dir die Vorsehung vielleicht ein Schlupfloch gelassen, aus dem sich's entwischen lässt. Entwischen aus dieser elenden Lage und aus den drohenden Qualen der ewigen Höllenpein. Deine Gedanken zerreißen dir schier das Hirn. Keine Stunde hältst du es länger aus in diesen kalten, grausigen Mauern, wo sich die fürchterlichsten Dinge zusammenbrauen. Nichts wie fort von hier, fort aus diesem Kerker! Wirst dich schon irgendwie durchschlagen nach Rom und dann dich dem nächsten Pfarrer anvertrauen. Ein Hilferuf nach Hause, ja, das ist die Lösung. Der alte Regens, er wird Hilfe bringen, irgendwie muss man ihn verständigen. Nichts wie heim, niemals mehr auf Reisen geh'n, die Abenteuerlust ist dir gründlich vergangen.

Dein Herz klopft bis zum Hals. Nur jetzt nicht die Nerven verlieren! Das Mädchen vor dir sitzt zusammengesunken da, es wird nichts bemerken. Mit einem leisen Schritt bist du an der Zellentür, zitternd steckst du den Schlüssel ins Schloss und drehst ihn herum. Von außen wieder abgeschlossen, damit die Flucht nicht sogleich auffällt, und nun alle Sinne zusammengenommen. Nur einen Moment der Orientierung benötigst du, dein natürlicher Bauerninstinkt lässt dich auch in dieser abscheulichen Situation nicht im Stich. Vorsichtig den Flur entlanggeschlichen, ein paar ausgetretene Stufen hoch und dort zum Fenster hinüber! Gott sei Dank bist du beweglich genug, mühelos zwängst du dich durch die Öffnung – und auf und davon! Im Laufen noch reißt du dir die Kutte vom Leib, diesen verhassten violetten Fetzen. Kein Blick zurück, nur hinaus, hinaus ins Freie, in die Luft. Laufen, laufen, bis dir der Schweiß über den Collar rinnt, Haken schlagen wie ein bayerischer Feldhase, und erst als dir das Herz zu zerspringen droht, dich hinter eine dornige Hecke werfen, nach Atem ringen und lauschen, ob deine Flucht von jemandem bemerkt wurde.

Es war inzwischen tiefe Nacht geworden. Seit Stunden wartete die Journalistin in ihrer stockfinsteren Zelle auf ein Zeichen ihres Retters, aber nichts rührte sich. Sie wusste nicht mehr, welcher Tag heute war. Sie näherte sich einem Zustand der vollkommenen Gleichgültigkeit. Da der Raum nicht das geringste Mobiliar aufwies, hatte sie sich wieder, mit dem Rücken an die Wand gelehnt, auf den Boden gesetzt. Immer öfter sank ihr Kopf langsam tiefer, drohte der Schlaf sie zu übermannen. Nach jedem Aufschrecken fiel es ihr schwerer, gegen die bleierne Müdigkeit anzukämpfen.

Plötzlich war ihr, als habe sie ein Geräusch gehört. Sie horchte angestrengt in die Finsternis. War es der Fetzen eines Traumes, der sie narrte? Nein, da war es wieder! Sie hatte sich nicht getäuscht, es hatte leise an ihrer Tür geklopft.

»Miguel?«, flüsterte Susan. »Miguel, sind Sie es?«

»He, Signorina O'Casey, sind Sie da drinnen?«

Susan zuckte zusammen. Das war nicht die Stimme Miguel Navarros. Dennoch kamen ihr die Laute vertraut vor. Richtig, das war der alte Gauner Emerentio Falcone. Ihn hatte sie in der Aufregung beinahe vergessen. Wo hatte er bloß gesteckt die ganze Zeit? Sie eilte an die Tür. Langsam und lautlos ging die Zellentür auf, die augenscheinlich unverschlossen war. Das Licht einer Petroleumlampe fiel in den Raum, und Falcone steckte seinen Kopf durch die Türöffnung.

»Gott sei Dank, dass ich Sie endlich gefunden habe, Signorina O'Casey«, nuschelte der Alte, ohne seine Stimme zu dämpfen. »Jetzt sollten wir schleunigst sehen, dass wir hier fortkommen. Meinen Sie nicht?«

»Sprechen Sie doch nicht so laut, Falcone«, flüsterte Susan aufgeregt, »und machen Sie um Himmels willen die Lampe aus!«

»Keine Angst, Signorina O'Casey«, entgegnete Emerentio Falcone ungerührt, »sie sind fort.«

»Was heißt, sie sind fort?«

»Fort, davongefahren, abgereist. Das ganze Haus und die Kirche sind menschenleer, ich habe alles durchsucht.«

»Das ist nicht möglich!«, rief Susan fassungslos.

»Wenn ich es Ihnen sage. Nicht das Geringste mehr zu finden. Niemand würde uns glauben, dass hier in den letzten Wochen auch nur ein Landstreicher genächtigt hätte. Alles wie leergefegt. Vorüber der Spuk!«

Susan verstand nun gar nichts mehr. Warum war Miguel Navarro nicht zurückgekommen? Was war mit ihm geschehen? War sie schon wieder belogen worden?

»Trotzdem sollten wir jetzt abhauen«, riss sie Falcone jetzt schroff aus ihren Überlegungen. »Wer weiß, wann sie zurückkommen. Mit solchen Verrückten will ich nichts weiter zu tun haben, sag ich Ihnen. Da ist mir jeder ehrliche Halunke lieber. Unseren guten Francesco haben sie ja auch abgemurkst…«

»Sie… Sie wissen, was mit ihm geschehen ist?«

»Ich habe da einige Gespräche mitgehört, daraus konnte ich mir schon einen Reim machen. Wenigstens hat er einen von diesen Strolchen mit ins Jenseits genommen. Ein tapferer Bursche, unser dicker Padre!«

»Ja, das war er«, murmelte Susan und kämpfte mit einem Kloß im Hals.

»Er liegt übrigens drüben in der Krypta.«

Susan sah ihn entgeistert an. »Was?«

»Ja, er liegt drüben in der Krypta. Aufgebahrt. Neben diesem violetten Pfaffen, mit dem er sich in die Wolle gekriegt hat. Jetzt liegen sie ganz friedlich nebeneinander.«

»Falcone, sind Sie da sicher?«

»Darüber, dass sie friedlich miteinander sind?«

»Nein! Dass man Don Francesco in der Krypta aufgebahrt hat.«
»Natürlich. Vor zwei Stunden traute ich mich erstmals aus meinem Versteck und da habe ich sie gesehen.«
Susan zögerte. »Falcone!«
»Ja, Signorina?«
»Ich möchte Francesco noch einmal sehen. Führen Sie mich bitte in die Krypta, bevor wir hier verschwinden.«
Der Alte sah Susan überrascht an. »Ich weiß nicht, ob das eine gute Idee ist. Ich meine, sind Sie an so einen Anblick gewöhnt?«
»Bitte, tun Sie mir den Gefallen. Ich möchte Don Francesco noch einmal sehen.«
Wortlos nahm Falcone die Petroleumlampe zur Hand und ging voran. Schweigend schritten sie nebeneinander den menschenleeren Flur entlang, ihre Körper warfen gespenstische Schatten an die Wände.
Als sie die Krypta erreichten, sahen sie im hinteren Teil dieser Unterkirche zwei Kerzen flackern, die man auf hohe silberne Leuchter gesteckt hatte. Falcone, der mit der Lampe ein wenig vorausgegangen war, stieß plötzlich einen überraschten Ruf aus.
»Was ist das denn? Sehen Sie doch, Signorina! Es ... es sind auf einmal drei!«
Tatsächlich standen zwischen den beiden Kerzenleuchtern drei provisorische Bahren. Auf jeder dieser Bahren lag, notdürftig mit alten Kirchenfahnen bedeckt, ein Leichnam. »Zum Teufel, wer ist der dritte?«, murmelte Falcone fassungslos. »Ich versichere Ihnen, dass vor zwei Stunden nur zwei hier lagen.«
Auch Susan rann es eiskalt über den Rücken. In ihrem Innern kroch ein schrecklicher Verdacht hoch. »Falcone«, flüsterte sie bebend. »Sehen Sie nach, wer der dritte Tote ist. Ich bitte Sie!«
Der Alte trat ungerührt an die Kopfseite der Bahren heran und lüftete die Bedeckung der ersten.
»Das ist der dicke Prälat, Signorina. Wollen Sie ihn sehen?« Susan schüttelte entsetzt den Kopf und Falcone ging zum nächsten.
»Hier ist unser armer Francesco«, sagte er mit ehrlicher Trauer in der Stimme. Dann drehte er sich um und hob die bunte Fahne, die man über den dritten Toten gelegt hatte.
»Wer ist es, Falcone? Sagen Sie es!«
»Ich weiß nicht, Signorina, ich kenne ihn nicht.«
Susan O'Casey nahm all ihren Mut zusammen, presste die Lippen fest aufeinander, trat an den Leichnam heran und öffnete die Augen. Ein kurzer, gellender Schrei entfuhr ihren Lippen. Sie blickte in das kalkweiße Gesicht des jungen Doktors Miguel Navarro.

VII.

ROM. Montag, 18. Juli 1870, Festtag der heiligen Symphorosa, die von Kaiser Hadrian verdächtigt wurde, durch ihre christlichen Gebete die heidnischen Dämonen beleidigt zu haben, und die deshalb von den kaiserlichen Schergen im Jahre 120 mit einem großen Stein um den Hals im Tiber ertränkt wurde.

Hinter den Weinhängen und Olivenhainen der Albaner Berge ging blutrot die Sonne auf. Links und rechts der Straße zirpten bereits die Zikaden und die Schwalben flogen tief. Susan O'Casey aber hatte für die Schönheit dieses Morgens kein Auge. Sie saß auf der Ladefläche eines Ochsenkarrens neben Emerentio Falcone und kaute apathisch an einem Stück Ziegenkäse. Seit zwei Stunden waren sie mit diesem Gefährt auf der Via Tuscolana in Richtung Rom unterwegs. Der Ochse zuckelte gemächlich vor sich hin. Es war, als kämen sie nicht vom Fleck.

Die Nacht war bereits fortgeschritten gewesen, als sie endlich eine Möglichkeit gefunden hatten, den Klostertrakt zu verlassen. Einige Zeit waren sie umhergeirrt, ehe sie in der Finsternis die richtige Gasse zum Marktplatz von Santa Lucia gefunden hatten. Nirgends brannte mehr Licht, nur aus einigen der niederen Viehställe war hin und wieder das dumpfe Muhen und Scharren der Kühe zu hören. Erst beim dritten oder vierten Haus hatten sie Glück, ein Bauer öffnete auf ihr heftiges Klopfen und Rufen hin ein Fenster und schaute verschlafen heraus. Nein, um diese Zeit würde er sie auf keinen Fall nach Rom fahren können, brummte er ärgerlich, was ihnen nur einfiele! Jeder im Dorf brauche seinen Schlaf, sie sollten die Leute gefälligst nicht weiter belästigen. Die Zugtiere hätten den ganzen Tag schwer gearbeitet, sie müssten jetzt ihre Ruhe haben und er selbst ja wohl auch.

Mit einer Mischung aus Bitten, Fluchen und Zahlen hatte Falcone ihn schließlich zu der Zusage überreden können, wenigstens im Morgengrauen den Ochsenkarren aus der Tenne zu ziehen und anzuschirren. Ob sie die paar Stunden bis dahin im Heu bleiben könnten, hatte Falcone noch gefragt. Da hatte der Bauer aber schon schimpfend das Fenster zugeworfen. Trotzdem waren sie in den Heuschober gegangen und hatten sich für den Rest der Nacht ein provisorisches Lager gemacht. Susan war auf der Stelle eingeschlafen, wenngleich wirre Träume sie immer wieder hochschrecken ließen.

Gegen fünf Uhr morgens war dann der Sohn des Bauern, ein kleinwüchsiger, verschlossener Junge, erschienen, hatte den Ochsen aus dem Stall geführt und vor den Karren gespannt. Jetzt saß er vorn auf dem Kutschbock und lenkte verschlafen das Fuhrwerk in Richtung Hauptstadt.

Es ist alles wie ein entsetzlicher Traum, dachte Susan. Mit einemmal kam ihr zu Bewusstsein, wie allein sie nun war. Francesco und Miguel tot. Beardsley auf der Seite der Verschwörer. Roux und Bradshaw verdientermaßen hinter Schloss und Riegel. War das nicht eine verrückte Situation? Emerentio Falcone, dieser römische Gauner, war die einzige vertrauenswürdige Seele, die ihr verblieben war. Am Erfolg der Putschisten war unter diesen Umständen nicht mehr zu zweifeln. Bis sie mit diesem verdammten Ochsenkarren in die Hauptstadt gelangten, würden Stunden vergehen. Viel zu spät, um jemanden zu warnen!

Die Verschwörer waren mit ausgeruhten Pferden bereits vor Mitternacht aufgebrochen und sicherlich längst an ihrem Bestimmungsort eingetroffen. Vermutlich war die entscheidende Konzilssitzung für den kühlen Vormittag anberaumt worden, so dass die Stunden des amtierenden Papstes wohl gezählt waren.

Sollte sie die Warnung Miguels ernst nehmen und umgehend Italien verlassen? Wer weiß, welche Maßnahmen die Putschisten gegen sie ins Auge fassten. Immerhin war sie einer der wenigen wirklichen Mitwisser um ihre Machenschaften. Wenn sie entdeckten, dass sie sich hatte befreien können, würden sie alles daransetzen, ihrer habhaft zu werden. Wenn sie erst mal am Ruder waren, hatten sie zumindest im Kirchenstaat freie Hand. Und wer konnte vorhersagen, wie sich ein Machtwechsel auf dem Stuhl Petri auf die politischen Verhältnisse in ganz Italien auswirken würde?

Susan fröstelte trotz der warmen Morgensonne. Das Beste würde sein, sich umgehend nach Ostia zu begeben und eine Fahrkarte für den Transatlantikdampfer zu kaufen. Ja, das würde sie machen: schnell ins Hotel, ihre wenigen Habseligkeiten zusammenpacken, die Rechnung begleichen und eine Schiffspassage buchen, um an Bord des Dampfers mit zunehmender Erleichterung zu sehen, wie der Streifen Meeres zwischen ihr und diesem schrecklichen Land breiter und breiter würde.

»So, wie Sie mir das erzählt haben, ist der alte Francesco tatsächlich über sich hinausgewachsen«, riss sie in diesem Moment Falcone aus ihren Gedanken. »Er hatte wohl ein schlechtes Gewissen, weil er das Brett von der Orgel gestoßen hatte, wie?«

»Der arme Francesco!«, murmelte Susan, die blass neben Falcone hockte und ihre Beine über den hinteren Rand des Wagens baumeln ließ. Um ihre Schulter hatte sie eine alte Pferdedecke gelegt. »Ja, er wollte die Angreifer so lange aufhalten, bis ich mich versteckt hätte. Aber ich war so entsetzt, ich war wie gelähmt...«

»Auch wenn Sie davongerannt wären, hätte man Sie gefunden. Die hätten das ganze Kloster auf den Kopf gestellt. Ihre beiden Kollegen haben sie ja auch entdeckt.«

Susan griff sich an den Kopf. »Oh Gott, Roux und Bradshaw! Die beiden haben wir ganz vergessen. Die sitzen sicher noch in ihrer Zelle.«

Falcone blickte mit sorgenvoller Miene auf Susan. »Sie wollen doch nicht wieder umkehren?«

»Äh... nein.« Susan spuckte ein Stück Käserinde in den Straßengraben. »Sie haben nichts Besseres verdient, diese Schufte. Wir können ja in Rom den Carabinieri einen Wink geben.«

»Wenn Sie meinen. Das ist Ihre Angelegenheit.«

»Sie hätten aber wenigstens auch den beiden die Zelle aufsperren können, Falcone, dann hätten wir jetzt keine Scherereien mit ihnen.«

Falcone schaute die junge Frau verdutzt an. »Weshalb aufsperren? Was hätte ich aufsperren sollen?«

»Nun, die Zellentür der beiden Burschen. So, wie Sie ja auch meine Tür offensichtlich problemlos geöffnet haben.«

»Signorina O'Casey, ich habe Ihre Tür nicht entriegelt. Sie war offen.«

Susan sah überrascht auf. »Es hat mich auch gewundert«, erklärte Falcone, »aber Ihre Zellentür war nicht verschlossen. Ich brauchte nur die Klinke herunterzudrücken.« Susan grübelte eine ganze Weile über diesen seltsamen Umstand nach.

»Warum geht es denn nicht weiter?«, rief Falcone ärgerlich. Tatsächlich war das langsame Getrappel des Ochsen verstummt und der Wagen zum Stillstand gekommen. Susan richtete sich auf und blickte dem Jungen über die Schulter.

»Na, da vorn! Da kommen wieder zwei Heufuhrwerke nicht aneinander vorüber. Blockieren den ganzen Verkehr mit ihrem Gezeter.«

Falcone schüttelte betrübt den Kopf. »Auf der Hinfahrt ging's wirklich flotter voran. Wenn ich daran denke, dass mir jetzt schon der dritte Arbeitstag verloren geht —«

Unwillkürlich musste Susan lächeln. »Na, so groß wird Ihr Verdienstausfall auch wieder nicht sein.«

»Sie haben gut reden. Aber Sie werden auch noch zu spät kommen.«

Susan blickte Falcone von der Seite an. »Zu spät? Wozu?«

»Zu dieser Konzilssitzung. Zu der wollen Sie doch, oder? Sie beginnt um drei Uhr.«

Susan starrte ihn entgeistert an. »Falcone, woher wissen Sie das?«

»Na, ich sagte doch, dass ich gestern so manches Gespräch mitgehört habe. Diese violetten Burschen rechneten ja nicht damit, belauscht zu werden. Und da hörte ich einen von ihnen sagen, dass ihre letzte Besprechung heute um zwei Uhr im Vatikan stattfinden solle, *eine* Stunde vor Beginn der Sitzung, verstehen Sie?«

»Falcone, warum haben Sie das nicht früher gesagt?«

»Sie haben mich nicht danach gefragt, Signorina. Außerdem: Was hätte es genutzt? Meinen Sie, dass der Ochse deswegen einen Schritt schneller gegangen wäre?«

Diesem Argument hatte Susan nichts entgegenzusetzen. Sie zog die Taschenuhr ihres Großvaters heraus. Kurz nach elf! Es gab noch eine geringe Chance, vor Beginn der Sitzung den Vatikan zu erreichen und Alarm zu schlagen. Mit einemmal war ihre Resignation wie fortgeblasen. Sie musste es zumindest versuchen. Das war sie Francesco und Miguel schuldig. Sie sollten nicht völlig umsonst gestorben sein!

Ungeduldig rutschte Susan auf der harten Wagenpritsche hin und her. Wie elend langsam kam ihr nun dieses Zugtier vor, das behäbig einen Fuß vor den anderen setzte, ja sogar bisweilen stehen blieb, um einige dürre Grasbüschel vom Wegrand auszurupfen.

»Kann man das Vieh nicht ein wenig antreiben?«, rief Susan dem überraschten Jungen ins Ohr. »Wir haben es eilig.« Der Junge versprach, sein Bestes zu tun, schlug dem Ochsen mit seiner Nussbaumgerte auch ein wenig in die Seite, aber nach wenigen Minuten war das Tier in seinen alten Trott zurückgefallen. Es war zum Auswachsen!

Weit nach Mittag erreichten sie endlich die ersten Vororte von Rom. Eine drückende Schwüle lag über der Stadt, ein fernes Grollen kündigte das Herannahen eines Gewitters an. Als links und rechts der Via Tuscolana die Häuser höher, der Droschkenverkehr dichter und die Zahl der vorübereilenden Menschen größer wurde, merkte Susan, dass ihr Gespann immer langsamer wurde, bis der Ochse endgültig stehen blieb. Der Junge drehte sich zu seinen Passagieren um und bedeutete ihnen, dass er nicht mehr weiter in die Innenstadt zu fahren gedenke. Er war niemals in seinem Leben in Rom gewesen und fürchtete, sich in dem Straßengewirr hoffnungslos zu verirren. Da half weder gutes Zureden noch das Winken mit einem Geldschein, der Junge schüttelte beharrlich den Kopf und schwieg. Die beiden Passagiere mussten wohl oder übel absteigen, sich das Heu der vergangenen Nacht aus den Kleidern schütteln und sich – es wäre noch eine gute Stunde Fußmarsch bis in die Altstadt gewesen – nach einer Droschke umsehen. Die Uhr zeigte halb drei!

In weiser Voraussicht hatte Susan O'Casey genügend Geld eingesteckt, als sie sich vorgestern auf den Weg nach Santa Lucia gemacht hatte, und so saßen sie bald in einer komfortablen Pferdekutsche, die sie in flottem Trab ihrem Ziel näher bringen sollte. Erleichtert, wieder auf vertrautem Boden zu sein, erfreute sich Susan an dem Gewirr von Straßen, Gassen und Plätzen. Der Wagen überquerte eben den Tiber auf dem Ponte Mazzini, fuhr dann ein Stück des Weges am Fluss entlang, ehe er auf die Piazza San Pietro zusteuerte. Dort war mit den Pferden kein Fortkommen, denn der Petersplatz war hoffnungslos überfüllt. Weltenbummler und Wallfahrer, Nonnen und Kleriker, Devotionalienhändler und Obstverkäufer – das Gedränge war in diesen Konzilstagen größer denn je.

Bei diesem Anblick begannen Emerentio Falcones Augen zu leuchten. Er raffte seinen Mantel zusammen. »Signorina O'Casey«, sagt er mit einem unzweideutigen Zwinkern, »Sie sehen, dass eine Menge Arbeit auf mich wartet. Wenn Sie mich nicht mehr brauchen, würde ich mich gern verabschieden.«

Susan ließ den Wagen anhalten. »Ich möchte Ihnen für alles danken, Signor Falcone«, sagte sie, nachdem sie ausgestiegen waren, und drückte dem Alten die Hand.

»Sie wissen, wo ich zu finden bin«, rief dieser noch. »Ciao! Und jetzt beeilen Sie sich!« Er deutete auf die große Uhr der Petersbasilika. Sie zeigte dreiviertel drei! Er hob noch einmal die Hand zum Gruß und schon war er in der Menge verschwunden.

»Ich schaffe es, verlassen Sie sich darauf!«, rief Susan ihm nach.

Jetzt hieß es sich wirklich sputen! Hastig bahnte sie sich durch die Menge einen Weg in Richtung Basilika. Der Stöße und empörten Rufe, wenn sie jemanden anrempelte, nicht achtend, stürmte sie rücksichtslos voran. Schon sah sie das große Eingangsportal der Basilika vor sich. Es konnte noch gelingen! Sie musste unbedingt zur Sitzungsleitung vorstoßen oder wenigstens einen der päpstlichen Sekretäre erwischen. Der Platz vor dem Portal war leer. Sie nahm sich ein Herz, raffte ihren Rock und rannte los. Plötzlich aber wurde sie von jemandem dermaßen grob am Arm gepackt, dass sie um ein Haar zu Boden gestürzt wäre.

»Halt, Signorina! Hier können Sie nicht durch. Die Basilika ist für die Öffentlichkeit gesperrt.«

Susan blickte wütend auf. Der sie da am Arm hielt, war ein Soldat der päpstlichen Schweizergarde. Seine mittelalterliche gelb-schwarz gestreifte Uniform glänzte in der Nachmittagssonne. Auf dem Kopf trug er einen rotgefiederten Helm. Jetzt erst bemerkte Susan O'Casey, dass die Fassade der Peterskirche von einem ganzen Kordon solcher Gardisten im Wechsel mit Carabinieri abgeriegelt war.

»Ich ... ich bin Journalistin«, rief Susan hastig und zog ihre Akkreditierungskarte hervor. »Ich muss über die Sitzung des Konzils berichten.«

»Ausgeschlossen!« Der Gardist verzog keine Miene. »Hier darf niemand passieren.«

Susan war verzweifelt. Die Zeiger der Kirchturmuhr rückten unbarmherzig auf drei Uhr vor.

»Bitte, ich muss der Sitzungsleitung eine dringende Meldung machen«, beschwor sie den Soldaten. »Dem Papst droht ein Putsch. Eine Verschwörerbande hat einen Anschlag auf die Versammlung vor. Ich habe Beweise. Bitte, lassen Sie mich durch!«

»Was reden Sie da für einen Unsinn?«, brummte der Gardist und schüttelte den Kopf. Doch ein wenig verunsichert über den Vorstoß der jungen Frau, die sich nicht abweisen ließ, rief er einen Kameraden herbei, der wenige Meter von ihm entfernt stand, und flüsterte ihm etwas ins Ohr.

»Gehen Sie mit ihm«, wies er sie daraufhin schroff an. »Er bringt Sie zum Hauptmann.«

Gehorsam folgte Susan dem zweiten Gardisten zurück durch die gaffende und lärmende Menschenmenge, bis sie an einem barackenartigen Gebäude angekommen waren. Der Soldat klopfte, öffnete die Tür und ließ Susan eintreten. In einer nüchternen Amtsstube stand am Fenster der Dienst habende Hauptmann. Der Gardist salutierte und flüsterte seinem Vorgesetzten etwas ins Ohr. Dann entfernte er sich. Der Hauptmann trat auf Susan zu, musterte sie und fragte: »So, Sie wollen also etwas über einen Zwischenfall während der Konzilssitzung erfahren haben?«

»Ja, ich komme gerade aus dem alten Trappistenkloster Santa Lucia«, sprudelte es aus Susan hervor. »Dort hat sich in den letzten Tagen eine geistliche Verschwörerbande getroffen … sie waren alle vermummt … aber ich bin sicher, es waren auch Kardinäle darunter. Bischöfe und Kardinäle… Sie hatte so violette Kutten… Bitte, Sie müssen den Papst warnen, er ist in höchster Gefahr!«

»Vermummte Kardinäle und Bischöfe? Eine Verschwörung?«

»Ja, sie haben Don Francesco umgebracht… Zwei ausländische Korrespondenten, Kollegen von mir, sitzen dort noch fest… Aber jetzt muss der Papst gewarnt werden, sie wollen das Konzil dazu benutzen, eine militante, diktatorische Kirche zu errichten!«

Der Mann glaubt mir kein Wort!, dachte Susan, noch während sie aufgeregt dahinredete. Man kann ihm keinen Vorwurf machen, das alles klingt auch zu unglaubwürdig. Der Hauptmann lächelte nicht. Er sah die Frau vor sich von oben bis unten an und sagte dann: »Ich danke Ihnen für diese Meldung, Signorina. Wir werden aufmerksam sein. Aber ich glaube nicht, dass Sie sich Sorgen machen müssen.«

»Aber ich muss doch…«

»Es ist gut. Sie können jetzt gehen.«

Es hat alles keinen Sinn! Er wird dich niemals zur Versammlung vorlassen. Resigniert nickte sie und wandte sich dem Ausgang zu.

»Halt, einen Moment noch bitte, Signorina.« Der Hauptmann kratzte sich am Kopf. »Amerikanische Journalistin sind Sie, sagten Sie der Wache? Wie war doch gleich Ihr Name?« Susan zögerte. Warum wollte der Mann ihren Namen wissen?

»O'Casey ... Susan O'Casey von der *Washington Post*.«

Der Hauptmann blickte ihr scharf ins Gesicht. »Dürfte ich mal Ihre Akkreditierung sehen?«

Verunsichert zog Susan die Karte hervor und gab sie ihm. Er nahm sie entgegen und überprüfte sie sorgfältig. Dann ging er zu seinem Schreibtisch zurück und kramte umständlich nach einem Schriftstück, das er schließlich fand und neben die Akkreditierungskarte legte.

»Aha«, brummte er befriedigt und erhob sich. Ohne ein Wort zu sagen, trat er auf die Barackentür zu und öffnete sie. Sofort trat der Gardist ein, der Susan hergeführt hatte. »Begleiten Sie diese Dame sofort in den Raum Nummer 23«, kommandierte er militärisch kurz. »Sie wird dort erwartet...«

Der Gardist schlug die Hacken zusammen und trat neben Susan.

»Wollen Sie mir bitte erklären, was das zu bedeuten hat?«, wandte sich Susan aufgeregt an den Hauptmann. »Von wem werde ich erwartet? Wohin führen Sie mich?«

»Ich kann Ihnen leider keine Auskünfte geben«, antwortete dieser knapp. »Sie werden dort alles Weitere erfahren. Gehen Sie jetzt.«

Beim Verlassen der Baracke schlug die Turmuhr der Peterskirche drei Uhr. In der Ferne war trotz des Stimmengewirrs auf dem Platz wieder das leise Grollen eines anrückenden Gewitters zu hören.

An der Seite des Gardisten näherte sich Susan dem Sicherungskordon. Nach einem kurzen Wortwechsel zwischen den Soldaten öffnete sich der Sicherungsring und ließ die beiden hindurch. Vor dem Haupteingang der Basilika bog der Gardist scharf nach links ab und strebte einem kleinen Nebeneingang des vatikanischen Gebäudekomplexes zu. Er ließ Susan eintreten. Sie standen in einem kühlen Foyer. Hinter einer Pforte trat sogleich ein junger Kleriker hervor und fragte nach ihren Wünschen. Der Gardist sagte etwas zu ihm, worauf der Priester Susan anblickte und nickte. Dann wurde Susan in ein schlicht möbliertes Besprechungszimmer geführt, an dessen Stirnwand ein großes Kruzifix hing.

»Wenn Sie bitte hier warten wollen«, sagte der Gardist. »Sie werden in Kürze empfangen.«

Empfangen?, grübelte Susan überrascht. Wer wird mich hier empfangen? Wer kann überhaupt von meiner Ankunft wissen? Es dauerte gut zwanzig Minuten, ehe auf dem Flur wieder Schritte zu hören waren. Die Tür öffnete sich, ein Mann in einem eleganten schwarzen Anzug trat herein. Susan wollte sich eben erheben, als sie das Gesicht des Mannes sah. Mit einem Aufschrei sackte sie rückwärts auf den Stuhl zurück. Ihr war, als habe sie einen Schlag ins Gesicht bekommen. Der Mann, der da mit raschen Schritten auf sie zukam, war niemand anderer als – Lord John Edward Beardsley!

Susan rang nach Atem. Dieser undurchsichtige Aristokrat bewegte sich also mit vollkommener Unbefangenheit in den vatikanischen Hallen. Mehr noch, die Sekretäre der Kurie und die Kommandanten der Schweizergarde gehorchten seinen Anweisungen und hatten sich offenbar auf seine Seite geschlagen. Welches Beweises hätte es noch bedurft, dass der Umsturzplan der Putschisten geglückt war? Dass diese fanatischen, machtbesessenen Verschwörer den Stuhl des Apostels bereits in ihre Gewalt gebracht hatten?

Und sie selbst – sie war auch noch freiwillig in die Fänge ihrer Verfolger zurückgekehrt! In einer Mischung aus Naivität und Größenwahn hatte sie geglaubt, die Kirche, ja die ganze Menschheit vor den Verschwörern retten zu müssen. Welche Anmaßung! Eine trotzige Wut kochte in Susan hoch. Wut auf sich selbst, aber auch auf diesen verlogenen, hinterlistigen Mann, der sie offensichtlich ein ums andere Mal hinters Licht geführt hatte und nun ernst und ruhig vor ihr stand. Wie eine Katze sprang sie von ihrem Stuhl auf.

»Sie verfluchter Mörder!«, schrie sie ihm ins Gesicht. »Sie Teufel! Haben Sie jetzt Ihr Ziel erreicht? Wollen Sie jetzt mich umbringen, so, wie Sie Francesco und Miguel und wer weiß noch wen beseitigt haben? Na, los doch, bringen Sie es hinter sich!«

Es war ihr in diesem Moment gleichgültig, welche Macht dieser Mann über sie besaß. Es hätte nicht viel bedurft und sie wäre ihm mit den bloßen Händen an die Kehle gefahren und hätte ihm zumindest das Gesicht zerkratzt, ehe seine Schergen, die sich zweifelsohne in Rufweite bereithielten, herbeigeeilt wären und sie in irgendeinen modrigen Kerker gesteckt hätten.

»Wie habe ich Ihnen nur jemals vertrauen können!«, kreischte Susan mit sich überschlagender Stimme. »Ich verachte Sie, ich verachte Sie…«

Sonderbarerweise schwieg Beardsley beharrlich. Mit blassem Gesicht stand er da und blickte stumm auf die junge Frau. Erst als sie sich ihre Wut von der Seele geschrien hatte und ihm nun zitternd vor Erregung gegenüberstand, sagte er ernst: »Miss O'Casey, nach all dem, was Sie erlebt haben, verstehe ich Ihre Reaktion vollkommen. Sie müssen glauben, dass ich zu den Verschwörern gehöre. Darf ich versuchen, Ihnen das Gegenteil zu beweisen?«

Von Susan kam keine Antwort.

»Die Zelle«, fuhr Beardsley unbeirrt fort, »in der Sie im Kloster eingesperrt waren, war fest verschlossen, die Fenster vergittert. Sie diente in früheren Zeiten der Verwahrung von Mönchen, die nach allzu übertriebener Askese und Selbstkasteiung wahnsinnig geworden waren. Niemals wäre es Ihnen aus eigenen Kräften gelungen, aus Ihrem Verlies auszubrechen. Aber das brauchten Sie auch nicht, denn irgendwann müssen Sie bemerkt haben, dass die Zellentür unverschlossen war. Sonst wären Sie jetzt nicht hier. Stimmt's?«

Susan zuckte mit keiner Wimper, aber in ihrem Inneren tobte ein heftiger Kampf. Noch sperrte sich alles in ihr, diesem Unmenschen überhaupt zuzuhören. Indes – wieso hatte er Kenntnis von der offenen Tür? Und wenn er es schon wusste, warum hatte er sie entkommen lassen? Welche Teufelei steckte hinter diesem Manöver?

»Niemand anderer als ich hat Ihre Tür aufgesperrt«, sagte Beardsley leise, »es war zu jenem Zeitpunkt die einzige Möglichkeit, Ihnen zu helfen. Ich weiß, dass Sie in großer Gefahr waren, hätte ich aber der Bruderschaft meine Identität preisgegeben, hätten wir beide das Kloster nicht lebend verlassen.«

Susan starrte Beardsley verständnislos an. Teilnahmslos ließ sie es zu, dass ihr der Mann einen Stuhl anbot. Sie setzte sich apathisch.

»Miss O'Casey, darf ich Ihnen in wenigen Worten die Geschichte erzählen, in die wir uns beide so tief verstrickt haben? Eine Geschichte, die nun wenigstens für die Kirche glücklich endete – denn, um es gleich vorwegzunehmen: Die Verschwörung gegen Konzil und Papst ist niedergeschlagen! Die meisten Mitglieder der Bruderschaft befinden sich in Gewahrsam der Schweizergarde. Sie werden ihrer gerechten Strafe zugeführt werden.«

»Die Verschwörung ist... ?« Susan war aufgesprungen.

»Ja, sie ist niedergeschlagen, Miss O'Casey. Die Gefahr ist vorüber. Es wäre für uns alle ein glücklicher Tag, wenn, ja wenn da nicht die große Trauer um unsere beiden Freunde Francesco und Miguel wäre.«

Für einen Moment versagte Beardsley die Stimme. Er blickte betroffen zu Boden. Susan war nun vollkommen verwirrt. Sie setzte sich und starrte mit großen Augen auf den Briten, der sich wieder gefasst hatte und zu erzählen begann.

»Wie Sie wissen«, sagte er, »führte ich in der Vergangenheit viele Gespräche mit einer Reihe europäischer Kirchenleute. Immer wieder hörte ich dabei von einem Gerücht über eine geheimnisvolle Bruderschaft, die im Hintergrund der Kirche agiere und ihren Einfluss bereits auf führende Mitglieder der römischen Kurie ausgedehnt habe. Obwohl niemand genau wusste, welche Ziele sich diese Bruderschaft gesetzt hatte und wer ihr angehörte, waren meine Freunde – eine kleine Gruppe aufgeschlossener Bischöfe und Professoren – sehr besorgt. Immer mehr Entscheidungen und Äußerungen aus Rom deuteten den zunehmenden Einfluss dieser reaktionären Bruderschaft an. Eine

Privataudienz beim Heiligen Vater endete enttäuschend, der Papst schenkte meinen Freunden nicht das geringste Gehör. Also beschlossen sie, mich auf die Fährte dieser ominösen Bruderschaft zu setzen. Ich sollte Kontakt zu ihr aufnehmen, ja sogar versuchen, in ihren Führungszirkel vorzudringen, um überzeugendes Beweismaterial sicherzustellen.

Drei Jahre lang verfolgte ich ihre Spur. Ich reise in ganz Europa umher, hörte mich an Bischofssitzen, Universitäten und Wallfahrtsstätten um, wanderte als Pilger von Kloster zu Kloster, ja ich schloss mich sogar magischen Zirkeln und Freimaurerlogen an. Nur hin und wieder konnte ich winzige Spuren der Bruderschaft entdecken, die ständig ihren Namen, ihr Erkennungswort und ihren Treffpunkt wechselte.« Beardsley ging in dem kleinen Raum auf und ab. Er redete leise und monoton, während Susan mit offenem Mund seinen Ausführungen folgte.

»Einmal«, seine Stimme wurde eine Spur lebhafter, »vor knapp einem Jahr war ich nahe daran, sie zu enttarnen. Freunde in England hatten mich auf ein Geheimtreffen hoher Kirchenfunktionäre auf dem Landsitz des Erzbischofs von Westminster aufmerksam gemacht. Doch als ich in der Verkleidung eines arbeitslosen Butlers eintraf, waren sie verschwunden. Jemand hatte ihnen einen Hinweis gegeben. Seitdem wussten sie von meiner Existenz, aber Gott sei Dank haben sie mich nie zu Gesicht bekommen.«

Beardsley lachte geheimnisvoll.

»Monatelang hörte man nichts mehr von der Bruderschaft. Ich meinte fast, sie hätte sich selbst aufgelöst. Erst im Vorfeld dieses Konzils mehrten sich wieder die Hinweise auf ihre Existenz. Ja, einiges deutete darauf hin, dass sie irgendetwas im Schilde führte. Aber sicher konnten wir nicht sein. Erst als ich über Francesco von diesem Rundschreiben der Verschwörer Kenntnis erhielt, war die Sache klar. Die Bruderschaft hatte ihre Aktivitäten tatsächlich auf das Konzil gerichtet und operierte diesmal unter dem Deckmantel ›Symphorosa‹ – der Tagesheiligen des letzten Konzilstages! Ich war ihnen auf der Spur! Doch wo hatten sie zu diesem Zweck ihr Hauptquartier aufgeschlagen? Lange Zeit tappte ich im Dunkeln. Da kam mir der Zufall zu Hilfe.

Ein geschwätziger Kutscher, der in Diensten des Vatikans steht, erzählte mir in einer Kneipe, dass er gerade aus dem kleinen Flecken Santa Lucia zurückgekommen sei, wohin er einige hohe Kleriker zu kutschieren gehabt habe. Sie seien dort vor den Toren des Marktes abgestiegen und dann zu Fuß weitermarschiert. Das kam mir verdächtig vor. Es war ein Risiko, aber ich hatte keine Wahl; höchste Eile war geboten. Ich musste mir die letzte Gewissheit über die Pläne der Verschwörer verschaffen und möglichst glaubwürdiges Beweismaterial besorgen, denn der Papst war von der Existenz der Verschwörer immer noch nicht überzeugt. Aus mehreren Quellen wusste ich, dass sich die Mitglieder der Bruderschaft nicht alle persönlich kannten, da sie auf Anonymität und Geheimhaltung größten Wert legten. Ihre sonderbare Maskierung haben Sie ja selbst erlebt, Miss O'Casey. Deshalb holte ich mir von Falcone den Rundbrief und machte mich auf den Weg nach Santa Lucia. Und es funktionierte. Ich nannte das Stichwort ›heilige Symphorosa‹ und zeigte den Brief vor – schon ließen mich die Wachen passieren. Mit ein paar dreisten Lügen und dank meiner Kenntnisse über die inneren Zusammenhänge des Vatikans konnte ich mir in wenigen Stunden das Vertrauen des Bruderschaftsmeisters erschleichen.

Ich war ins Zentrum der Bruderschaft gelangt und nahm Kenntnis von all ihren geheimen Plänen. Eine reaktionäre, gewalttätige Kirche wollten sie errichten, eine Militärdiktatur im Namen Gottes. Eine Pervertierung der Gedanken Jesu Christi! Und dazu ein Putsch gegen den amtierenden Papst!

Ich hatte bereits alle Beweismittel, die ich benötigte, unter meiner Kutte versteckt. Ich wollte nur noch die Vereidigung der Verschwörer abwarten, um zu erfahren, wen sie an die Stelle des jetzigen Papstes setzen wollten – da ereignete sich die Katastrophe auf der Empore. Den Rest wissen Sie selbst!«

Er seufzte und fuhr fort: »Können Sie sich meine Überraschung und mein Entsetzen vorstellen, als ich auf die beiden Männer zurannte, die da vor unser aller Augen über die Brüstung der Empore gestürzt waren – und in einem von ihnen meinen Freund Francesco erkennen musste? Nur mit äußerster Willensanstrengung konnte ich meine Gefühle im Zaum halten und meine zweite Identität bewahren. Zunächst konnte ich mir überhaupt nicht vorstellen, wie und warum Francesco in dieses alte Trappistenkloster gelangt war. Ich hatte doch peinlichst vermieden, ihm gegenüber irgendwelche Andeutungen über mein Vorhaben machen – ich fürchtete seine Geschwätzigkeit! Erst als Sie an mir vorübergeführt wurden, ahnte ich die Zusammenhänge. Ich wusste zwar nicht, woher Sie von dem Unterschlupf der Verschwörer erfahren hatten, aber zweifelsohne waren auch Sie der Spur nach Santa Lucia gefolgt – und mit Ihnen Francesco.« Wieder stockte Beardsley und rang nach Fassung. Alles, was er sagte, klang plausibel, und doch legte sich Susans Misstrauen nur langsam.

»Sie müssen nachträglich mein rüdes Benehmen bei Francesco verzeihen«, fuhr Beardslev fort, »aber ich wollte Sie unter allen Umständen aus dieser Angelegenheit heraushalten. Erstens wusste ich, dass diese Bruderschaft zu allem fähig war, und zweitens fürchtete ich, dass Sie meine Nachforschungen stören würden.«

»Was sich ja auch bewahrheitet hat«, flüsterte Susan heiser, »und fast mit bösen Folgen …«

»In der Tat! Nachdem Sie von den Verschwörern festgesetzt wurden, war meine größte Sorge, dass Ihnen etwas geschehen könnte. Aber ich konnte Ihnen unmöglich zu Hilfe eilen. Sie hätten mit uns beiden kurzen Prozess gemacht. Außerdem wusste ich genug über die Verschwörung und musste dringend abreisen, um in Rom die nötigen Vorbereitungen für die Niederschlagung des Putsches zu treffen. Also suchte ich nochmals die Nähe des Bruderschaftsmeisters und überredete ihn, die Gefangenen in ihren Zellen zu belassen und erst nach dem erfolgreichen Putsch über ihre Zukunft zu entscheiden. Mir blieb nur zu hoffen übrig, dass er sich an diese Vereinbarung halten und Sie nicht anrühren würde. Schließlich konnte ich noch in einem günstigen Moment den Zellenschlüssel an mich bringen und vorsichtig Ihre Zellentür öffnen. Eigentlich wollte ich Ihnen noch eine Nachricht zuschieben, aber Miguel kam dazwischen…«

Susan seufzte tief. »Der arme Miguel, er wollte mich retten. Er war so hin- und hergerissen. Sagen Sie, woher kannten Sie ihn?«

Lord Beardsley atmete tief durch. »Ich kannte Miguel seit vielen Jahren. Er stammte aus einfachen Verhältnissen der spanischen Provinz. Schon in jungen Jahren kam er mit sektiererischen katholischen Kreisen in Kontakt. Sie ermöglichten ihm das Medizinstudium und holten ihn damit aus der ländlichen Vereinsamung. Ich lernte den jungen Mediziner auf einer Tagung in Barcelona kennen, über die ich zu berichten hatte. Sein scharfer Intellekt und sein offenes Wesen nahmen mich sogleich für ihn ein. Nächtelang saßen wir zusammen und diskutierten. Schließlich offenbarte er mir seine Mitgliedschaft in dieser ominösen Bruderschaft. Mit viel Mühe konnte ich ihn überreden, sich von diesen Kreisen zu trennen. Wir trafen uns alle paar Monate irgendwo in Europa, und ich dachte, alles sei in Ordnung.

Doch nach einiger Zeit wurde er immer schweigsamer und verstockter. Auch meine Briefe kamen ungeöffnet zurück. Ein gemeinsamer Bekannter erzählte mir schließlich, dass Miguel zur Bruderschaft zurückgekehrt sei. Er blieb unerreichbar für mich. Als Falcone erzählte, ein blasser und hinkender junger Mann sei bei den Klerikern gewesen, die er bestohlen hatte, war mir auf einen Schlag alles klar. Durch diesen Zufall war ich nicht nur auf die Spur der Bruderschaft gestoßen, sondern hatte auch ein Lebenszeichen von Miguel Navarro erhalten.

Über einen Mittelsmann versuchte ich hier in Rom eine Verbindung zu ihm herzustellen. Vergebens. Als ich ihn in Santa Lucia sah, zerriss es mir fast das Herz. Trotz seiner Kapuze erkannte ich ihn sofort. Er machte einen verzweifelten Eindruck. Mehrfach versuchte ich, an ihn heranzukommen, aber immer wieder kamen andere Männer dazwischen. Den Bruderschaftsmeister verehrte er offensichtlich wie einen Vater.«

»Er war innerlich sehr zerrissen«, bestätigte Susan, »einerseits ging ihm die Aktion der Verschwörer entschieden zu weit, andererseits wollte er das Vertrauen des Bruderschaftsmeisters nicht enttäuschen. Er konnte sich einfach nicht durchringen, seinem Gewissen zu folgen und zu fliehen.«

Beardsley nickte traurig. »Ja, diese Ergebenheit wurde ihm zum Verhängnis. Nach allem, was ich noch gehört habe, wurde euer Gespräch belauscht. Der Meister rief eilig den Ältestenrat der Bruderschaft zusammen. Das Ergebnis der Beratungen war klar. Die Bruderschaft ist noch nie ein Risiko eingegangen. Früher nicht und in dieser dramatischen Phase kurz vor dem Putsch erst Recht nicht...« Damit brach er ab und wandte sich besorgt seiner Gesprächspartnerin zu. »Miss O'Casey, habe ich Sie mit alldem überzeugen können, dass ich mit den Verschwörern keine gemeinsame Sache gemacht habe?«

Susan schwieg einen Moment. Dann sagte sie mit fester Stimme: »Ja, Lord Beardsley, Sie haben mich überzeugt. Ich möchte mich für meine Worte vorhin entschuldigen.«

»Das ist völlig unnötig. Sie können sich nicht vorstellen, welcher Stein mir vom Herzen fällt. Es hätte mich tief getroffen, wenn ich Ihnen als Verräter und Lügner im Gedächtnis geblieben wäre.«

Susan trat auf ihn zu und reichte ihm die Hand.

»Ich mache Ihnen einen Vorschlag«, sagte Beardsley daraufhin. »Würden Sie mich morgen hier aufsuchen? Wir sollten uns dann gemeinsam um eine würdige Bestattung für unsere beiden Freunde bemühen.« Er blickte auf die Uhr. »Jetzt aber müssen Sie mich entschuldigen. Ich muss zurück in die Konzilsaula. Die Beratungen der Schlusssitzung sind in vollem Gange. Die Konzilsväter wissen noch nicht, in welcher Gefahr sie geschwebt haben.«

Veit Kammerloher wanderte zu dieser Zeit immer noch mit staubiger Soutane die Via Tuscolana entlang. Auch er hatte in einem Heuschober genächtigt, wo er alle paar Stunden aus wirren Träumen erwacht war. Je weiter er sich jedoch von dem seltsamen Kloster Santa Lucia entfernte, desto wohler wurde ihm zumute. Die frische Luft tat ihm gut und die Erinnerungen an die vergangenen Tage verloren ihre Schrecken. Er ließ seinen Blick über Kartoffeläcker und Weizenfelder schweifen und betrachtete sachkundig Kühe und Pferde, die am Wegrand grasten. Hin und wieder machte er im Schatten von Platanen und Kastanien Rast, beobachtete eingehend die römischen Ochsen beim Wiederkäuen und meditierte auf diese Weise seine eigene geistliche Bestimmung.

Er strebte Rom zu, wo er in der allerersten Vorstadtkirche den Pfarrer ausfindig machte, in holprigem Küchenlatein etwas Geld erbettelte und sich von dem erstaunten Padre den schnellsten Weg zum Bahnhof erklären ließ. Ohne irgendeine der prachtvollen Basiliken, die sich rechts und links seines

Weges aufreihten, auch nur eines Blickes zu würdigen, ohne einen Gedanken daran zu verschwenden, dass heute das große Konzil in der Ewigen Stadt am Tiber seinem Höhepunkt zustreben sollte, begann er seine lange Rückreise in die bayerische Heimat, die er bis zu seinem seligen Ende nicht mehr verlassen sollte.

Seine Freisinger Vorgesetzten warfen einander vielsagende Blicke zu, als der Kooperator und Sekretarius Veit Kammerloher von seinen Erlebnissen mit dem Prälaten berichten wollte, und baten ihn rasch, den mildtätigen Mantel des Schweigens über die Angelegenheit zu breiten. Veit zuckte mit den Schultern und dachte sich seinen Teil.

Freilich wurde er zeit seines langen priesterlichen Wirkens, das ihn, wie es sein alter Regens immer gewünscht hatte, in viele getreide- und hopfenschwere Bauernpfarreien führte, nicht müde zu behaupten, dass im welschen Land nicht alles mit rechten Dingen zuginge. Je älter er wurde, umso fantastischer wurden seine Predigten. Von eingetrockneten Mönchen handelten sie und von schwarzen Messen, von entehrten Jungfrauen und von Mord und Totschlag hinter zerfallenen Klostermauern.

Die Visionen und Prophezeiungen der längst verstorbenen Haberin tauchten in seinem Gedächtnis auf und vermischten sich mit den Gleichnissen und Reden Jesu zu einer recht eigentümlichen Interpretation des Evangeliums. Wie einst Abraham a Santa Clara suchte der Geistliche Rat Veit Kammerloher seine Schäflein durch besonders drastische Fallbeispiele ihrer sonntäglichen Lethargie und ihrer ewigen Verdammnis zu entreißen. Sein kraftvolles, mit lateinischen Sequenzen durchsetztes Niederbayerisch dröhnte von der Kanzel, dass es bis auf den Friedhof hinaus zu hören war. Zuerst schmunzelten die Leute und ließen den alten Pfarrer einen guten Mann sein. Aber da das neue, aufgeklärte Jahrhundert auch vor dem hintersten Winkel Bayerns nicht Halt gemacht hatte und die Tiraden des geistlichen Herrn immer bedrohlichere Ausmaße annahmen, mehrten sich die Beschwerden, bis ihn schließlich sein Bischof an einem nebligen Novembertag in Gewahrsam nehmen ließ und ihn der resoluten Pflege der Franziskanerinnen von Schönbrunn übergab.

Epilog

Die Kirchengeschichte kennt weder einen Lord Beardsley noch einen Doktor Miguel Navarro, ganz zu schweigen von einem verluderten Armenpriester Don Francesco. Auch der profundeste Italienkenner wird auf der Landkarte kein Trappistenkloster S. Lucia finden oder eine Via Gorgone in Padua. Kein Putsch, kein Putschversuch, keine Verschwörung schwebte über den ehrwürdigen Vätern jenes Konzils von 1870, das man heute das Erste Vatikanische nennt. Insofern sei versichert, dass jede Ähnlichkeit zwischen Romanfiguren und historischen Persönlichkeiten ein Produkt des reinen Zufalls ist.

Keinen Zufall stellt hingegen die Wahl des Stoffes dar. Seit der Säkularisation von 1803 waren in der Kirche jene Stimmen nicht verstummt, die dem Nachfolger Petri ein Schwert in die Hand drücken und mit dessen Hilfe die häretischen Anhänger von Aufklärung und Gewissensfreiheit, von Liberalismus und Sozialismus hinwegfegen wollten. Gerade in den Monaten vor dem Ersten Vatikanischen Konzil brachten sich diese Stimmen besonders schrill zu Gehör. Forderungen nach einem extremistischen Unfehlbarkeitsdogma und nach weltlicher Machtfülle mit despotischen Vollmachten für den Papst gab es in allen Ländern Europas. Als Wortführer dieser internationalen Bewegung fungierten Henry Edward Manning (1808-1892, seit 1865 Erzbischof von Westminster), Ignaz von Senestrey (1818-1906, seit 1858 Bischof von Regensburg) und Louis Veuillot (1813-1883, einflussreicher Redakteur der französischen Zeitschrift *L'Univers*). Diese drei waren es auch, die unablässig einen universellen Machtanspruch des Papstes sowie das Unfehlbarkeitsdogma forderten, die in zahllosen konspirativen Treffen Stimmung gegen die Gegner der Infallibilität machten, sie persönlich unter Druck setzten und den Papst zu extremen Maßnahmen drängten. Lange Zeit sträubten sie sich dagegen, die Konzilsvorlage »Pastor Aeternus« einer Diskussion und einer namentlichen Abstimmung auszusetzen. In einer spontanen Akklamation, so glaubten sie, würde das Wirken des Heiligen Geistes am effektivsten ausfallen. Unter diesem Aspekt scheint die Frage nicht unberechtigt, ob das Unfehlbarkeitsdogma in seiner heutigen Form vielleicht nur ein milder Kompromiss gegenüber jenen Kräften war, die eigentlich sehr viel mehr wollten.

Wie dem auch sei – am Montag, dem 18. Juli 1870, dem Festtag der heiligen Symphorosa, trat im rechten Querschiff der Petersbasilika die vierte Sitzung des Konzils zusammen. In acht Rängen gestaffelt, saßen die Konzilsväter in silberdurchwirkten Chormänteln und weißen Mitren. Da viele Gegner des Unfehlbarkeitsdogmas das Konzil bereits unter Protest verlassen hatten, brachte die Abstimmung ein klares Ergebnis. Mit 533 Jastimmen gegen zwei Neinstimmen wurde die Konstitution »Pastor Aeternus« angenommen. Das bedeutete die Unfehlbarkeit des römischen Papsttums, es bedeutete aber auch tiefe, bis heute nicht überbrückte Gräben innerhalb des Katholizismus.

Während der Sitzung ging über Rom ein schweres Gewitter nieder. Eineinhalb Stunden lang blitzte und donnerte es, als habe das Weltende begonnen. »Nie habe ich eine eindrucksvollere Szene geschaut«, schrieb der Korrespondent Mozley in der Londoner *Times*. Als das Ergebnis der Abstimmung dem Papst überbracht werden sollte, war es im Petersdom so finster geworden, dass man mehrere Lampen brauchte, damit Pius IX. den Bestätigungstext überhaupt lesen konnte.

Am Tag nach der Sitzung brach der Deutsch-Französische Krieg aus. Die Väter des Konzils beendeten in großer Hektik ihre Beratungen und stoben in alle Windrichtungen auseinander. Zwei Monate später, am 20. September, besetzten piemontesische Truppen die Stadt Rom. Von nun an war Pius IX. ein »Gefangener im Vatikan«. An eine Wiederaufnahme des Konzils war nicht mehr zu denken, formell geschlossen ist es bis heute nicht.

N. G.